O ENIGMA DE SALLY

P. D. JAMES

O ENIGMA DE SALLY

Tradução:
HELENA LONDRES

2ª edição

COMPANHIA DAS LETRAS

Proibida a venda em Portugal

1ª edição brasileira:
A chantagista, Editora Francisco Alves, 1984

Título original:
Cover Her Face

Projeto gráfico da capa:
João Baptista da Costa Aguiar

Foto da capa:
Bel Pedrosa

Preparação:
Regina Giannetti

Revisão:
Cláudia Cantarin
Isabel Jorge Cury

Dados Internacionais de Catalogação na Publicação (CIP)
(Câmara Brasileira do Livro, SP, Brasil)

James, P. D.
O enigma de Sally / P. D. James ; tradução Helena Londres. — 2. ed. — São Paulo : Companhia das Letras, 2005.

Título original: Cover her face.
ISBN 85-359-0705-X

1. Ficção policial e de mistério (Literatura inglesa) I. Título.

05-4778 CDD-823.0872

Índice para catálogo sistemático:
1. Ficção policial e de mistério : Literatura inglesa 823.0872

2005

EDITORA SCHWARCZ LTDA.
Rua Bandeira Paulista, 702, cj. 32
04532-002 — São Paulo — SP
Telefone: (11) 3707-3500
Fax: (11) 3707-3501
www.companhiadasletras.com.br

O ENIGMA DE SALLY

1

1

Exatamente três meses antes do assassinato em Martingale, a sra. Maxie oferecera um jantar. Anos mais tarde, quando o julgamento já não passava de um escândalo quase esquecido, e as manchetes dos jornais da época, amareladas, forravam as gavetas dos armários de cozinha, Eleanor Maxie recordou-se daquela noite de primavera como a cena de abertura de uma tragédia. A memória seletiva e perversa conferiu uma aura de presságio e constrangimento ao que tinha sido um jantar absolutamente comum. A retrospectiva transformou a reunião num ritual que reuniu, sob o mesmo teto, vítima e suspeitos — um preâmbulo teatral do assassinato. Na realidade, nem todos os suspeitos estavam presentes. Felix Hearne, por exemplo, não estava em Martingale naquele fim de semana. No entanto, na memória da sra. Maxie, ele também sentava-se à mesa, observando com os olhos sardônicos e divertidos os trejeitos iniciais dos atores.

É claro que, na época, o jantar fora não só comum como entediante. Três dos convidados — o dr. Epps, o vigário e a srta. Lidell, supervisora do Albergue para Moças Santa Maria — jantavam juntos com freqüência demais para esperar que ainda encontrassem novidade ou estímulo na companhia uns dos outros. Catherine Bowers estava mais calada do que de costume, enquanto Stephen Maxie e sua irmã, Deborah Riscoe, tinham dificuldade para esconder a irritação com o fato de o jantar coincidir com o primeiro fim de semana de folga do jovem após um mês inteiro de trabalho no hospital. A sra. Maxie acabara de empregar como copeira uma das mães solteiras do albergue da srta. Liddell, e a moça estava servindo à mesa pela primeira vez. Mas o ar de constrangimento que oprimia o ambiente dificilmente poderia ser causado pela presença ocasional de Sally Jupp, que, observada pela srta. Liddell com benevolente aprovação, arrumava as travessas à frente da sra. Maxie e retirava os pratos com uma eficiência natural.

É provável que pelo menos um dos convidados estivesse bastante satisfeito. Bernard Hinks, o vigário de Chadfleet, era solteiro. Qualquer coisa diferente das refeições nutritivas mas insossas preparadas pela irmã, que cuidava de sua casa — e ela nunca ficava tentada a jantar fora do presbitério —, era um lenitivo que deixava pouco espaço para as delicadezas do convívio social. Homem delicado, ele parecia ter mais do que seus cinqüenta e quatro anos e era famoso pela imprecisão e pela timidez, a não ser em questões de doutrina. A teologia era seu principal e quase único interesse intelectual. Embora os paroquianos nem sempre conseguissem entender seus sermões, satisfaziam-se em aceitar esse fato como evidência da erudição do vigário. No entanto, havia consenso na aldeia de que se podiam obter conselhos e ajuda do religioso e que, se os conselhos às vezes eram um tanto confusos, em geral se podia confiar na ajuda.

Para o dr. Charles Epps, o jantar significava a oportunidade de saborear uma refeição de primeira, a companhia de algumas mulheres encantadoras para conversar e um interlúdio repousante intercalando as trivialidades da clientela rural. Viúvo, morava havia trinta anos em Chadfleet e conhecia a maior parte de seus pacientes o bastante para prever com exatidão se sobreviveriam ou morreriam em breve. Acreditava que qualquer médico podia fazer pouco para influenciar essa decisão; que havia sabedoria em reconhecer o momento de morrer com o mínimo transtorno para os outros e sofrimento para si mesmo; e que o progresso da medicina só prolongava uma vida de desconforto para a maior glória do médico. Levando tudo isso em conta, pode-se dizer que ele era dotado de menos estupidez e de mais habilidade do que lhe atribuía Stephen Maxie, de modo que poucos de seus pacientes enfrentavam o inevitável antes do tempo. O dr. Epps assistira a sra. Maxie no parto dos dois filhos e era amigo e médico do marido dela — se é que o cérebro atrapalhado de Simon Maxie ainda conseguia reconhecer ou apreciar a amizade. Sentado à mesa dos Maxie, garfava o suflê de frango com o ar de uma pessoa que fizera jus ao seu jantar e não tinha intenção alguma de ser contaminado pelos humores alheios.

"Então você ficou com Sally Jupp e o bebê, Eleanor?", comentou o dr. Epps, que não se inibia em expor o óbvio. "Ambos são jovens e encantadores. É uma alegria para você ter um bebê em casa outra vez."

"Vamos torcer para que Martha concorde com você", disse a sra. Maxie, seca. "Ela precisa desesperadamente de ajuda, é claro, mas é muito conservadora. Pode se ressentir mais da situação do que admite."

"Ela vai se acostumar. Os escrúpulos morais logo cedem quando se trata de mais um par de mãos na pia da cozinha." Com um aceno do braço gorducho, o dr. Epps atenuou a consciência de Martha Bultitaft. "Logo ela estará caidinha pelo bebê. Jimmy é uma criança encantadora, não importa quem seja o pai."

Nesse ponto, a srta. Liddell achou que a voz da experiência deveria ser ouvida.

"Não acho, doutor, que se deva falar com tanta naturalidade do problema dessas crianças. É claro que devemos demonstrar caridade cristã." A srta. Liddell fez uma leve mesura na direção do vigário, como se reconhecesse a presença de outra autoridade e se desculpasse pela intromissão na especialidade que era dele. "Mas não posso deixar de pensar que a sociedade está se tornando muito complacente com essas moças. O padrão moral do país continuará caindo se essas crianças começarem a receber mais consideração do que os nascidos dentro do casamento. E isso já acontece! Há muitas mães pobres, respeitáveis, que não têm nem a metade dos cuidados e das atenções dispensadas a algumas dessas mães solteiras."

Ela lançou um olhar em torno da mesa, enrubescida, e voltou a comer vigorosamente. Bom, e se todos ficassem surpresos? Era preciso falar, e cabia a ela fazer isso. Lançou uma olhadela para o vigário, como que para arregimentar seu apoio, mas o sr. Hinks, depois do primeiro olhar intrigado que lhe dirigira, concentrara-se na comida. A srta. Liddell, privada de um aliado, pensou com irritação que o querido vigário estava um tanto guloso! Então, escutou Stephen Maxie falar.

"É claro que essas crianças não são diferentes das outras, só que temos uma dívida com elas. Também não consigo perceber por que suas mães são tão diferentes assim. Afinal, quantos aceitam na prática o código moral que despreza essas moças simplesmente por desrespeitarem esse mesmo código?"

"Muita gente, doutor Maxie, eu lhe garanto." A srta. Liddell, pela natureza de sua ocupação, não estava acostumada a encontrar oposição por parte dos jovens. Stephen Maxie poderia ser um jovem cirurgião altamente promissor, mas isso não fazia dele um especialista em moças delinqüentes. "Eu ficaria horrorizada se achasse que alguns dos comportamentos de que ouço falar no meu trabalho fossem realmente representativos da juventude moderna."

"Bom, como representante da juventude moderna, doulhe minha palavra de que tais casos não são tão raros a ponto de desprezarmos aqueles que se tornam conhecidos. Essa menina que temos aqui me parece perfeitamente normal e respeitável."

"Ela tem modos tranqüilos e refinados. É bastante instruída também. Uma moça que cursou ensino médio! Eu nunca sonharia em recomendá-la para a sua mãe se não fosse uma moça especial no Santa Maria. Na verdade, ela é órfã e foi criada por uma tia. Mas espero que isso não lhes desperte piedade. A tarefa de Sally é trabalhar e aproveitar esta oportunidade ao máximo. O passado ficou para trás e é melhor ser esquecido."

"Deve ser difícil esquecer um passado do qual se tem um vestígio tão tangível", disse Deborah Riscoe.

O dr. Epps, aborrecido com uma conversa que decerto lhe suscitava mau humor e provavelmente piorava a digestão, apressou-se em remediar a situação com um placebo. Infelizmente, o resultado foi prolongar a desavença.

"Ela é boa mãe e uma moça bonita. Com certeza ainda vai encontrar um sujeito e se casar. É a melhor coisa a fazer. Não posso dizer que goste desse relacionamento entre mãe solteira e filho. Eles acabam se envolvendo demais, e, em certos casos, isso acaba numa bela confusão psicológica. Sei que é uma heresia terrível, senhorita Liddell, mas às vezes eu acho que o melhor seria que esses bebês fossem logo adotados por uma boa família."

"A criança é de responsabilidade da mãe", pronunciou a srta. Liddell. "É seu dever manter a criança e cuidar dela."

"Por dezesseis anos e sem a ajuda do pai?"

"É claro que, na medida do possível, recomendamos o reconhecimento da criança por parte do pai, doutor Maxie. Infelizmente, Sally tem sido muito obstinada e não diz o nome dele, de modo que não há o que fazer."

"Alguns xelins não duram muito nos tempos atuais", ironizou Stephen Maxie, que parecia perversamente determinado a manter vivo o assunto. "E suspeito que Sally não receba sequer a ajuda do governo para a criança."

"Este é um país cristão, meu caro irmão, e o pagamento pelo crime deve ser a morte, não oito pratas do dinheiro do contribuinte."

Deborah cochichara, mas a srta. Liddell escutara — e achou que a moça falara para ser ouvida. A sra. Maxie percebeu que era hora de intervir, e pelo menos dois de seus convidados acharam que ela deveria ter feito isso antes. Não era habitual que a sra. Maxie deixasse qualquer coisa fugir-lhe ao controle. "Como vou tocar a campainha para chamar Sally", disse ela, "talvez seja melhor mudarmos de assunto. Vou fazer todos me detestarem por perguntar pelo programa da quermesse da igreja. Sei que parece que eu os convidei aqui sob falsos pretextos, mas deveríamos pensar nas datas possíveis."

Esse era um assunto sobre o qual todos os convidados podiam opinar com segurança. Quando Sally entrou, a conversa estava aborrecida, amistosa e sem constrangimentos, até para Catherine Bowers.

A srta. Liddell observou Sally Jupp movimentando-se ao redor da mesa. Foi como se a conversa ao jantar a tivesse estimulado a ver a jovem pela primeira vez. Sally era muito magra. O grosso cabelo ruivo-dourado, embolado sob a touca, parecia muito pesado para um pescoço tão fino. Os braços infantis eram longos, os cotovelos sobressaíam sob a pele avermelhada. A boca larga estava agora disciplinada; os olhos verdes, fixos com recato em suas tarefas. De repente, a srta. Liddell foi assaltada por um espasmo irracional de afeição. Sally estava realmente se saindo muito bem, muito bem mesmo! Ela levantou o olhar para atrair os olhos da moça e lançar-lhe um sorriso de aprovação e encorajamento. Os olhares das duas se encontraram subitamente. Por alguns segundos, elas se fitaram. Então, a srta. Liddell corou e baixou os olhos. Com certeza, estava enganada! Com certeza, Sally jamais ousaria olhar para ela daquele jeito! Confusa e horrorizada, tentou analisar o efeito extraordinário daquele breve contato. Antes de dissimular sua fisionomia com a máscara da aprovação, ela lera nos olhos da moça não a gratidão submissa que caracterizara a Sally Jupp do Albergue de Santa Maria, mas um desprezo divertido, um toque de conspiração e uma aversão de intensidade quase assustadora. Nesse momento, os olhos verdes baixaram outra vez, e Sally, o enigma, tornou-se a Sally submissa, subjugada, a delinqüente preferida e mais favorecida da srta. Liddell. O episódio, entretanto, já havia deixado o seu legado.

A srta. Liddell sentiu-se de repente doente de apreensão. Recomendara Sally sem reservas. Tudo parecia tão satisfatório. A moça era especial — na verdade, boa demais para a tarefa em Martingale. Mas a decisão fora tomada. Agora, era tarde demais para questionar sua conveniência. O pior que poderia acontecer seria a desonrosa volta de Sally para o Santa Maria. Pela primeira vez, a srta. Liddell estava ciente de que a introdução de sua preferida em Martingale poderia causar problemas. Ninguém esperava, contudo, que previsse a extensão desses problemas, nem que eles fossem terminar em morte violenta.

Catherine Bowers, que se hospedaria no fim de semana em Martingale, falara pouco durante o jantar. De natureza honesta, ficara ligeiramente horrorizada ao descobrir que suas simpatias estavam do lado da srta. Liddell. É claro, fora muito generoso e galante da parte de Stephen defender Sally e as moças daquele tipo com tanto vigor, mas Catherine sentiu-se tão irritada quanto nas ocasiões em que seus amigos não enfermeiros falavam da nobreza da profissão dela. Não há problema em ter idéias românticas, mas elas não bastam como compensação para os que trabalham entre penicos ou delinqüentes. Sentiu-se tentada a dizer isso, porém a presença de Deborah do outro lado da mesa a manteve em silêncio. O jantar, como todas as ocasiões inexpressivas, parecia levar três vezes o tempo habitual. Para Catherine, uma família nunca dedicara tanto tempo a um café, os homens nunca se demoraram tanto a voltar para a sala. Mas, por fim, o jantar terminou.

A srta. Liddell voltou ao Santa Maria, dando a entender que ficaria mais satisfeita se a srta. Pollack não ficasse como única encarregada da instituição por tanto tempo. O sr. Hinks murmurou alguma coisa sobre os últimos retoques no sermão do dia seguinte e sumiu como um leve fantasma no ar de primavera. Os Maxie e o dr. Epps sentaram-se alegremente no estúdio para apreciar a lareira e falar sobre música. Catherine teria escolhido outro assunto. Até mesmo ver televisão teria sido preferível à conversa, mas o único aparelho em Martingale ficava na sala de estar de Martha. Se fosse para haver uma conversa, Catherine esperava que ficasse restrita à medicina. O dr. Epps, naturalmente, poderia dizer: "Claro, você é enfermeira, senhorita Bowers; que bom para Stephen ter alguém que compartilhe de seus interesses". Então os três conversariam enquanto Deborah, para variar, ficaria num silêncio infrutífero e talvez fosse obrigada a perceber que os homens se cansam das mulheres bonitas e inúteis — mesmo que estejam bem-vestidas — e que Stephen precisava de alguém que compreendesse seu trabalho, alguém que soubesse conversar com seus amigos de um jeito sensato e inteligente. Esse era um sonho agradável e, como a maioria dos sonhos, não tinha nenhuma relação com a realidade.

Catherine permaneceu sentada, estendendo as mãos para as chamas tênues da lareira, tentando parecer à vontade enquanto os outros falavam sobre um compositor inexplicavelmente chamado Peter Warlock — de quem ela jamais ouvira falar, a não ser num vago e esquecido sentido histórico. É claro que Deborah declarava não entender a música dele, mas ela conseguia, como de costume, tornar divertida sua ignorância. Seus esforços para atrair Catherine para a conversa e perguntar pela sra. Bowers eram prova de condescendência, e não de boas maneiras.

Foi um alívio quando a nova empregada entrou com um recado para o dr. Epps. Uma de suas pacientes, que morava numa fazenda afastada, acabara de entrar em trabalho de parto. O doutor ergueu-se da poltrona com relutância, sacudiu-se como um cachorro peludo e pediu licença. Catherine fez uma última tentativa.

"Um caso interessante, doutor?", perguntou num tom instigador.

"Não, senhorita Bowers." O dr. Epps lançava um olhar vago ao seu redor, à procura da maleta. "Ela já tem três filhos. Mas é uma mulherzinha agradável e gosta que eu esteja por perto. Deus sabe lá por quê! Ela poderia fazer o próprio parto sem piscar. Bom, até logo, Eleanor, e obrigado pelo excelente jantar. Era minha intenção ver Simon antes de sair, mas virei amanhã se puder. Imagino que você esteja precisando de outra receita para o Sommeil, e vou trazê-la comigo."

O médico acenou amistosamente com a cabeça para os demais e saiu arrastando os pés, acompanhado pela sra. Maxie. Logo se pôde escutar o rugido do escapamento do carro afastando-se da casa. O dr. Epps era um motorista entusiasmado e adorava pequenos carros velozes, dos quais só conseguia se desvencilhar com dificuldade. Dentro deles, parecia um velho rabugento saindo para uma farra.

"Bem, é isso aí", disse Deborah quando o som do carro se dissipou. "E agora, que tal irmos às cocheiras, ver o Bocock e saber dos cavalos? Quer dizer, se Catherine estiver a fim de uma caminhada."

Catherine estava muito ansiosa por uma caminhada, mas não com Deborah. Era realmente extraordinário como Deborah não conseguia — ou não queria — enxergar que ela e Stephen queriam ficar sozinhos. Mas se Stephen não deixava isso claro, ficava difícil para a própria Catherine fazê-lo. Quanto mais cedo ele se casasse e se afastasse da família, melhor para ele. "Elas lhe sugam o sangue", pensou Catherine, usando a frase que encontrara em suas incursões pela ficção moderna. Numa alegre inconsciência dessas tendências vampirescas, Deborah liderou o caminho, saindo pelas janelas francesas e seguindo pelo gramado.

As cocheiras que tinham sido dos Maxie e agora eram propriedade do sr. Samuel Bocock ficavam a apenas duzentos metros da casa, do outro lado do prado. O velho Bocock estava lá, polindo arreios à luz de um lampião e assobiando. Era um homenzinho moreno, com cara de gnomo, olhos oblíquos e boca larga, cujo prazer ao ver Stephen era evidente. Foram todos dar uma olhada nos três cavalos com os quais Bocock estava tentando estabelecer seu modesto negócio.

"É ridícula a movimentação de Deborah ao redor dos animais, acariciando o focinho deles como se fossem humanos. Instintos maternais frustrados", pensou Catherine com desagrado. "Faria bem gastar um pouco dessa energia na enfermaria das crianças, embora isso não fosse de muita utilidade." Catherine gostaria que todos voltassem para casa. A cocheira estava limpa, mas não havia como disfarçar o cheiro dos cavalos após o exercício, e, por algum motivo, achava o cheiro perturbador. Em certo momento, a esbelta mão bronzeada de Stephen pousou perto da dela, no pescoço do animal. O impulso para tocar aquela mão, acariciá-la e até levá-la aos lábios foi tão forte que, durante alguns segundos, teve de fechar os olhos. E então, na escuridão, vieram-lhe outras imagens, vergonhosamente agradáveis, da mesma mão circundando-lhe os seios, ainda mais morena em contraste com a brancura dela, movendo-se lentamente, amorosamente, precursora do deleite. Caminhou um tanto cambaleante para a penumbra primaveril; ouviu a fala lenta e hesitante de Bocock e as vozes impacientes dos Maxie. Naquele instante, experimentou outra vez o pânico devastador que se abatia periodicamente sobre ela desde que começara a amar Stephen. Vinha sem aviso, e contra ele eram impotentes todo o seu bom senso e sua força de vontade. Eram momentos em que tudo parecia irreal, e ela podia sentir quase fisicamente o chão fugir sob suas esperanças. Todo o seu sofrimento e suas incertezas estavam focalizados em Deborah. Deborah era o inimigo. Deborah, que havia sido casada, que pelo menos tivera a sua chance de felicidade. Deborah, que era bonita, egoísta e inútil. Ao ouvir as vozes atrás de si na escuridão crescente, Catherine sentiu-se doente de ódio.

De volta a Martingale, já havia se recomposto, e a mortalha negra levantara-se. Voltara às condições normais de confiança e segurança. Foi para a cama cedo e, naquele estado de espírito, quase conseguia acreditar que Stephen viria atrás dela. Disse a si mesma que aquilo seria impossível na casa do pai dele, um ato de loucura, um abuso intolerável de hospitalidade. Mas esperou no escuro. Depois de algum tempo, ouviu sons de passos na escada — os passos dele e de Deborah. Irmão e irmã riam baixo, juntos. Nem sequer fizeram uma pausa ao passar pela porta dela.

2

No andar de cima, no dormitório de teto baixo pintado de branco que era seu desde a infância, Stephen espichou-se na cama.

"Estou cansado", disse ele.

"Eu também." Deborah bocejou e sentou-se na cama, ao lado dele. "Foi um jantar meio soturno. Eu preferia que mamãe não tivesse inventado essa."

"Eles são tão hipócritas."

"Não é culpa deles. Foram criados assim. Além disso, não acho que Eppy e o senhor Hinks sejam muito maus."

"Acho que fiz papel de bobo", disse Stephen.

"Bem, você foi um tanto veemente. Meio como sir Galahad mergulhando em defesa da donzela injustiçada. A não ser pelo fato de que ela provavelmente pecou mais do que pecaram contra ela."

"Você não gosta dela, não é?", perguntou Stephen.

"Meu amor, não pensei nisso. Ela é só uma empregada. Sei que parece muito reacionário para as suas idéias esclarecidas, mas não é essa a minha intenção. Só que não estou nem um pouco interessada nela. E, de um jeito ou de outro, imagino que nem ela em mim."

"Tenho pena da moça." Havia um traço de truculência na voz de Stephen.

"Isso ficou evidente no jantar", disse Deborah secamente.

"Foi o maldito ar de complacência deles que me irritou. E aquela mulher, Liddell. É ridículo pôr uma solteirona no papel de encarregada de um lar como o Santa Maria."

"Não sei por quê. Ela pode ser um tanto limitada, mas é boa e conscienciosa. Além disso, acho que o Santa Maria já agüentou um excesso de experiências sexuais."

"Ah, pelo amor de Deus, não seja tão superficial, Deborah!"

"Ora, o que você espera que eu seja? Só nos vemos uma vez a cada duas semanas. É um tanto duro ter de encarar os jantares obrigatórios da mamãe e observar Catherine e a senhorita Liddell dissimulando risinhos porque pensaram que você perdeu a cabeça por causa de uma empregada bonita. É o tipo de vulgaridade que Liddell adora. A conversa inteira será comentada na aldeia amanhã."

"Se elas acharam isso, devem estar malucas. Mal vi a moça. Acho que nem falei com ela ainda. A idéia toda é ridícula!"

"É isso o que quero dizer. Pelo amor de Deus, meu querido, mantenha seus instintos de cavalheiro sob controle enquanto estiver em casa. Eu achava que você poderia ter sublimado sua consciência social no hospital, sem precisar trazê-la para casa. É desconfortável conviver com ela, sobretudo para aqueles que não a têm."

"Hoje estou um tanto irritadiço", disse Stephen. "Não sei bem o que fazer."

Em geral, Deborah sabia imediatamente o que ele queria dizer.

"Ela é um tanto baixo-astral, não é? Por que você não encerra o caso todo com elegância? Estou supondo que haja um caso a ser encerrado."

"Você sabe muito bem que há, ou havia. Mas como?"

"Nunca achei especialmente difícil. A arte está em fazer com que a outra pessoa acredite que foi ela quem deu o fora. Passadas algumas semanas, até eu mesma acredito."

"E se ela não topar?"

"Homens já morreram, e os vermes os comeram, mas não por amor."

Stephen gostaria de ter perguntado quando e se Felix Hearne foi persuadido a pensar que fora ele quem desejara dar o fora. Nesse assunto, como em outras questões, Deborah demonstrava uma crueza que ele próprio não tinha, pensou Stephen.

"Acho que, nessas coisas, sou um covarde", disse ele. "Nunca achei fácil me livrar das pessoas, nem mesmo daqueles chatos de festa."

"Não", replicou a irmã. "Esse é o seu problema. Você é fraco e suscetível demais. Deveria casar-se. A mamãe ficaria satisfeita. Casar com alguém com dinheiro, se você conseguir encontrar. Não repulsiva, é claro, apenas belamente rica."

"Sem dúvida. Mas quem?"

"Quem, é verdade."

De repente, Deborah pareceu perder o interesse pelo assunto. Levantou-se da cama e foi apoiar-se contra o parapeito da janela. Stephen observou o perfil dela, tão parecido com o dele e no entanto tão misteriosamente diferente, delineado contra a escuridão da noite. As veias e artérias do dia agonizante estendiam-se no horizonte. Ele conseguia sentir o cheiro de toda a rica emanação infinitamente doce de uma noite de primavera inglesa subindo do jardim, lá embaixo. Deitado na escuridão fresca, fechou os olhos e entregou-se à paz de Martingale. Em momentos como aquele, compreendia perfeitamente por que sua mãe e Deborah conspiravam e faziam planos para preservar a herança dele. Ele era o primeiro Maxie a estudar medicina. Fizera o que quisera, e a família aceitara. Poderia ter escolhido alguma coisa até menos lucrativa, embora fosse difícil imaginar o quê. Dentro de algum tempo, se ele sobrevivesse à trabalheira, aos perigos, à traiçoeira corrida da competição, poderia ter um consultório. Poderia até ter sucesso suficiente para sustentar Martingale. Enquanto isso não acontecesse, elas lutariam o melhor que pudessem, fazendo pequenas economias domésticas que não prejudicassem seu próprio conforto, cortando as doações às obras de caridade, fazendo a maior parte da jardinagem para economizar os três xelins por hora do velho Purvis, empregando moças sem treinamento para ajudar Martha. Nada disso seria inconveniente para elas, e tudo era feito para garantir que ele, Stephen Maxie, sucedesse ao pai como Simon Maxie sucedera ao pai dele. Se ao menos Stephen tivesse podido aproveitar Martingale em sua beleza e paz, sem estar amarrado por um laço de responsabilidade e culpa!

Ouviu-se o som de passos lentos e cuidadosos subindo as escadas e, em seguida, de uma batida na porta. Era Martha com as bebidas quentes da noite. Quando Stephen era criança, a velha babá resolveu que uma bebida quente ao deitar-se ajudaria a banir os inexplicáveis e aterradores pesadelos que, durante um breve período, atormentaram ele e Deborah. Com o tempo, os pesadelos cederam lugar aos medos mais tangíveis da adolescência, mas as bebidas quentes tornaram-se um hábito da família. Martha, como sua irmã antes dela, estava convencida de que eram o único talismã eficaz contra os perigos reais ou imaginários da noite. A criada pousou sua bandejinha com cuidado, trazendo a caneca azul Wedgwood que Deborah usava e a velha caneca da coroação de George V que o avô Maxie comprara para Stephen.

"Eu trouxe Ovomaltine para você também, senhorita Deborah", disse Martha. "Achei que iria encontrá-la aqui." Ela falou em voz baixa, como se compartilhassem uma conspiração. Stephen ficou pensando se Martha adivinhara que eles falavam de Catherine. A situação evocava o familiar conforto da velha babá trazendo as bebidas noturnas, pronta para ficar e conversar. Mas já não era a mesma coisa de antes. A dedicação de Martha agora era mais volúvel, mais acanhada e menos aceitável. Era a imitação de uma emoção que havia sido tão simples e tão necessária para ele como o ar que respirava. Ao lembrar-se disso, achou também que Martha precisava de sua gratificação ocasional.

"Foi um jantar ótimo, Martha", ele disse.

Deborah virara-se da janela e colocara suas mãos delgadas, de unhas vermelhas, em torno da caneca fumegante.

"Pena que a conversa não estivesse à altura da comida. Recebemos uma lição da senhorita Liddell sobre as conseqüências sociais da ilegitimidade dos filhos. O que você acha de Sally, Martha?"

Stephen sabia que a questão era imprudente. Não era uma pergunta que Deborah devesse fazer.

"Ela parece bastante tranqüila", aquiesceu Martha, "mas, é claro, ainda é muito cedo para dizer. A senhorita Liddell falou muito bem dela".

"De acordo com a senhorita Liddell", disse Deborah, "Sally é um modelo de todas as virtudes com exceção de uma — e mesmo assim porque, num descuido da natureza, alguém não soube reconhecer uma moça com curso secundário no escuro".

Stephen ficou chocado com a amargura repentina na voz da irmã.

"Não sei se essa instrução toda é boa coisa para uma empregada, senhorita Deborah." Martha deu um jeito de comunicar que teria se dado perfeitamente bem sem a moça. "Só espero que ela saiba a sorte que tem. A madame chegou até mesmo a lhe emprestar o berço em que vocês dois dormiram."

"Bom, não estamos dormindo nele agora." Stephen tentou não demonstrar irritação na voz. Certamente, já se havia falado demais de Sally Jupp! Mas Martha não queria ser admoestada. Era como se ela, pessoalmente — e não apenas o berço —, tivesse sido profanada.

"Sempre tivemos cuidado com aquele berço, doutor Stephen. Era para ser guardado para os netos."

"Bolas!", disse Deborah. Ela limpou a bebida derramada nos dedos e repôs a caneca na bandeja. "Não se deve contar com os netos antes de eles terem sido chocados. Não conte comigo para iniciar a produção, e Stephen não está noivo nem pensa nisso. Provavelmente acabará com uma enfermeira saudável e eficiente que preferirá comprar por conta própria um berço novo, mais higiênico, em Oxford Street. Obrigada pela bebida, Martha querida." Apesar do sorriso, aquilo foi uma dispensa.

As últimas despedidas foram proferidas, e os mesmos passos cuidadosos desceram as escadas. Assim que eles silenciaram, Stephen disse: "Coitada da velha Martha. Acho que contamos demais com ela, e essa tarefa de mulher-para-toda-obra já está ficando pesada demais. Acho que deveríamos pensar em aposentá-la".

"De que jeito?" Deborah parou outra vez em frente à janela.

"Pelo menos agora ela tem alguma ajuda", contemporizou Stephen.

"Desde que Sally não traga mais problemas do que ajuda. A senhorita Liddell comentou que o bebê é extraordinariamente tranqüilo. Mas qualquer bebê que não berre por duas noites em três é considerado tranqüilo. E, ainda por cima, há toda aquela roupa para lavar. Sally dificilmente vai poder ajudar Martha se tiver de passar metade da manhã lavando fraldas."

"Supõe-se que outras mães lavem fraldas", disse Stephen, "e ainda encontram tempo para outros trabalhos. Gosto dessa moça e acho que ela pode ser de ajuda para Martha, se lhe derem uma oportunidade."

"Pelo menos ela tem um defensor muito vigoroso em você, Stephen. É uma pena que, quando as encrencas começarem, você vai estar em segurança, longe daqui, no hospital."

"Que encrencas, pelo amor de Deus? Qual é o problema com vocês todos? Por que cargas-d'água acham que a moça vai causar encrencas?"

Deborah dirigiu-se para a porta. "Porque ela já está causando encrencas, não está?", respondeu. "Boa noite."

2

1

Apesar desse início pouco auspicioso, as primeiras semanas de Sally Jupp em Martingale foram um sucesso. Não se sabe se ela compartilhava essa opinião. A aldeia inteira declarou tratar-se de uma moça de muita sorte. Se, por acaso, ela era menos grata do que deveria ser — como freqüentemente acontece com quem recebe favores —, conseguia dissimular tão bem seus sentimentos sob uma aparência dócil, respeitosa e diligente que a maior parte das pessoas se satisfazia em considerar realidade essa aparência. Martha Bultitaft não se deixava enganar, e é possível que os Maxie também não se iludissem, caso tivessem parado para pensar no assunto. Mas eles estavam muito preocupados com seus interesses individuais e aliviados demais com o repentino desafogo na carga doméstica para sair atrás de problemas.

Martha tinha de admitir que o bebê, no início, quase não perturbava. Como estava além da sua compreensão que moças más pudessem ser boas mães, atribuiu tal situação ao excelente treinamento por parte da srta. Liddell. James era uma criança plácida que, nos primeiros dois meses em Martingale, ficava satisfeita em ser alimentada nas horas costumeiras, sem anunciar sua fome alto demais, e que dormia entre as refeições em lácteo contentamento. Isso não poderia durar eternamente. Com o advento do que Deborah chamou de "alimentação mista", Martha acrescentou diversas queixas substanciais à sua lista. Parecia-lhe que a cozinha nunca mais estaria livre de Sally e de suas exigências. Jimmy estava entrando rapidamente na fase em que as refeições se tornam menos uma necessidade agradável do que uma oportunidade para o exercício do poder. Cuidadosamente escorado com almofadas em sua cadeira alta, ele arqueava as costas fortes num espasmo de resistência, borbulhando leite e cereal por entre os lábios franzidos numa rejeição enlevada; então, repentinamente, capitulava em inocência encantadora e submissa. Sally ria para ele às gargalhadas, abraçava-o num turbilhão de afeto, acarinhava-o e apertava-o com um desprezo insolente à desaprovação murmurada por Martha. Sentado lá, com seu cabelo encaracolado, seu narizinho pontudo quase escondido entre bochechas redondas, vermelhas e rijas como maçãs, ele parecia dominar a cozinha de Martha como uma entronada e imperiosa miniatura de César. Sally estava começando a passar mais tempo com o filho, e Martha muitas vezes a via durante as manhãs com a brilhante cabeça ruiva inclinada por cima do carrinho — do qual, de repente, surgia uma perninha ou um braço gorducho para mostrar que os longos períodos de sono de Jimmy eram coisa do passado. Sem dúvida, as exigências dele aumentariam. Até agora, Sally conseguira dar conta do trabalho e conciliava as exigências do filho com as de Martha. Se a tensão estava começando a aparecer, só Stephen, em suas visitas quinzenais, percebia isso com algum grau de remorso. A sra. Maxie perguntava a Sally, de vez em quando, se ela estava achando o trabalho pesado demais e se alegrava com a resposta recebida. Deborah não notava nada ou, se notava, nada dizia. De qualquer modo, era difícil saber se Sally estava cansada. Sua fisionomia naturalmente pálida sob o tufo de cabelo e seus braços finos de aparência quebradiça davam a ela um ar de fragilidade que Martha, por exemplo, achava altamente enganoso. "Dura como uma noz e esperta como um bando de macacos", essa era a opinião de Martha.

A primavera lentamente amadureceu em verão. As faias

explodiram suas pontas de verde reluzente e espalharam um motivo quadriculado de sombra sobre o caminho da entrada. O vigário celebrou a Páscoa como quis — sem recriminações e desagradáveis comentários adicionais de seu rebanho a respeito da decoração da igreja. A srta. Pollack, no Albergue de Santa Maria, sofreu uma temporada de insônias para as quais o dr. Epps receitou uns comprimidos especiais, e duas das internas do lar concordaram em se casar com os pouco atraentes, mas aparentemente arrependidos, pais de seus bebês. No lugar delas, a srta. Liddell admitiu mais duas mães pecadoras. Sam Bocock fez publicidade de suas cocheiras na Cidade Nova de Chadfleet e ficou surpreso com a quantidade de meninos e meninas que, usando luvas amarelo-vivas e culotes novos e mal ajustados, estavam preparados para pagar sete xelins e seis *pence* por hora para cavalgar pela aldeia sob sua tutela. Simon Maxie continuava deitado em sua cama estreita e não estava melhor nem pior. As tardes se espicharam, as rosas chegaram. O jardim em Martingale estava pesado com o perfume delas. Ao cortá-las para enfeitar a casa, Deborah tinha a impressão de que o jardim e a própria Martingale estavam à espera de algo. A casa sempre ficava mais linda no verão, mas, naquele ano, ela recendia um ar de expectativa, quase de pressentimento, estranho à costumeira serenidade refrescante. Ao levar as rosas para dentro, Deborah abortou essa fantasia mórbida com a reflexão deturpada de que o evento mais ameaçador que pairava sobre Martingale era a quermesse anual da igreja. Quando as palavras "esperando uma morte" vieram repentinamente à sua cabeça, disse a si mesma com firmeza que seu pai não estava pior; podia-se até dizer que estava um pouco melhor, e que tal coisa a casa não tinha condições de saber. Ela reconhecia que seu amor por Martingale não era inteiramente racional. Às vezes, tentava disciplinar esse amor falando de "quando tivermos que vender", como se o som dessas palavras pudesse funcionar como uma advertência e como um talismã.

Desde a época do bisavô de Stephen, a quermesse da igreja de Saint Cedd era realizada nas terras de Martingale, sempre no mês de julho. Era organizada pelo comitê de festas, do qual faziam parte o vigário, a sra. Maxie, o dr. Epps e a srta. Liddell. Suas tarefas administrativas nunca eram muito árduas, uma vez que a quermesse, como a igreja que ela ajudava a sustentar, continuava virtualmente sem alterações de ano para ano — um símbolo da imutabilidade em meio ao caos. Mas o comitê levava a sério suas responsabilidades. Durante todo o mês de junho até o início de julho, encontrava-se com freqüência em Martingale para tomar chá no jardim e examinar as resoluções que haviam tomado no ano anterior — com palavras idênticas e no mesmo ambiente agradável. O único membro do comitê que às vezes se sentia genuinamente inquieto a respeito da quermesse era o vigário. Com seu jeito suave, queria ver cada pessoa dar o melhor de si e desejava encontrar motivos meritórios sempre que possível. Ele se incluía nisso, pois descobriu logo no início de seu sacerdócio que a caridade, além de ser uma virtude, era uma política. Uma vez por ano, porém, o sr. Hinks enfrentava certos fatos desagradáveis a respeito de sua igreja. Preocupava-se com a exclusividade dela, o impacto negativo que causava na fervilhante periferia da Cidade Nova de Chadfleet e a suspeita de que era uma força mais social do que espiritual na vida da aldeia. Certa vez, ele sugeriu que a quermesse se iniciasse e encerrasse com uma prece e um hino, mas o único membro do comitê a apoiar a espantosa inovação foi a sra. Maxie, cuja principal queixa da quermesse era que ela parecia nunca ter fim.

Naquele ano, a sra. Maxie achou que seria bom ter a ajuda voluntária de Sally. Havia trabalhadores suficientes para a quermesse propriamente dita — embora eles estivessem a fim de extrair o máximo de proveito pessoal com o mínimo de trabalho —, mas as responsabilidades não terminavam com a bem-sucedida organização do dia. A maior parte do comitê esperava ser convidada para jantar em Martingale. Catherine Bowers escrevera para dizer que estaria de folga no sábado da quermesse e perguntar se pareceria uma imposição excessiva convidar-se para o que descreveu como "um de seus fins de semana perfeitos, longe do barulho e da sujeira desta cidade horrorosa". A carta não foi a primeira do gênero. Catherine estava sempre muito mais ansiosa para ver os filhos da sra. Maxie do que eles para encontrá-la. Em algumas circunstâncias, tudo bem. Mas a moça seria um par inadequado para Stephen sob todos os aspectos, mesmo que a pobre Katie quisesse ver sua única filha razoavelmente casada.

A própria Katie se casara com um homem abaixo de sua posição, como diziam. Christian Bowers fora um artista com mais talento do que dinheiro e não tinha grandes pretensões além da de ser um gênio. A sra. Maxie o vira uma vez e não gostara dele, mas, ao contrário da própria mulher do pintor, acreditava que Christian Bowers era um artista. Comprara uma das primeiras telas que ele pintara para pôr em Martingale, um nu reclinado que estava pendurado em seu quarto e lhe proporcionava um contentamento que nem a intermitente hospitalidade oferecida à filha do pintor poderia pagar. Para a sra. Maxie, o quadro era uma lição objetiva sobre a loucura de um casamento inadequado. Mas porque ainda era vivo e real o prazer que a obra lhe proporcionava, e porque ela havia sido colega de colégio de Katie Bowers — e atribuía alguma importância às obrigações sentimentais de antigas associações —, a sra. Maxie achava que Catherine deveria ser bem-vinda em Martingale como sua própria convidada, se não a de seus filhos.

Havia outras coisas ligeiramente preocupantes. A sra. Maxie não concordava em prestar muita atenção naquilo que outras pessoas às vezes descreviam como "atmosfera". Ela mantinha sua serenidade dando-se conta, com inquebrantável bom senso, daquelas dificuldades que eram óbvias demais para desconsiderar e desconsiderava as outras.

Entretanto, havia fatos acontecendo em Martingale que eram difíceis de ignorar. Alguns, decerto, eram previsíveis. A sra. Maxie, apesar de toda a sua insensibilidade, não podia deixar de perceber que Martha e Sally dificilmente podiam ser consideradas companheiras de cozinha compatíveis, e que Martha acharia a situação difícil por um certo tempo. O que ela não esperava é que as coisas se tornassem cada vez mais difíceis com o passar das semanas. Depois de uma sucessão de copeiras sem treinamento e sem instrução, vindas para Martingale porque o trabalho doméstico era a última chance de emprego para elas, Sally parecia um exemplo de inteligência, capacidade e refinamento. Se, para as copeiras anteriores, as ordens tinham de ser repetidas constante e penosamente, resultando na constatação final de que era mais fácil executá-las pessoalmente, para Sally elas podiam ser dadas com a certeza de que seriam cumpridas. Não fosse pelo cuidado intensivo exigido por Simon Maxie, uma sensação de quase pré-guerra poderia ter voltado a Martingale. O dr. Epps já avisara que eles não poderiam continuar daquele jeito durante muito tempo; logo seria necessário contratar uma enfermeira ou remover o paciente para um hospital. A sra. Maxie rejeitava as duas alternativas. A primeira seria cara, inconveniente e talvez se prolongasse indefinidamente. A segunda significava que Simon Maxie morreria nas mãos de estranhos, e não em sua própria casa. A família não podia dar-se ao luxo de pagar uma clínica ou uma enfermaria particular. Isso significava um leito para casos crônicos no hospital local, espécie de quartel superlotado e sem pessoal suficiente. Antes que o estágio final da doença se abatesse sobre ele, Simon Maxie sussurrou para a mulher: "Você não vai deixar eles me levarem, não é, Eleanor?". E ela replicou: "É claro que não". Então ele caiu no sono, confortado por uma promessa que ambos sabiam não ser de fácil cumprimento. Era uma pena que Martha tivesse uma memória tão curta sobre o excesso de trabalho que precedera a chegada de Sally. O novo regime lhe dera tempo e energia para criticar o que no início achava fácil de aceitar. Mas até aqui, a criada ainda não abrira o jogo. Houve insinuações veladas mas sem queixas definidas. Sem dúvida, a tensão aumentava na cozinha, pensou a sra. Maxie, e depois da quermesse ela provavelmente teria de cuidar do caso. Não havia, porém, motivo para pressa; faltava apenas uma semana para a festa, e a preocupação principal era fazer com que fosse um sucesso.

2

Na quinta-feira que precedeu a quermesse, Deborah passou a manhã fazendo compras em Londres, almoçou com Felix Hearne no clube e o acompanhou à reapresentação de um filme de Hitchcock num cinema de Baker Street. Para completar o agradável programa, tomaram o chá da tarde num restaurante em Mayfair que mantinha opiniões tradicionais sobre o que deve constituir uma refeição vespertina adequada. Empanturrada de sanduíches de pepino e bombas de chocolates feitas em casa, Deborah refletiu que a tarde tinha sido mesmo um grande sucesso — ainda que um tanto pobre culturalmente para o gosto de Felix. Apesar disso, ele tolerara bem a situação. Havia vantagens em não serem amantes. Se estivessem tendo um caso amoroso, teriam de passar a tarde juntos na casa dele em Greenwich, uma vez que a oportunidade e uma união irregular impõem convenções tão rígidas e obrigatórias quanto as do casamento. E embora a intimidade pudesse, sem dúvida, ser bastante agradável, o companheirismo calmo e sem exigências que eles mantinham era mais do gosto dela.

Deborah não queria se apaixonar outra vez. Meses de sofrimento e desespero atroz curaram-na dessa insensatez. Ela se casara jovem, e Edward Riscoe morrera de poliomielite menos de um ano depois. Mas um casamento baseado em companheirismo, gostos compatíveis e troca satisfatória de prazeres sexuais lhe parecia uma base razoável para o resto da vida e poderia ser alcançada sem emoções perturbadoras demais. Deborah suspeitava que Felix estava apaixonado por ela o bastante para ser interessante sem ser chato, e ela ficava apenas espasmodicamente tentada a levar a sério o esperado pedido de casamento. No entanto, começava a parecer ligeiramente estranho que o pedido não fosse feito. Não porque — ela sabia — ele não gostasse de mulheres. É certo que a maior parte dos amigos de Felix o considerava um solteirão natural, excêntrico, ligeiramente pedante e sempre divertido. Eles poderiam até ter sido menos delicados, mas era impossível deixar de levar em conta o currículo de guerra do colega. Um homem que recebeu condecorações por parte no Movimento de Resistência tanto na França como na Inglaterra não pode ser nem afeminado nem tolo. Ele era uma dessas pessoas cuja coragem física, uma das mais respeitadas e sedutoras das virtudes, foi posta à prova nas células de tortura da Gestapo e jamais poderia ser contestada. Agora era meio fora de moda pensar nessas coisas, porém elas ainda não estavam inteiramente esquecidas. Qualquer pessoa poderia imaginar o que aqueles meses na França fizeram a Felix Hearne, mas ele tinha o direito de ter lá suas excentricidades, e, supostamente, as apreciava. Deborah gostava dele porque era inteligente, divertido e o bisbilhoteiro mais interessante que ela conhecia. Possuía um interesse feminino pelas pequenas mudanças da vida e uma preocupação intuitiva pelas minúcias dos relacionamentos humanos. Nada era trivial demais para ele, que agora escutava, aparentando uma solidariedade divertida, os relatos de Deborah sobre Martingale.

"Assim, é uma bênção ter algum tempo livre novamente, mas não penso que isso vá durar. Martha, com o passar do tempo, terá a última palavra. E não a culpo. Ela não gosta de Sally, nem eu."

"Por quê? Ela está dando em cima de Stephen?"

"Não seja vulgar, Felix. Você bem poderia alegar um motivo mais sutil do que esse. Na verdade, ela parece ter causado alguma impressão nele, e acho que é deliberada. Ela pede conselhos a respeito do bebê sempre que ele está em casa, embora eu tenha tentado chamar sua atenção para o fato de que Stephen é cirurgião, não pediatra. E a pobre velha Martha não pode suspirar uma palavra de crítica sem que ele corra em defesa de Sally. Você vai ver isso em pessoa quando vier no sábado."

"Quem mais vai estar lá, além dessa intrigante Sally Jupp?"

"Stephen, é claro. E Catherine Bowers. Você a conheceu da última vez que esteve em Martingale."

"É verdade. Ela tem um certo ar de peixe morto, mas é uma presença agradável e mais inteligente do que você e Stephen imaginam."

"Se ela o impressionou tanto", replicou Deborah à vontade, "você vai poder demonstrar sua admiração neste fim de semana e dar uma folga a Stephen. Ele já andou interessado em Catherine, e agora ela grudou nele como uma craca e o aborrece horrivelmente."

"É incrível como as mulheres bonitas são impiedosas com as feias! E com 'andou interessado nela', suponho que você queira dizer que Stephen a seduziu. Bem, isso em geral leva a complicações, e ele tem de achar a saída — tal como já fizeram antes homens melhores do que ele. Mas eu irei. Adoro Martingale e gosto da boa comida. Além disso, tenho a impressão de que este fim de semana será interessante. Uma casa cheia de pessoas que não gostam umas das outras tende a ser explosiva."

"Ah, não chega a ser assim tão ruim!"

"Quase. Stephen não gosta de mim. Ele nunca se deu ao trabalho de esconder isso. Você não gosta de Catherine Bowers. Ela não gosta de você e provavelmente vai estender isso a mim. Martha e você não gostam de Sally Jupp, e ela, pobre moça, provavelmente detesta vocês todos. Aquela criatura patética, a senhorita Liddell, vai estar lá, e sua mãe não gosta dela. Será uma perfeita orgia de emoção reprimida."

"Você não precisa ir. De fato, acho que seria melhor que não fosse."

"Mas, Deborah, sua mãe já me convidou e eu aceitei.

Escrevi para ela com todo o meu belo formalismo na semana passada, e agora farei uma nota no meu caderninho preto para sacramentar o compromisso além de qualquer dúvida." Ele inclinou a cabeça loura sobre a agenda.

O rosto de Felix, de uma pele tão clara que fazia quase invisível a linha dos cabelos, voltou-se para o outro lado. Ela notou como as sobrancelhas dele eram esparsas contra a testa pálida, e observou as intrincadas dobras e rugas ao redor dos olhos. Deborah pensou que ele tivera belas mãos antes de a Gestapo ter tratado delas. As unhas nunca mais cresceram inteiramente. Tentou imaginar aquelas mãos movimentando-se pelos mecanismos de uma arma, enroscadas nas cordas de um pára-quedas, crispadas em desafio ou sofrimento. Mas não adiantava. Parecia não haver nenhum ponto de contato entre aquele Felix que aparentemente conhecera uma causa merecedora de sofrimento e o Felix Hearne da Hearne e Illingworth Editores, à vontade, sofisticado, sardônico — da mesma forma como nada havia entre a moça que se casara com Edward Riscoe e a mulher que ela era hoje. De repente, Deborah sentiu outra vez o conhecido mal-estar da nostalgia e do arrependimento. Tomada por esse sentimento, ela observou Felix escrever sobre o dia de sábado com sua mão deformada e meticulosa, como se estivesse marcando um encontro com a morte.

3

Depois do chá, Deborah resolveu visitar Stephen, em parte para evitar as multidões da hora do *rush*, mas sobretudo porque raramente vinha a Londres sem fazer uma visita ao Hospital São Lucas. Convidou Félix a acompanhá-la, no entanto ele se escusou — o cheiro de desinfetantes causava-lhe enjôos — e, com expressões formais de agradecimento pela companhia, a colocou em um táxi. Felix era escrupuloso quanto a essas questões. Deborah lutou contra a suspeita pouco lisonjeira de que ele se cansara de sua conversa e ficara aliviado em vê-la afastar-se confortável e rapidamente; concentrou-se, então, no prazer de ver Stephen. Porém, foi muito desconcertante descobrir que o irmão não estava no hospital. Isso era pouco comum. Colley, o porteiro, explicou que o sr. Maxie recebera um chamado telefônico e saíra para encontrar-se com alguém, dizendo que não demoraria. O sr. Donwell estava de plantão no lugar dele, mas o sr. Maxie, certamente, não tardaria. Ele saíra havia quase uma hora já. Talvez a sra. Riscoe preferisse subir para a sala de estar dos residentes? Deborah ficou batendo papo durante alguns minutos com Colley, de quem gostava, e depois pegou o elevador para o quarto andar. O sr. Donwell, um jovem tímido e sardento, gaguejou uma saudação e fugiu rapidamente do recinto, deixando Deborah com a posse exclusiva de quatro poltronas encardidas, uma pilha desordenada de periódicos médicos e parte dos restos do chá dos residentes. Parecia que outra vez eles haviam comido pãezinhos doces, e, como sempre, alguém usara o pires como cinzeiro. Deborah começou a empilhar os pratos, mas, ao dar-se conta de que a iniciativa não tinha muito sentido — uma vez que não sabia o que fazer com eles —, pegou um dos periódicos e dirigiu-se para a janela. Ali, poderia dividir seu interesse entre esperar Stephen e dar uma olhada nos artigos médicos mais intrigantes ou compreensíveis. Da janela via-se a entrada principal do hospital mais adiante na rua. À distância, ela conseguia discernir o brilho da curva do rio e as torres de Westminster. O rumor incessante do tráfego era abafado, e havia um indistinguível fundo sonoro para os ruídos ocasionais do hospital — o clangor do içamento dos portões, o toque de telefones, os passos rápidos no corredor. Alguém ajudava uma senhora idosa a entrar numa ambulância pela porta da frente. Da altura de quatro andares, as imagens abaixo pareciam curiosamente encolhidas. A porta da ambulância foi fechada sem ruído, e o veículo se afastou silenciosamente. De repente, ela os viu. Foi Stephen que ela identificou primeiro, mas a flamejante cabeleira vermelho-dourado, quase na altura do ombro dele, era inconfundível. Eles fizeram uma pausa na esquina do prédio. Pareciam estar falando. A cabeça preta estava inclinada na direção da dourada. Depois de um momento, ela viu o aperto de mãos, e então Sally virou-se num clarão de luz do sol e afastou-se caminhando apressadamente sem olhar para trás. Deborah não perdeu nada. Sally estava usando o costume cinzento que era produzido em massa e comprado em liquidações, mas que lhe caía bem e fazia contraste com a reluzente cascata de cabelos, agora livres da restrição de touca e grampos.

Ela era inteligente, pensou Deborah. Inteligente em saber que é preciso vestir-se com simplicidade para usar o cabelo solto daquela maneira. Inteligente em evitar os verdes pelos quais a maior parte das ruivas tem predileção. Inteligente por ter dito "até logo" ali fora e haver resistido ao convite para jantar no hospital com as inevitáveis oportunidades para constrangimentos ou remorsos. Mais tarde, Deborah ficou surpresa por ter notado com tanta precisão o que Sally estava usando. Era como se a tivesse visto pela primeira vez, através dos olhos de Stephen. E, vendo-a, teve medo. Pareceu passar-se muito tempo antes que pudesse ouvir o zumbido do elevador e os passos rápidos do irmão no corredor. Então, ele surgiu ao seu lado. Ela não se afastou da janela, para que ele ficasse sabendo que havia sido visto. Deborah achou que não suportaria se ele não lhe contasse o que acontecera, e, dessa maneira, tudo ficaria mais fácil. Não sabia o que deveria esperar, mas, quando ele falou, teve uma surpresa.

"Você já viu isto antes?", perguntou ele.

A palma da mão estendida segurava uma sacola grosseira, feita com um lenço masculino amarrado pelos cantos. Ele suspendeu um dos nós, deu uma sacudidela no embrulho e despejou três ou quatro pequenos comprimidos. A cor cinza-acastanhada deles era inconfundível.

"Não são os comprimidos do pai?" Ela parecida acusá-lo de alguma coisa. "Onde você conseguiu isso?"

"Sally achou-os e trouxe-os para mim. Imagino que você nos viu pela janela."

"O que ela fez com o bebê?" A pergunta boba e irrelevante saíra antes que ela tivesse tido tempo de pensar.

"O bebê? Ah, Jimmy, não sei. Sally deixou-o com alguém na aldeia, acho, ou com a mãe, ou com Martha. Ela veio me trazer esses comprimidos. Telefonou da Liverpool Street para pedir que me encontrasse com ela. Achou-os na cama do pai."

"Mas como, na cama dele?"

"Entre o plástico e o colchão. O lençol estava amarfanhado, e ela esticava o plástico para ajustá-lo quando notou um pequeno embrulho no canto do colchão, embaixo do lençol com elástico. E encontrou isto. O pai deve estar guardando esses comprimidos há diversas semanas, talvez meses. Posso adivinhar para quê."

"Ele sabe que Sally os encontrou?"

"Ela acha que não. O pai estava deitado de lado, de costas para ela, quando Sally começou a arrumação do lençol. Ela apenas pôs o lenço com os comprimidos no bolso e continuou como se nada houvesse acontecido. É claro que eles já poderiam estar lá há muito tempo, pois o pai está tomando o Sommeil há um ano e meio ou mais. Pode ter se esquecido dos comprimidos, pode não ter conseguido mais alcançá-los e usá-los. Não podemos saber o que está acontecendo na cabeça dele. O problema é que nunca tentamos saber. Com exceção de Sally."

"Mas, Stephen, isso não é verdade. Nós tentamos. Sentamos ao lado dele, cuidamos dele e tentamos fazê-lo sentir que estamos lá. Só que ele só fica deitado, sem se mexer, sem falar, sem parecer mais notar as pessoas. Ele não é mais realmente o pai. Não há nenhum contato entre nós. Já tentei, juro que tentei, mas não adianta. Ele não pode ter tido a intenção de tomar esses comprimidos, e não consigo imaginar como conseguiu coletá-los, planejar isso tudo."

"Quando é a sua vez de lhe dar o remédio, você observa se ele o engoliu?"

"Não, na verdade não. Você sabe como ele detestava que o ajudássemos demais. Não acho que se importe com isso agora, mas nós ainda colocamos os comprimidos em sua boca e levamos a água aos seus lábios quando achamos que é isso o que ele quer. Ele deve ter escondido esses aí há meses. Não posso acreditar que conseguisse fazê-lo agora, não sem que Martha soubesse. Ela é que cuida dele a maior parte do tempo."

"Bom, aparentemente, ele conseguiu enganar a Martha. Mas, por Deus, Deborah, eu deveria ter adivinhado, deveria ter sabido. Eu me considero médico. Esse é o tipo de coisa que me faz sentir como um carpinteiro especializado, suficientemente bom para destrinchar pacientes desde que não se espere que eu me preocupe com eles como pessoas. Pelo menos Sally o tratou como um ser humano."

Deborah ficou momentaneamente tentada a chamar a atenção para o fato de que ela, sua mãe e Martha estavam ao menos conseguindo manter Simon Maxie confortável, limpo e alimentado a um custo nada baixo, e que era difícil constatar o que Sally fizera melhor que isso. Mas, se Stephen estava querendo entregar-se ao remorso, não adiantava muito querer impedi-lo. Geralmente depois ele se sentia melhor, mesmo que outras pessoas se sentissem pior. Em silêncio, ela o observou remexer a gaveta da mesa, encontrar um pequeno frasco que aparentemente tinha sido usado para aspirina e contar com cuidado os comprimidos. Eram dez. Ele colocou-os dentro do frasco e pôs o rótulo com o nome da droga e a dose. Eram ações quase automáticas, de uma pessoa treinada em manter os medicamentos rotulados. A cabeça de Deborah estava tomada por perguntas que ela não ousava fazer. "Por que Sally veio procurá-lo? Por que não falara com a mãe deles? Será que encontrou mesmo aqueles comprimidos ou foi apenas um ardil conveniente para estar sozinha com ele? Era provável que tivesse encontrado os comprimidos. Ninguém conseguiria inventar uma história dessas. Coitado do pai. O que será que Sally anda dizendo? Por que eu deveria me incomodar tanto com isso, com Sally? Eu a odeio porque ela tem um filho, e eu não. Agora eu já disse, mas o fato de admiti-lo não torna as coisas mais fáceis. Aquela sacola de lenço. Ele deve ter levado horas para fazê-la. Parecia uma coisa feita por criança. Coitado do pai. Ele era tão alto quando eu era criança. Será que eu realmente tinha medo dele? Oh, Deus, ajude-me a sentir piedade. Eu quero sentir pena dele. O que será que Sally está pensando agora? O que será que Stephen disse a ela?"

Ele afastou-se da mesa e mostrou o frasco.

"Acho melhor você levá-lo para casa. Ponha-o no armário de remédios do quarto dele. Não diga nada à mãe nem ao doutor Epps. Acho que seria mais prudente se suspendêssemos esses comprimidos. Antes de você sair, vou pegar uma receita aviada no dispensário, o mesmo tipo de droga, só que em solução. Dê a ele uma colher de sopa à noite, diluída em água. Acho que você mesma deve fazer isso. É só dizer a Martha que suspendemos os comprimidos. Quando o doutor Epps vai examiná-lo outra vez?"

"Ele virá visitar com a senhorita Liddell a mãe depois do jantar. Suponho que então possa subir. Mas não acho que vá perguntar pelos comprimidos. Papai está tomando esse remédio há tanto tempo. Só dizemos ao doutor Epps que o frasco está ficando vazio, e ele dá uma nova receita."

"Você sabe quantos comprimidos há em casa hoje?"

"Há um frasco novo, ainda com o selo intacto. Deveríamos abri-lo esta noite."

"Então deixe-o no armário e dê a ele o outro remédio. Poderei conversar com o doutor Epps a esse respeito quando o vir no sábado. Chegarei tarde amanhã à noite. Agora, é melhor você vir comigo ao dispensário e depois ir direto para casa. Vou telefonar a Martha e pedir que ela guarde o jantar para você."

"Está bem, Stephen." Deborah não se incomodava em

perder o jantar. Todo o prazer do dia se evaporara. Era hora de voltar para casa.

"E eu preferiria que você não dissesse nada a Sally a respeito disso."

"Eu não tinha a menor intenção de falar com ela. Só espero que ela seja capaz de discrição semelhante. Não queremos essa história correndo pela aldeia toda."

"É injusto falar assim, Deborah, e nem mesmo você acredita nisso. Você não poderia ter ninguém de maior confiança do que Sally. Ela foi muito sensata no assunto. E bastante delicada."

"Suponho que sim."

"Ela ficou naturalmente preocupada. É muito dedicada ao pai."

"Ela parece estar estendendo essa dedicação a você."

"Que diabos você quer dizer?"

"Eu estava pensando por que ela não falou dos comprimidos com a mãe. Ou comigo."

"Você não tem se esforçado muito para encorajá-la a confiar em você, tem?"

"Que diabos você espera que eu faça? Segurar a mão dela? Não estou especialmente interessada nela, desde que trabalhe com eficiência. Não gosto dela e não espero que ela goste de mim."

"Não é verdade que você não gosta dela", disse Stephen. "Você a odeia."

"Ela por acaso se queixou do modo como é tratada?"

"É claro que não. Seja sensata, Deb. Você não costuma ser assim."

"Não sou?", pensou Deborah. "Como é que você sabe como eu sou?" Mas ela identificou nas últimas palavras de Stephen um pedido de paz. Estendeu a mão para ele e disse: "Desculpe. Não sei o que há de errado comigo ultimamente. Tenho certeza de que Sally fez o que achou melhor. Não vale a pena ficar discutindo sobre isso, de qualquer modo. Você quer que eu fique à sua espera amanhã à noite? Felix não conseguirá chegar até sábado de manhã, mas Catherine está sendo esperada para o jantar".

"Não se incomode. É possível que eu tenha de pegar o último ônibus. Mas irei cavalgar com você antes do café-da-manhã, se quiser."

O significado dessa oferta formal, em lugar da rotina anterior alegremente estabelecida, não escapou à atenção de Deborah. O cisma entre eles havia sido apenas precariamente reparado. Ela sentiu que Stephen também estava desconfortavelmente consciente do gelo se quebrando sob seus pés. Nunca, desde a morte de Edward Riscoe, ela se sentira tão afastada de Stephen; e nunca, desde então, ela precisara tanto dele.

4

Eram quase sete e meia quando Martha escutou o som que estava precisando ouvir — o rangido das rodas do carrinho de bebê no caminho da entrada. Jimmy choramingava baixo e era apenas dissuadido de abrir o berreiro pelo movimento calmante do carrinho e pelo doce acalentar de sua mãe. Logo se viu a cabeça de Sally passando pela janela da cozinha, o carrinho foi levado à copa e, quase imediatamente, mãe e filho apareceram à porta. Havia na moça um ar de emoção reprimida. Ela parecia estar ao mesmo tempo nervosa e, no entanto, satisfeita consigo. Martha não achava que uma tarde empurrando o carrinho de Jimmy na floresta pudesse ser a razão para aquele olhar de prazer secreto e triunfante.

"Você está atrasada", disse ela. "Acho que a criança está morrendo de fome, coitadinha."

"Bom, ele não terá de esperar muito, não é, queridinho? Imagino que haja leite fervido."

"Não estou aqui para servi-la, Sally, lembre-se disso, por favor. Se quiser leite, deverá fervê-lo você mesma. Sabe muito bem a que horas a criança deve ser alimentada."

Elas não voltaram a se falar enquanto Sally fervia o leite e tentava, um tanto sem sucesso, esfriá-lo rapidamente enquanto segurava Jimmy com um braço. Só quando Sally já estava pronta para subir com o filho foi que Martha falou.

"Sally, você pegou alguma coisa na cama do patrão quando esticou os lençóis hoje de manhã? Alguma coisa que pertence a ele? Quero a verdade, agora!"

"É óbvio, pelo seu tom de voz, que você sabe que peguei. Você quer dizer que sabia que ele tinha aqueles comprimidos escondidos? E não falou nada a respeito deles?"

"É claro que eu sabia. Faz cinco anos que cuido dele, não é? Quem mais poderia saber o que ele faz, o que está sentindo? Suponho que você tenha achado que ele iria tomar aquelas pílulas. Bom, você não precisava se preocupar. Aliás, o que é que você tem com isso? Se tivesse de ficar lá deitada, ano após ano, talvez pudesse gostar de saber que possui algo — alguns comprimidos, quem sabe — capaz de fazer cessar a dor e o cansaço. Alguma coisa de que ninguém mais soubesse, até que uma cadela que não vale nada viesse estragar tudo. Você foi muito esperta, não foi? Mas ele não tomaria aquilo! Ele é um cavalheiro. Você tampouco entenderia isso. Mas pode me devolver os comprimidos. E se mencionar uma palavra a esse respeito a qualquer pessoa, ou se puser as mãos em qualquer coisa que pertença ao patrão, vou fazer com que seja expulsa. Você e este pestinha. Vou encontrar um jeito, deixe estar!"

Ela estendeu a mão na direção de Sally. Não erguera a voz, mas sua autoridade imperturbável era mais assustadora do que uma bronca, e a voz da moça tinha um tom de histeria quando respondeu.

"Acho que você está sem sorte. Os comprimidos não estão comigo. Eu os levei a Stephen esta tarde. Sim, Stephen! E agora que ouvi suas tolices, estou contente de tê-lo feito. Eu só queria ver a cara de Stephen se eu lhe dissesse que você sabia dos comprimidos o tempo todo! Cara e fiel Martha! Tão dedicada à família! Você não está nem aí para nenhum deles, sua velha hipócrita, a não ser pelo seu precioso patrão! É pena que você não possa se ver! Lavando-o, alisando seu rosto, arrulhando para ele como se ele fosse um bebê. Se isso não fosse tão lamentável, algumas vezes poderia ser até engraçado. É indecente! Sorte a dele que esteja meio gagá! Ser sacudido por você faria qualquer homem normal ficar doente!"

Ela encaixou a criança nos quadris, e Martha ouviu a porta se fechando atrás dela.

Martha cambaleou para a pia e agarrou-a com as mãos, tremendo. Foi tomada por uma repugnância física que a fez vomitar, mas isso não aliviou seu corpo. Levou a mão à testa num gesto universal de desespero. Ao olhar para os dedos, viu que estavam úmidos de suor. Enquanto lutava para recuperar o controle, o eco daquela voz aguda, infantil, golpeava-lhe o cérebro. "Ser sacudido por você faria qualquer homem ficar doente... ser sacudido por você... sacudido." Depois que o corpo parou de tremer, a náusea deu lugar ao ódio. A mente consolou o martírio com as doces imagens da vingança. Entregou-se a fantasias de Sally caída em desgraça, Sally e seu filho expulsos de Martingale, Sally descoberta pelo que na verdade era, mentirosa, malvada e ruim. E, uma vez que tudo é possível, Sally morta.

3

1

O volúvel tempo de verão, que durante as últimas semanas tinha fornecido amostras de todas as condições climáticas conhecidas no país — com exceção da neve —, agora se estabelecera numa constância quente e cinzenta para a época do ano. Havia uma possibilidade de a quermesse acontecer com tempo seco, se não ensolarado. Deborah, vestindo culotes para a cavalgada matinal com Stephen, podia ver através da janela a enorme tenda vermelha e branca e, espalhados pelo gramado, os esqueletos de uma dúzia de barracas semi-armadas à espera da decoração final de papel crepom e bandeiras da Inglaterra. Uma cancha para os esportes infantis e para a demonstração de dança já estava sendo preparada no picadeiro. Um carro antigo, encimado por um alto-falante, estava parado sob um dos olmos no fim do gramado, e fios enrolados nos caminhos e jogados entre as árvores testemunhavam os esforços dos entusiastas locais da radiotelefonia para criar um sistema de alto-falante com música e anúncios. Deborah, depois de uma boa noite de descanso, estava estoicamente pronta para supervisionar os preparativos. Ela sabia por experiência que, depois de terminada a quermesse, o panorama seria muito diferente. Não importava quão cuidadosas as pessoas fossem — e muitas delas só começavam a se divertir se estivessem rodeadas pelo lixo habitual de maços de cigarros e cascas de frutas —, custaria pelo menos uma semana de trabalho para que o gramado perdesse seu aspecto de beleza devastada. As fileiras de bandeirinhas esticadas de lado a lado por cima dos caminhos já davam ao bosque um ar de frivolidade incongruente, e as gralhas pareciam estar espantadas, emitindo recriminações mais barulhentas do que o normal.

No devaneio preferido de Catherine sobre a quermesse de Martingale, ela passava a tarde ajudando Stephen com os cavalos, no centro de um grupo interessado, deferente e especulativo de aldeões de Chadfleet. Catherine tinha idéias pitorescas porém antiquadas sobre a posição e a importância dos Maxie na comunidade. As imagens felizes sumiram com a determinação da sra. Maxie de que seus dois convidados a ajudariam onde fossem mais necessários. Para Catherine, ficou claro que isso significava trabalhar com Deborah na barraca do elefante branco. Depois de superada a primeira decepção, foi surpreendente como a experiência se provou agradável. Havia uma miscelânea de mercadorias a ser classificada, e a manhã se passou com a separação, o exame e a etiquetagem das prendas. Deborah tinha um conhecimento impressionante, nascido de uma longa experiência a respeito da origem da maior parte dos produtos, de quanto cada artigo valia e de quem provavelmente o compraria. Sir Reynold Price contribuíra com um grande capote felpudo com um forro impermeável destacável que foi de pronto separado para o exame particular do dr. Epps. Era exatamente o que ele precisava para fazer suas visitas de inverno no carro aberto — e, afinal de contas, ninguém repara no que você está usando enquanto dirige. Havia um velho chapéu de feltro que pertencera ao próprio doutor e do qual, todos os anos, a governanta dele tentava desfazer-se — só para que seu irado dono o comprasse de volta. Estava marcado com seis *pence* e exposto com destaque. Havia jardineiras tricotadas à mão e de estilos e matizes surpreendentes, pequenos objetos de bronze e de louça vindos de cima das lareiras da aldeia, pacotes de livros e revistas e uma fascinante coleção de gravuras em molduras pesadas, apropriadamente etiquetadas, em placas de cobre cheias de teias de aranha. Havia "A primeira carta de amor", "A queridinha do papai", um enfeitado duo chamado "Briga" e "Reconciliação", e diversas outras mostrando soldados se despedindo, beijando suas mulheres ou curtindo os prazeres mais castos da reunião. Deborah profetizou que os fregueses iriam adorá-los e declarou que só a moldura valia meia coroa.

Por volta da uma hora, os preparativos estavam concluídos e os residentes tiveram tempo para um almoço apressado, servido somente por Sally. Catherine só se lembrou de que houvera algum problema com Martha naquela manhã porque Sally dormira demais. Aparentemente, a moça teve de correr para recuperar o tempo perdido, porque parecia afogueada e estava escondendo alguma excitação por trás de uma aparência exterior de eficiência dócil, pensou Catherine. Mas a refeição se passou com bastante alegria, uma vez que as pessoas estavam naquele momento unidas num interesse comum e numa atividade compartilhada. Perto das duas horas, o bispo chegou com sua mulher, o comitê saiu pelas janelas francesas da sala de estar para dispor-se um tanto timidamente no círculo de cadeiras reservadas, e a quermesse foi oficialmente aberta. Embora o bispo fosse velho e aposentado, não estava senil, e seu breve discurso foi um exemplo de simplicidade e graça. Enquanto a adorável voz chegava a Catherine pelo gramado, ela pensou na igreja pela primeira vez com interesse e afeição. Aqui estava a fonte normanda em que ela e Stephen ficariam de pé no batizado de seus filhos. Nesses corredores, eram lembrados os ancestrais dele. Aqui, imagens do século XVI retratavam um Stephen Maxie e uma Deborah, sua mulher, ajoelhados frente a frente, eternamente petrificados em rocha, com as finas mãos curvadas em prece. Aqui estavam os bustos seculares e ornamentados dos Maxie do século XVIII e as tabuletas simples que falavam brevemente dos filhos mortos em Galípoli e no Marne. Catherine muitas vezes dera graças porque as exéquias da família foram se tornando progressivamente menos extravagantes, uma vez que a igreja de São Cedd com Santa Maria Virgem, em Chadfleet, já era menos um lugar público de adoração do que um repositório privado dos ossos dos Maxie. Mas hoje, num estado de espírito de confiança e júbilo, ela conseguia pensar sem críticas na família inteira, na morta e na viva, e até um retábulo barroco não lhe parecia tão exagerado assim.

Deborah assumiu seu lugar perto de Catherine, atrás do balcão, e os fregueses começaram a se aproximar e a procurar cuidadosamente as pechinchas. Sem dúvida, aquela era uma das atrações mais populares, e a negociação era enérgica. O dr. Epps veio logo à procura do chapéu e foi facilmente persuadido a comprar o capote de Sir Reynold por uma libra. As roupas e os sapatos eram puxados para fora, em geral pelas pessoas que Deborah previra que fossem se interessar por eles, e Catherine mantinha-se ocupada entregando troco e repondo artigos na banca, tirados de uma grande caixa de reserva que elas mantinham embaixo do balcão. No portão da alameda de entrada, pequenos grupos não paravam de chegar a tarde toda. Os rostos das crianças contorciam-se em sorrisos fixos, pouco naturais, para o benefício de um fotógrafo que prometera um prêmio à "criança de aspecto mais feliz" que entrasse no jardim durante a tarde. O alto-falante ultrapassara as mais loucas expectativas e despejava uma mistura de marchas de Sousa e valsas de Strauss, anúncios sobre chás, competições e advertências ocasionais para que se usassem as latas de lixo e se mantivesse o jardim limpo. A srta. Liddell e a srta. Pollack, ajudadas por suas delinqüentes mais feias, mais velhas e mais confiáveis, precipitavam-se do Santa Maria para a quermesse e voltavam atendendo ao chamado da consciência ou de alguma tarefa. A barraca delas era de longe a mais cara, e a exibição das roupas de baixo feitas à mão era prejudicada pelo infeliz meio-termo entre beleza e respeitabilidade. O vigário, com seu leve cabelo branco umedecido pelo trabalho, sorria beatificamente para seu rebanho, que, pelo menos desta vez, estava em paz com o mundo e com os outros. Sir Reynold chegou tarde, volúvel, condescendente e generoso. Do gramado onde estava o chá, vinha o som de advertências enérgicas, enquanto a sra. Cope e a sra. Nelson, com a ajuda da turma de meninos da escola dominical, atarefavam-se com mesas de abrir, cadeiras do salão comunitário e toalhas sortidas que teriam, no final, de encontrar o caminho de volta para seus donos. Felix Hearne parecia estar se divertindo como *free-lance*. Ele apareceu uma ou duas vezes para ajudar Deborah e Catherine, mas anunciara que estava se divertindo muito mais com as srtas. Liddell e Pollack. Stephen apareceu uma vez para saber como estavam indo os negócios. Para alguém que habitualmente se referia à quermesse como "a maldição dos Maxie", ele parecia bastante satisfeito. Logo depois das quatro horas, Deborah foi até a casa para ver se o pai precisava de alguma atenção, e Catherine ficou encarregada da barraca. Deborah voltou após mais ou menos meia hora e sugeriu que elas fossem tomar chá, que estava sendo servido na maior das duas barracas. Quem chegasse tarde, avisou Deborah, em geral só encontrava a bebida fraca e os bolos mais feios. Felix Hearne, que parara na barraca para conversar e avaliar a mercadoria restante, foi recrutado compulsoriamente para substituí-las, e as duas foram até a casa para lavar as mãos. Ocasionalmente havia uma ou duas pessoas passando pelo hall, ou porque achassem que aquilo era um atalho, ou porque eram estranhos na aldeia e julgassem que o preço da entrada incluía uma visita à casa. Deborah parecia não se preocupar com isso.

"Lá está Bob Gittings, nosso policial local, de olho nas coisas da sala de estar", apontou ela. "E a sala de jantar está trancada. Agora, vamos pela porta sul e usemos o banheiro pequeno. Assim é mais rápido." Foi desconcertante para as duas quando um homem passou por elas nas escadas dos fundos com um pedido de desculpas apressado. Elas pararam, e Deborah o chamou. "Está procurando alguém? Esta é uma casa particular." Ele voltou-se e olhou para elas; um homem nervoso, magro, com cabelos grisalhos, escovados para trás a partir de uma testa alta, e com uma boca fina que ele repuxou num sorriso conciliatório. "Oh, desculpem. Eu não tinha notado. Por favor, desculpem-me. Eu estava procurando o banheiro." Não era uma voz atraente. "Você quer dizer o lavabo", disse Deborah, cortando-o. "Há um no jardim. Tive a impressão de que está bem sinalizado." Ele corou, murmurou alguma resposta e foi embora. Deborah deu de ombros. "Que coelho assustado! Não creio que estivesse fazendo nada de mau. Mas preferia que ficasse fora da casa." Em sua mente, Catherine resolveu que, quando se tornasse a senhora de Martingale, providenciaria para que assim fosse.

A barraca do chá estava muito cheia, e o confuso bater de louças, o som das vozes e o assobio da chaleira eram ouvidos contra um fundo de música irradiada que chegava abafada pela lona. As mesas tinham sido decoradas pelas crianças da escola dominical como parte do concurso de melhor arranjo de flores silvestres. Cada mesa continha seu pote de geléia etiquetado e os buquês de papoulas, beijos-de-freira, azedinhas e rosa-canina. As flores, refeitas das horas apertadas em mãos quentes, tinham uma beleza delicada e inconsciente — embora seu perfume se perdesse no cheiro forte de grama pisada, lona aquecida e comida. A concentração de barulho era tal que uma parada repentina no alarido de vozes deu a Catherine a impressão de que se fizera um instante de silêncio. Só mais tarde é que ela se deu conta de que nem todo mundo parara de falar, que nem todas as cabeças se viraram para o ponto por onde Sally surgira na barraca, pela entrada do lado oposto. Sally trajava um vestido branco com um decote ovalado baixo e uma saia de pregas ondulantes, idêntico ao que Deborah estava usando. Estava com uma faixa verde que era a réplica da que envolvia a cintura da Deborah e brincos verdes reluzindo em cada lado das faces coradas. Catherine sentiu suas próprias faces se avermelharem e não pôde deixar de lançar um rápido olhar inquiridor para Deborah. E não fora a única. Os rostos nas mesas voltavam-se para elas cada vez mais. Na outra extremidade da barraca, onde algumas das moças da srta. Liddell saboreavam mais cedo um chá sob a supervisão da sra. Pollack, houve risinhos rapidamente reprimidos. Alguém disse baixo, mas não o suficiente, "Dá-lhe, Sal". Apenas Deborah parecia estar despreocupada. Sem um segundo olhar para Sally, ela caminhou até o balcão formado por mesas de vime e pediu tranqüilamente um chá para dois, um prato de pão com manteiga e um dos bolos. A sra. Pardy despejou chá nas xícaras com uma pressa constrangida, e Catherine seguiu Deborah até uma das mesas vagas, agarrando o prato de bolo com desconforto, consciente de que era ela que parecia uma tonta.

"Como ela ousa?", murmurou, inclinando o rosto quente sobre a xícara. "Trata-se de um insulto deliberado."

Deborah encolheu levemente os ombros. "Ah, não sei. E que importância tem? Suponho que a diabinha esteja curtindo sua pose, mas não está me prejudicando."

"Onde ela arranjou aquele vestido?"

"Imagino que no mesmo lugar que eu. Tem uma etiqueta dentro. Não é um modelo exclusivo ou nada do tipo. Qualquer pessoa que se desse ao trabalho de procurar poderia comprá-lo. Sally deve ter achado que a tarefa valia a pena."

"Ela não poderia saber que você o usaria hoje."

"Imagino que qualquer outra ocasião serviria. Mas você tem de prosseguir com esse assunto?"

"Não consigo imaginar como você consegue aceitar isso com tanta calma. Eu não conseguiria."

"O que você esperava que eu fizesse? Ir lá e arrancar o vestido do corpo dela? Há um limite para as diversões gratuitas a se oferecer ao pessoal da aldeia."

"Imagino o que Stephen dirá", disse Catherine.

Deborah pareceu surpresa. "Duvido que ele vá notar, a não ser para pensar como a roupa caiu bem nela. O vestido é mais dela do que meu. Esses bolos são suficientes ou você prefere saquear os sanduíches?"

Catherine desistiu de maiores discussões e prosseguiu com o chá.

2

A tarde foi passando. Depois da cena na barraca do chá, a quermesse perdera a graça para Catherine, e o resto da venda no bazar foi pouco mais do que uma tarefa tediosa. Elas encerraram a participação antes do que Deborah havia predito, e Catherine ficou livre para oferecer ajuda nas cavalgadas de pôneis. Chegou ao picadeiro a tempo de ver Stephen suspendendo Jimmy, que gritava de prazer, querendo sentar-se na sela com a mãe. O sol, abrandando-se com o final do dia, brilhava nos cabelos do menino e transformava-os em fogo. O cabelo reluzente de Sally caiu para a frente quando ela se inclinou para cochichar alguma coisa para Stephen. Catherine escutou o riso dele em resposta. Foi um momento que jamais esqueceria. Voltou para os gramados e tentou recuperar um pouco da confiança e da alegria com que iniciara o dia. Mas não adiantou. Depois de perambular numa busca desconexa por algo com que pudesse ocupar a mente, resolveu subir para o quarto e deitar-se antes do jantar. Ela não viu a sra. Maxie nem Martha no caminho para casa. Supostamente estavam ocupadas, ou com Simon Maxie, ou com os preparativos para a refeição fria que deveria fechar o dia. Pela janela, viu que o dr. Epps ainda estava cochilando na frente de sua barraca de dardos e de caça ao tesouro, mesmo porque a parte mais movimentada da tarde já havia terminado. Logo seriam anunciados, premiados e aclamados os vencedores das competições, e uma espaçada porém constante fila de pessoas já se dirigia para o ponto de ônibus.

Exceto naquele momento no picadeiro, Catherine não vira mais Sally. Depois de ter se lavado e trocado de roupa, quando estava a caminho da sala de jantar, encontrou-se com Martha na escada e ouviu-a dizer que Sally e Jimmy ainda não haviam voltado. A mesa da sala de jantar tinha sido posta com carnes frias, saladas e tigelas de frutas frescas, e todos os convidados, com exceção de Stephen, estavam lá. O dr. Epps, volúvel e alegre como sempre, ocupava-se com as garrafas de sidra. Felix Hearne arrumava os copos. A srta. Liddell ajudava Deborah a acabar de pôr a mesa; seus gritinhos de aflição quando não conseguia encontrar o que queria e a ineficaz algaravia com os guardanapos eram sintomáticos de uma inquietação maior do que a normal. A sra. Maxie estava de costas para os demais, olhando para o espelho em cima da lareira. Quando ela se virou, Catherine ficou chocada com as rugas e o cansaço evidentes em seu rosto.

"Stephen não está com você?", perguntou a sra. Maxie.

"Não. A última vez que o vi foi lá fora, com os cavalos. Eu estava no meu quarto."

"Ele provavelmente foi com Bocock, para ajudá-lo com o trabalho na cocheira. Ou talvez esteja se trocando. Não acho que devamos esperá-lo."

"Onde está Sally?", perguntou Deborah.

"Pelo jeito, ainda não entrou. Martha me disse que Jimmy está no berço, de modo que ela deve ter entrado e saído outra vez." A sra. Maxie falou com calma. Se aquilo fosse uma crise doméstica, ela evidentemente encarava a situação como algo de menor importância, não merecedora de maiores comentários na frente dos convidados. Felix Hearne lançou-lhe um olhar e sentiu um conhecido toque de antecipação e pressentimento que o assustou. Aquilo pareceu uma reação extravagante para uma ocasião tão comum. Ao olhar para Catherine Bowers, ele sentiu que ela compartilhava sua inquietação. O grupo todo parecia um tanto exausto. A não ser pela srta. Liddell, com sua tagarelice inconseqüente e enlouquecedora, eles não tinham muito que dizer. Pairava aquele sentimento de anticlímax que acompanha a maior parte das funções sociais planejadas por muito tempo. A coisa toda estava acabada, mas ainda muito presente para permitir o relaxamento. O sol que brilhara durante o dia tinha dado lugar a um ambiente pesado. Não havia mais brisa, e o calor estava mais forte do que nunca.

Quando Sally apareceu à porta, eles viraram o rosto para ela como que impelidos por uma urgência comum. Ela encostou-se contra os lambris que imitavam a trama do linho, as pregas brancas do vestido abertas contra a escuridão sombria como as asas de um pombo. Naquela luz estranha e tormentosa, o cabelo dela queimava contra a madeira. Seu rosto estava muito pálido, mas ela sorria. Stephen estava ao seu lado.

A sra. Maxie teve consciência de um curioso momento em que cada pessoa presente parecia, isoladamente, estar ciente de Sally. No entanto, todos moviam-se em silêncio, juntos, como se estivessem reunidos numa tensão para enfrentar um desafio comum. Num esforço para restaurar a normalidade, ela disse informalmente: "Ainda bem que você chegou, Stephen. Sally, acho melhor você se trocar e pôr o uniforme para ajudar Martha".

O autocontido sorriso da jovem explodiu em gargalhada. Demorou um segundo para que ela recuperasse o controle e respondesse com uma voz que era quase obsequiosa em seu respeito zombeteiro:

"Isso seria apropriado, madame, para a moça a quem seu filho pediu em casamento?".

3

Simon Maxie passou uma noite nem pior nem melhor do que qualquer outra. Mas era de se duvidar que alguém mais sob aquele teto houvesse tido a mesma sorte. A mulher dele guardou vigília no sofá-cama do quarto de vestir e ouviu as horas baterem conforme os ponteiros luminosos do relógio ao lado da cama avançavam espasmodicamente para o dia inevitável. Ela repassou a cena vivida na sala de estar tantas vezes que, agora, parecia não haver sequer um segundo de que não pudesse se lembrar com clareza. Nenhuma nuance de voz ou emoção ficara perdida. Ela conseguia lembrar-se de cada palavra do ataque histérico da srta. Liddell, a enxurrada de insultos maldosos e semidementes que provocaram as respostas de Sally.

"Não me fale do que fez por mim. Você por acaso ligava para mim, sua velha hipócrita, mal-amada? Fique agradecida de eu saber manter fechada a minha boca. Há coisas a seu respeito que eu gostaria de contar para toda a aldeia."

Depois disso, Sally saiu, e o grupo ficou para jantar com o apetite que conseguisse reunir ou simular. A srta. Liddell não fizera muito esforço. Em algum momento, a sra. Maxie notou uma lágrima no rosto dela e ficou emocionada com a idéia de que a supervisora do Albergue Santa Maria estava sofrendo de verdade; que ela gostara tanto quanto possível de Sally e demonstrara um prazer sincero com o progresso e a felicidade da moça. O dr. Epps mastigara sua refeição num silêncio incomum, sinal certo de que mandíbula e cérebro eram exercitados juntos. Stephen não seguira Sally para fora da sala; em vez disso, tomara seu assento ao lado da irmã. Em resposta ao silencioso "Isso é verdade, Stephen?" da mãe, ele replicara simplesmente "É claro", e não fizera mais menção ao assunto. Irmão e irmã passaram o jantar juntos, comendo pouco mas apresentando uma fachada de união diante do infortúnio da srta. Liddell e dos olhares irônicos de Felix Hearne. Este, pensou a sra. Maxie, foi o único membro do grupo que aproveitara o jantar. Ela não estava muito certa de que os preâmbulos da refeição não haviam aguçado o apetite do rapaz. Sabia que ele jamais gostara de Stephen e que aquele noivado, caso continuasse, provavelmente iria lhe fornecer divertimento — além de aumentar suas chances com Deborah. Ninguém iria supor que Deborah pudesse permanecer em Martingale depois que Stephen se casasse. A sra. Maxie achou que poderia lembrar-se com desconfortável clareza do rosto inclinado de Catherine, afogueado pela dor ou pelo ressentimento, e da calma com que Felix Hearne a obrigara a fazer pelo menos uma tentativa decente de dissimulação. Ele conseguia ser muito divertido quando se esforçava, e na noite passada se esforçara ao máximo. De modo surpreendente, conseguira produzir risos ao final da refeição. Isso tudo acontecera há sete horas mesmo?

Os minutos passavam, emitindo um som alto, pouco natural, no silêncio. Mais cedo, durante a noite, chovera pesado, mas a chuva cessara. Às cinco horas, ela achou ter ouvido o marido mexer-se e foi vê-lo, mas ele ainda estava deitado no estupor rígido que eles chamavam de sono. Stephen mudara o remédio para dormir. O sr. Maxie tomava agora um líquido em vez do comprimido habitual, porém o resultado parecia o mesmo. Ela voltou para a cama, mas não conseguiu dormir. Às seis horas, levantou-se, vestiu o roupão, depois encheu e ligou a chaleira elétrica para o chá matinal. O dia, com seus problemas, por fim chegara.

Foi para ela um alívio quando uma batida soou na porta e Catherine entrou, ainda de pijama e roupão. A sra. Maxie foi tomada por um medo agudo de que Catherine quisesse conversar, que os acontecimentos da noite anterior tivessem de ser discutidos, avaliados, condenados e revividos. Ela passara a maior parte da noite fazendo planos que não compartilharia, nem gostaria de compartilhar, com Catherine. Contudo, viu-se inexplicavelmente contente de ver outro ser humano. Notou que a moça parecia pálida. É óbvio que alguém mais tinha dormido pouco. Catherine confessou que a chuva a mantivera acordada e que ela despertara cedo com uma forte dor de cabeça. Não tinha dores com muita freqüência, mas, quando tinha, eram fortes. Será que a sra. Maxie tinha uma aspirina? Ela preferia do tipo solúvel, mas qualquer uma serviria. A sra. Maxie teve a impressão de que a dor de cabeça seria uma desculpa para uma conversa confidencial sobre a situação Sally-Stephen, no entanto uma olhada mais atenta nos olhos pesados da moça a convenceu de que a dor era verdadeira. A sra. Maxie a convidou a servir-se da aspirina no armário de remédios e pôs mais uma xícara de chá na bandeja. Embora Catherine não fosse a companhia de sua escolha, pelo menos, a moça parecia estar preparada para tomar o chá em silêncio.

As duas estavam juntas sentadas diante da lareira elétrica quando Martha chegou com uma postura e um tom que demonstravam uma bela conciliação entre indignação e ansiedade.

"É Sally, madame", ela disse. "Dormiu demais outra vez, suponho. Não respondeu quando chamei e, quando tentei abrir a porta, descobri que está aferrolhada. Não consigo entrar. Asseguro que não faço idéia do que ela está aprontando, madame." A sra. Maxie colocou de volta a xícara no pires e notou, com distanciamento clínico e um tipo de admiração, que sua mão não tremia. A iminência do mal tomou conta dela, e teve de fazer uma pausa de um segundo antes de confiar na própria voz. Mas, quando as palavras vieram, nem Catherine nem Martha pareceram perceber alguma alteração.

"Você bateu com bastante força?", perguntou.

Martha hesitou. A sra. Maxie percebeu o que aquilo queria dizer. Martha preferira não bater com muita força. Para ela, era mais interessante que Sally dormisse demais. A sra. Maxie, depois da noite maldormida, achou aquela mesquinharia um tanto excessiva.

"É melhor você tentar outra vez", disse rispidamente. "Sally teve um dia ocupado ontem, como todos nós. As pessoas não dormem demais sem um motivo."

Catherine abriu a boca, como se fosse fazer algum comentário, mas pensou melhor e inclinou a cabeça sobre o chá. Dois minutos depois Martha estava de volta, e desta vez não havia dúvidas. A ansiedade conquistara a irritação, e havia algo muito parecido com pânico na voz dela.

"Não consigo fazer com que ouça. O bebê está acordado. Ele está lá, choramingando. Não consigo fazer com que Sally ouça!"

A sra. Maxie não se lembrava de ter chegado à porta do quarto de Sally. Ela tinha tanta certeza de que o quarto devia estar aberto que, por alguns segundos, bateu e puxou a porta sem resultado antes que sua mente aceitasse a realidade. A porta estava aferrolhada por dentro. O barulho das batidas havia acordado Jimmy, e seu choramingo estava se transformando em um choro de medo. A sra. Maxie conseguia ouvir o sacolejar das barras do berço e podia imaginá-lo encasulado em seu saco de dormir de lã, tentando levantar para gritar pela mãe. Ela sentiu um suor frio despontando na testa. Era tudo o que podia fazer para não esmurrar a inflexível madeira num pânico insano. Àquela altura, Martha estava gemendo, e foi Catherine quem pousou uma mão de consolo e contenção no ombro da sra. Maxie.

"Não se preocupe demais. Vou buscar seu filho."

"Por que ela não diz 'Stephen'?", pensou a sra. Maxie à toa. "Stephen é o meu filho." Num instante ele estava ali. Devia ter despertado com as batidas porque Catherine não poderia tê-lo buscado com tanta rapidez. Stephen falou calmamente.

"Vamos ter de entrar pela janela. A escada de pedreiro que está no alpendre é suficiente. Vou chamar Hearne." Ele retirou-se, e o pequeno grupo de mulheres esperou em silêncio. Os momentos passaram-se lentamente.

"Deve demorar um pouco", disse Catherine, tranqüilizadora. "Mas eles não vão tardar. Tenho certeza de que está tudo bem. Ela provavelmente ainda está dormindo."

Deborah lançou-lhe um olhar prolongado. "Com todo esse barulho do Jimmy? Aposto que ela não está lá. Foi embora."

"Mas por que ela iria?", perguntou Catherine. "E esta porta trancada?"

"Conhecendo Sally, suponho que ela quis fazer tudo de modo espetacular e saiu pela janela. Parece ter uma predileção por fazer cenas até quando não pode estar presente para apreciá-las. Cá estamos, tremendo de apreensão, enquanto Stephen e Felix arrastam escadas para lá e para cá e toda a casa está em desordem. Muito satisfatório para a imaginação dela."

"Ela não largaria o bebê", disse Catherine subitamente. "Mãe nenhuma faria isso."

"Esta aí, aparentemente, largou", replicou Deborah, seca. Sua mãe notou que ela não fez nenhuma menção de deixar o grupo.

Os gritos de Jimmy, ininterruptos, alcançavam o auge e abafavam qualquer som da atividade dos homens com a escada na janela. O som seguinte foi o raspar rápido da tranca. Felix estava na soleira. À vista da expressão dele, Martha deu um grito, um agudo guincho de terror animal. A sra. Maxie sentiu, mais do que ouviu, os passos da criada em fuga, mas ninguém a seguiu. As outras mulheres afastaram o braço impeditivo de Felix e dirigiram-se silenciosamente, como numa compulsão conjunta, para onde Sally se encontrava deitada. A janela estava aberta, e o travesseiro da cama estava empapado de chuva. Sobre o travesseiro, o cabelo de Sally se espalhava como uma teia de ouro. Seus olhos estavam fechados, mas ela não dormia. Do canto contraído da boca, um fio de sangue secara como um corte preto. Em cada lado do pescoço havia uma equimose, onde as mãos do assassino a haviam estrangulado.

4

1

"Belo lugar, senhor", disse o sargento-detetive Martin quando o carro da polícia chegou à entrada de Martingale. "Um bocado diferente do nosso último trabalho." Ele falou com satisfação porque era um homem do campo por nascimento e vocação e, muitas vezes, reclamava da tendência dos assassinos para cometer seus crimes em cidades superpopulosas e em cortiços insalubres. Farejou o ar com prazer e abençoou os motivos, fossem eles de política ou de prudência, que fizeram o chefe de polícia local chamar a Yard. Corria o rumor de que o chefe de polícia conhecia as pessoas envolvidas. Isso, aliado a um caso ainda não resolvido na fronteira do município, o levara a delegar aquele quinhão de problemas sem maiores delongas. Tudo bem para o sargento-detetive Martin. Trabalho era trabalho, não importava onde fosse feito, mas um homem tinha o direito de ter suas preferências.

O inspetor-chefe e detetive Adam Dalgliesh não respondeu; ele saiu do carro e ficou parado por um momento olhando para a casa. Era uma típica herdade elisabetana, simples, mas de projeto formal. Os grandes balcões salientes de dois andares, com suas janelas de pequenos vidros quadrados e bandeira na parte de cima, estavam simetricamente dispostos de cada lado do pórtico quadrado central. Por cima da calha, havia um pesado brasão. O telhado inclinava-se para uma pequena balaustrada aberta de pedra, também entalhada com símbolos em relevo, e as seis grandes chaminés Tudor elevavam-se atrevidamente contra o céu de verão. Para o oeste, curvava-se a parede de um aposento que Dalgliesh imaginava ter sido acrescentado numa data posterior, provavelmente no século passado. As janelas francesas eram de espelho e levavam ao jardim. Por um momento, ele viu uma face numa delas, e então ela desapareceu. Alguém espreitava sua chegada. A oeste corria um muro de pedra cinzenta, que saía do canto da casa, numa ampla curva na direção dos portões, e perdia-se por trás de arbustos e das altas faias. Daquele lado, as árvores chegavam muito perto da casa. Acima do muro e um pouco escondida atrás de um mosaico de folhas, entrevia-se apenas a parte de cima de uma escada de pedreiro apoiada contra um balcão envidraçado. Ele supôs que se tratasse do quarto da moça morta. Seria difícil a patroa escolher um aposento mais apropriado para entradas ilícitas. Dois veículos estavam estacionados atrás do pórtico — um carro de polícia com um homem uniformizado, impassivelmente sentado ao volante, e uma caminhonete fúnebre. O motorista desta, espichado sobre o assento e com o boné de aba inclinado para a frente, não tomou conhecimento da chegada de Dalgliesh, enquanto seu companheiro levantou os olhos de relance antes de voltar à leitura do jornal de domingo.

O superintendente local esperava no hall. Ele e Dalghiesh conheciam-se de vista, como era de se esperar de dois homens eminentes no mesmo ramo de trabalho, mas nenhum deles se mostrara disposto a estabelecer um relacionamento mais estreito. Não foi um momento fácil. Manning achava necessário explicar com precisão por que seu chefe considerara aconselhável chamar a Yard. Dalgliesh respondeu com propriedade. Dentro da casa, dois repórteres sentavam-se bem ao lado da porta; tinham ar de cachorros a quem se promete um osso por bom comportamento e resignavam-se a esperar. A casa estava muito silenciosa e tinha um vago perfume de rosas. Depois do calor tórrido do carro, o ar pareceu tão frio que Dalgliesh teve um estremecimento involuntário.

"A família está reunida na sala de estar", disse Manning. "Deixei o sargento com eles. O senhor quer vê-los agora?"

"Não, primeiro quero ver o corpo. Os vivos podem esperar."

O superintendente Manning liderou o caminho, subindo a vasta escadaria quadrada e virando-se para trás para falar enquanto subia.

"Já fui adiantando um pouco o serviço antes de saber que estavam chamando o Escritório Central. Eles provavelmente já o puseram a par da situação. A vítima era empregada aqui. Mãe solteira com vinte e dois anos de idade. Estrangulada. O corpo foi encontrado pela família por volta das sete e quinze desta manhã. A porta do quarto da moça estava aferrolhada. A saída — e, provavelmente, também a entrada — foi pela janela. O senhor encontrará provas disso no duto das chaminés e na parede. Parece que o assassino caiu o último metro e meio, mais ou menos. A vítima foi vista viva pela última vez às dez e meia da noite passada, carregando uma bebida quente para tomar no quarto. Não chegou a beber tudo. A caneca está na mesa-de-cabeceira. Primeiro, tive quase certeza de que o crime era obra de alguém de fora. Ontem, eles tiveram uma quermesse no jardim. E dentro da casa também, na verdade. Mas há um ou dois pontos esquisitos."

"A bebida, por exemplo?", perguntou Dalgliesh.

Eles tinham chegado ao patamar e estavam passando para a ala oeste da casa. Manning olhou para ele com curiosidade.

"É, o chocolate. Pode ter sido misturado a alguma substância. Sumiu alguma coisa. O senhor Simon Maxie é inválido. Um frasco de comprimidos para dormir desapareceu do armário de remédios dele."

"Alguma evidência de narcóticos no corpo?"

"O médico-legista está com ele agora. Mas eu duvido

disso. Para mim, parece ter sido estrangulamento. É provável que a autópsia dê a resposta."

"Ela mesma poderia ter tomado a droga", disse Dalgliesh. "Há algum motivo evidente?"

Manning fez uma pausa.

"Pode ser que sim. Não sei dos detalhes, mas ouvi fofocas."

"Ah, fofocas."

"Esta manhã, veio uma tal de senhorita Liddell buscar o filho da moça. Ela estava aqui no jantar ontem. Segundo ela, deve ter sido um jantar e tanto. Parece que Stephen Maxie pedira Sally Jupp em casamento. Você pode considerar isso um motivo para a família, suponho."

"Dentro das circunstâncias, acho que poderia", disse Dalgliesh.

O quarto tinha as paredes brancas e muita luz. Depois da penumbra do hall e dos corredores forrados de lambris de carvalho, o cômodo dava a impressão de receber as luzes artificiais de um palco. O corpo era o mais irreal de tudo — uma atriz de segunda tentando imitar a morte sem convencer. Os olhos estavam quase fechados, porém o rosto tinha aquele ar de leve surpresa que Dalgliesh muitas vezes notara na expressão dos mortos. Dois pequenos dentes da frente, muito brancos, estavam cerrados sobre o lábio inferior, dando a aparência de coelho a um rosto que, em vida, devia — achou ele — ter sido impressionante, até mesmo bonito. Uma auréola de cabelo flamejava sobre o travesseiro em incongruente desafio à morte. O cabelo pareceu-lhe ligeiramente úmido quando ele o tocou com a mão. Quase imaginou se o brilho daquele cabelo não teria drenado a vida do corpo dela. Ficou imóvel, olhando. Nunca tinha consciência de sentir pena em momentos como aquele, nem mesmo raiva, embora tivesse de resistir ao que pudesse vir mais tarde. Gostava de fixar na mente a visão do corpo assassinado. Era um hábito desde o primeiro caso, havia sete anos, quando ele olhara o corpo machucado de uma prostituta do Soho com silenciosa resolução e pensara: "É isso. Esta é a minha tarefa".

O fotógrafo completara o trabalho com o corpo antes de o médico-legista começar o exame. Fez fotos do quarto e da janela antes de guardar o equipamento. O homem das impressões digitais também tinha terminado a investigação do cadáver e mergulhara no seu mundo particular de espirais e composições. Movia-se discretamente da maçaneta da porta para a tranca, da caneca de chocolate para a cômoda, da cama para o umbral da janela; depois, subiu na escada para examiná-la e também checar o duto da chaminé. O dr. Feltman, o médico-legista, um sujeito rotundo que estava ficando calvo, e que parecia deliberadamente alegre — como se tivesse uma perpétua compulsão em demonstrar sua imperturbabilidade diante da morte —, recolocava seus instrumentos numa maleta preta. Dalgliesh já o conhecia e considerava-o um médico de primeira ordem, que nunca aprendera a avaliar onde terminava sua tarefa e começava a do detetive. O legista esperou até Dalgliesh virar de costas para o corpo e então falou:

"Estamos prontos para levá-la agora, se o senhor concordar. O caso parece bastante simples do ponto de vista médico. Estrangulação manual por uma pessoa destra, postada de pé diante da vítima. Ela morreu depressa, possivelmente por inibição vagal. Terei condições de explicitar isso melhor depois da autópsia. Não há sinais de interferências sexuais, mas isso não quer dizer que sexo não tenha sido o motivo. Imagino que não há nada como ter um corpo morto nas mãos para saciar a ânsia. Ao encontrar o assassino, o senhor ouvirá a mesma história: 'Pus minha mão no pescoço dela só para assustá-la e ela desmaiou'. Pelo jeito, ele entrou pela janela. Vocês poderão encontrar impressões digitais naquele duto, mas duvido que o solo seja de grande ajuda. Há um tipo de pátio lá embaixo. Nada de bela terra macia com algumas marcas convenientes de sola. De qualquer modo, choveu bastante na noite passada, o que não ajuda muito. Bom, vou buscar o pessoal da maca, caso o seu ajudante já tenha acabado. Péssimo trabalho para um domingo de manhã."

Ele saiu e Dalgliesh inspecionou o quarto. Era grande e parcamente mobiliado, mas dava uma sensação de luz e conforto. Imaginou que devia ter sido o quarto de crianças da família. A lareira antiquada na parede norte era rodeada por um pesado guarda-fogo de ferro trabalhado, por trás do qual fora instalado um aquecedor elétrico. De cada lado da lareira havia reentrâncias profundas preenchidas por estantes de livros ou armários baixos. Havia duas janelas. A menor, um balcão envidraçado contra o qual a escada estava apoiada, ficava na parede oeste e dava vista, por cima do pátio, para as velhas cocheiras. A janela maior ocupava quase todo o comprimento da parede sul, com uma vista panorâmica dos gramados e dos jardins. Naquela janela, o vidro era velho e apresentava medalhões ocasionais. Só as janelas de caixilhos, em cima, se abriam.

A cama de solteiro pintada de creme posicionava-se em ângulo reto com a janela menor e era ladeada por uma cadeira e por uma mesa-de-cabeceira com uma lâmpada. O berço da criança ficava no canto oposto, semi-escondido por um biombo. Era o tipo de biombo que Dalgliesh conhecia dos tempos de infância, composto de dúzias de figuras e cartões-postais coloridos envernizados e presos numa moldura. Havia um tapete na frente da lareira e uma cadeira de balanço baixa. Contra a parede, um guarda-roupa simples e uma cômoda com gavetas.

O quarto parecia curiosamente anônimo. Ele tinha a atmosfera íntima e fecunda de quase todos os quartos de criança, composta do leve cheiro de talco, sabonete e roupas arejadas. Mas a moça mesmo deixara impregnado pouco de sua personalidade no ambiente. Não havia nenhuma desordem feminina que Dalgliesh esperava encontrar. Os poucos pertences pessoais, cuidadosamente arrumados, diziam quase nada. Tratava-se, antes, de um quarto de criança com uma cama simples para a mãe. Os livros na estante, em número reduzido, eram volumes populares sobre puericultura. A meia dúzia de revistas dirigia-se mais aos interesses de mães e donas de casa do que aos gostos românticos e variados de jovens trabalhadoras. O detetive pegou uma delas na estante e a folheou. Um envelope com selo da Venezuela caiu de suas páginas. Estava assim endereçado:

D. PULLEN, ADM.
ROSE COTTAGE, NESSINGFORD-ROAD,
LITTLE CHADFLEET, ESSEX, INGLATERRA.

No verso havia três datas rabiscadas a lápis — quarta-feira, 18; segunda-feira, 23; segunda-feira, 30.

Vagueando da estante para a cômoda, Dalgliesh abriu cada gaveta e examinou metodicamente, com seus dedos experientes, o conteúdo delas. Estavam na mais perfeita ordem. A gaveta de cima só tinha roupas de bebê, a maior parte tricotada à mão; estavam todas lavadas e bem cuidadas. A segunda gaveta estava cheia das roupas de baixo da própria moça, arrumadas em pilhas precisas. A terceira e última gaveta revelou uma surpresa.

"O que você diz disto?", gritou ele para Martin.

O sargento chegou ao lado do chefe com uma rapidez silenciosa, desconcertante para alguém do tamanho dele. Suspendeu uma das peças em seu punho maciço.

"Feita à mão pelo que parece, senhor. Deve ter sido bordada por ela mesma, suponho. Há uma gaveta quase cheia. Parece-me um enxoval."

"Acho que é isso mesmo. E não apenas de roupas. Toalhas de mesa, toalhas de mão, forros de almofadas." Ele ia virando as peças enquanto falava. "É um dotezinho um tanto patético, Martin. Meses de trabalho dedicado embalado em saquinhos de lavanda e papel de seda. Coitadinha. Você acha que isso era para o deleite de Stephen Maxie? Mal posso imaginar estes recatados panos de bandeja sendo usados em Martingale."

Martin pegou um deles e examinou-o, pensativo.

"Ela não podia estar pensando em Stephen quando fez isso. Ele só a pediu ontem, de acordo com o superintendente, e ela já devia estar trabalhando nisso há meses. Minha mãe costumava fazer esse tipo de trabalho. Você faz um caseado em torno do desenho e depois corta os pedaços do meio. Chamam de richelieu ou qualquer coisa assim. O efeito é muito bonito, se você gostar desse tipo de coisa", acrescentou em deferência à evidente falta de entusiasmo do chefe. Numa aprovação nostálgica, ruminou alguma coisa sobre o bordado, antes de entregá-lo para ser reposto na gaveta.

Dalgliesh foi até o balcão envidraçado. O parapeito largo ficava a cerca de noventa centímetros de altura. No momento, estava cheio de brilhantes fragmentos de vidro de uma coleção de miniaturas de animais. Um pingüim estava lá, deitado, sem uma asa, e um frágil cachorro dachshund partira-se em dois. Um gato siamês de impressionantes olhos azuis era o único sobrevivente do estilhaçado holocausto.

As duas seções maiores da janela, assim como a do meio, abriam-se para fora com um trinco. O duto, margeando uma janela semelhante cerca de um metro e oitenta abaixo, corria diretamente para o terraço pavimentado. Não seria uma descida difícil para alguém razoavelmente ágil. Até a subida era possível. Ele notou de novo como uma entrada daquelas estaria a salvo de bisbilhotices indesejadas. À direita ficava o grande muro de tijolos, quase escondido pelos galhos pendentes das faias, curvado na direção do caminho de entrada. Exatamente em frente da janela, a cerca de trinta metros de distância, ficavam as velhas cocheiras com a atraente torre do relógio. A janela podia ser observada do abrigo aberto nas cocheiras e de mais nenhum outro lugar. À esquerda, apenas uma reduzida parte do gramado era visível. Alguém parecia ter mexido nele. Havia uma pequena área, isolada com uma corda, na qual a grama fora cavada ou cortada. Até mesmo da janela, Dalgliesh conseguia ver os torrões revirados e a erupção de terra marrom por baixo. O superintendente Manning aproximara-se por trás e respondeu à pergunta inarticulada do inspetor.

"Aquela era a barraca de caça ao tesouro do doutor Epps. Ele costuma armá-la no mesmo lugar há vinte anos. Ontem, fizeram uma quermesse da igreja aqui. Já retiraram a maior parte das bandeiras. Para o vigário o ideal seria que o local estivesse limpo antes de domingo, mas leva um ou dois dias para se apagarem todos os vestígios."

Dalgliesh lembrou-se de que o superintendente era quase um homem do lugar. "Você estava aqui?", perguntou.

"Este ano, não. Estive de serviço durante quase toda a semana passada. Ainda temos aquele assassinato na fronteira do município para esclarecer. Isso não vai demorar muito, mas andei bastante enrolado. Minha mulher e eu costumávamos vir aqui uma vez por ano, para a quermesse, só que isso foi antes da guerra. Naquela época era diferente. Não acho que nos daríamos a esse trabalho agora. No entanto, eles ainda conseguem atrair uma boa multidão. Alguém poderia ter conhecido a moça e ela ter contado onde dormia. Isso vai significar muito trabalho para verificar os movimentos dela durante a tarde e a noite de ontem", disse Manning. Seu tom de voz dava a entender que estava satisfeito porque a tarefa não cabia a ele.

Dalgliesh não tecia teorias antes de saber dos fatos. Mas os fatos que ele reunira até então não sustentavam aquela confortável tese de um intruso desconhecido. Não havia sinais de tentativa de violência sexual, nenhuma evidência de roubo. Ele tinha em mente a questão da porta aferrolhada. É verdade que toda a família Maxie estava do lado certo da porta às sete daquela manhã, mas eles supostamente eram tão capazes quanto qualquer outra pessoa de descer por dutos ou por escadas de pedreiro.

Foi retirado o corpo — uma rígida forma irregular coberta com um lençol branco sobre a maca, destinada à faca do legista e ao frasco do patologista. Manning saiu para telefonar no escritório. Dalgliesh e Martin continuaram sua paciente inspeção da casa. Ao lado do quarto de Sally, havia um banheiro antiquado — a banheira funda revestida de mogno por fora e uma parede inteira coberta por um imenso armário de rouparia com prateleiras de pinho. As três paredes restantes eram ornadas com um elegante papel floral desbotado pelo tempo, e havia um carpete velho, mas ainda em bom estado, no chão. O aposento não oferecia nenhum esconderijo. Daquele pavimento, descia um lance de escada, coberta com uma passadeira barata, que desembocava num corredor lambrisado. De um lado, o corredor levava à cozinha; de outro, ao hall principal. Exatamente em frente da escada, ficava a pesada porta sul. Estava entreaberta, e Dalgliesh e Martin saíram do frescor de Martingale para o abafado calor do dia. Em algum lugar, os sinos de uma igreja tocavam as matinas de domingo. O som chegou claro e doce pelo meio das árvores, trazendo a Martin uma memória dos domingos de sua infância no campo — e a Dalgliesh, um lembrete de que havia muito a fazer e que pouco restava da manhã.

"Vamos dar uma olhada naquele velho bloco das cocheiras e na parede oeste, embaixo da janela. Depois disso, estou bastante interessado na cozinha. E, então, vamos passar ao interrogatório. Tenho a impressão de que a pessoa que procuramos dormiu sob este teto na noite passada."

2

Na sala de estar, os Maxie, seus dois convidados e Martha Bultitaft esperavam para serem interrogados. Eram discretamente vigiados pelo sargento-detetive, que se instalara numa pequena cadeira ao lado da porta e mostrava uma sólida indiferença, parecendo mais à vontade que os donos da casa. Seus tutelados tinham lá suas diversas razões para imaginar quanto tempo ainda esperariam, mas ninguém queria revelar sua ansiedade com perguntas. Haviam sido informados de que o inspetor-chefe detetive Dalgliesh da Scotland Yard chegara e logo estaria com eles, contudo nenhum deles estava preparado para perguntar quando. Felix e Deborah ainda usavam os trajes de cavalgar; os outros tinham se vestido apressadamente. Todos comeram pouco e esperavam sentados. Como pareceria uma insensibilidade que lessem, um escândalo que tocassem piano, imprudência que conversassem a respeito do assassinato e pouco natural que falassem de qualquer outro assunto, ficaram num silêncio quase total. Felix Hearne e Deborah estavam no sofá, ligeiramente afastados um do outro; de vez em quando, ele se inclinava para cochichar alguma coisa no ouvido dela. Stephen Maxie posicionara-se numa das janelas e estava de pé, as costas voltadas para a sala. Era uma posição que, como Felix Hearne notara cinicamente, permitia que ele mantivesse o rosto escondido e demonstrasse, com a cabeça inclinada, um sofrimento inarticulado. Pelo menos quatro dos observadores gostariam muito de saber se a dor era genuína. Eleanor Maxie instalara-se calmamente numa poltrona isolada. Ou estava entorpecida de dor, ou pensava muito profundamente. Tinha o rosto muito pálido, mas o breve pânico de que fora tomada à porta de Sally já havia passado. Sua filha notou que ela, pelo menos, tivera cuidado ao se vestir e apresentava uma aparência quase normal para a família e os convidados. Martha Bultitaft também se sentava um pouco à parte. Estava desconfortável na beirada da cadeira e lançava ocasionais olhares furiosos ao sargento — o qual, decerto, ela considerava responsável pelo constrangimento de estar sentada com a família na sala de estar enquanto havia trabalho a ser feito. Martha, a mais perturbada e aterrorizada pela descoberta matinal, parecia agora encarar a coisa toda como um insulto pessoal e encontrava-se num taciturno ressentimento. Catherine Bowers é que dava a impressão de estar mais à vontade. Ela retirara um caderninho de notas da bolsa e escrevia nele de vez em quando, como se estivesse refrescando a memória a respeito dos eventos da manhã. Ninguém se enganava com aquela aparência de normalidade e eficiência, mas todos a invejavam por conseguir dar uma demonstração tão boa a seu próprio respeito. Os presentes sentiam-se num isolamento essencial e estavam imersos em seus próprios pensamentos. A sra. Maxie mantinha os olhos nas mãos fortes, unidas no colo, mas sua cabeça estava no filho.

"Ele vai superar isso, os jovens sempre superam. Graças a Deus, Simon nunca saberá o que aconteceu. Vai ser difícil lidar com a enfermagem sem Sally. Acho que não deveria estar pensando em tal coisa. Pobre menina. Pode ser que haja impressões digitais naquela tranca. A polícia terá pensado nisso. A não ser que ele tivesse usado luvas. Todo mundo sabe sobre luvas hoje em dia. Imagino quantas pessoas já usaram aquela janela para ir encontrá-la. Suponho que eu devesse ter pensado nessa hipótese, mas como ela poderia permitir tal coisa? Ela estava com o filho, afinal de contas. O que farão com o Jimmy? Uma mãe assassinada e um pai que, agora, ele jamais conhecerá. Está aí um segredo que ela guardou. Um entre muitos, provavelmente. A gente nunca consegue conhecer as pessoas. O que eu sei a respeito de Felix? Ele poderia ser perigoso. Esse inspetor-chefe também. Martha deveria estar cuidando do almoço. Quer dizer, se é que alguém vai querer almoçar. Onde é que a polícia vai comer? Suponho que eles queiram usar nossos aposentos somente hoje. A enfermeira vai estar aqui ao meio-dia, de modo que, a essa hora, terei de ver o Simon. Acho que, se eu pedir, eles vão deixar. Deborah está no limite. Todos nós estamos. Se apenas pudéssemos não perder a cabeça."

Deborah pensou: "Eu deveria detestá-la um pouco menos agora que está morta, mas não consigo. Sempre causou problemas. Ela gostaria de nos ver assim, os principais, suando. Talvez ela veja. Não devo perder o equilíbrio. Seria bom se pudéssemos conversar sobre isso tudo. Poderíamos ter mantido o silêncio a respeito de Stephen e Sally, se Eppy e a senhorita Liddell não estivessem no jantar. E Catherine, é claro. Há sempre Catherine. Ela vai gostar disso tudo, com certeza. Felix sabe que Sally tinha sido dopada. Bem, se ela estava, foi na minha caneca. Deixemos que eles se virem como puderem quanto a isso".

Felix Hearne pensou: "Eles não devem tardar muito mais. O problema é não perder a paciência. São policiais ingleses, policiais extremamente educados fazendo perguntas em obediência restrita às regras jurídicas. É o diabo esconder o medo. Posso imaginar a cara de Dalgliesh se eu resolver me explicar. Desculpe, inspetor, se pareço aterrorizado pelo senhor. A reação é puramente automática, um tique do sistema nervoso. Tenho aversão a interrogatórios formais, e ainda mais à sessão informal cuidadosamente encenada. Tive experiência dela na França. Recuperei-me inteiramente dos efeitos, o senhor compreende, a não ser por este leve legado. Tendo a perder a cabeça. Pura covardia, só isso. Tenho certeza de que o senhor vai compreender, *Herr* Inspetor. Suas perguntas são muito razoáveis. É pena que eu desconfie das perguntas razoáveis. Não podemos deixar isso sair das proporções, é claro. É uma pequena deficiência. Uma parte comparativamente pequena da vida de alguém é gasta com interrogatórios da polícia. Eu me saí bem. Eles até me deixaram algumas unhas. Estou só tentando explicar que posso achar difícil dar as respostas que o senhor quer".

Stephen se virou.

"E um advogado?", perguntou ele de súbito. "Será que não deveríamos chamar Jephson?"

Sua mãe levantou os olhos da contemplação silenciosa de suas mãos. "Mattew Jephson está passeando de carro em algum lugar do continente. Lionel está em Londres. Poderíamos chamá-lo, se você acha que é necessário."

A voz dela tinha um tom de interrogação. Deborah disse impulsivamente: "Oh, mamãe! *Não* Lionel Jephson. Ele é o chato mais pomposo do mundo. Vamos esperar até sermos presos antes de encorajá-lo a vir se pavonear. Além disso, não é advogado criminal. Só entende de bens, declarações juramentadas e documentos. Isso iria chocar a respeitável alma dele até o miolo. Não nos poderia ser útil".

"E você, Hearne?", perguntou Stephen.

"Eu me viro sem ajuda, obrigado."

"Deveríamos pedir-lhe desculpas por envolvê-lo nisso", disse Stephen com formalidade rígida. "É desagradável para você e pode ser inconveniente. Eu não sei quando poderá voltar para Londres." Felix achou que o pedido de desculpa deveria ser feito com mais propriedade a Catherine Bowers. Stephen parecia determinado a não dar importância à moça. Será que o tolo arrogante acreditava seriamente que aquela morte era apenas uma questão de descontentamento e inconveniência? Ele olhou para a sra. Maxie enquanto respondia.

"Terei muito prazer em ficar, voluntária ou involuntariamente, se puder ser de alguma utilidade."

Catherine ia acrescentar seus ansiosos protestos no mesmo sentido quando o sargento silencioso, reanimando-se, pulou em posição de sentido num só movimento. A porta se abriu e entraram três policiais à paisana. O superintendente Manning já era conhecido, e ele apresentou logo seus acompanhantes como o inspetor-chefe detetive Adam Dalgliesh e o sargento-detetive George Martin. Cinco pares de olhos viraram-se simultaneamente para o estranho mais alto com medo, avaliação ou franca curiosidade.

Catherine Bowers pensou: "Alto, moreno e bonito. Nada do que eu esperava. Um rosto até bem interessante".

Stephen Maxie pensou: "Demônio de sobrancelhas salientes. Ele não se apressou em vir. Acho que a idéia é nos amaciar. Ou, então, andou bisbilhotando pela casa. Isso é o fim da privacidade".

Felix Hearne pensou: "Bem, aí estamos. Adam Dalgliesh, já ouvi falar dele. Impiedoso, pouco ortodoxo, sempre correndo contra o tempo. Acho que tem suas compulsões particulares. Pelo menos, acha que somos adversários dignos do melhor".

Eleanor Maxie pensou: "Onde é que já vi essa cabeça antes? Claro. Aquele Dürer. Foi em Munique? Retrato de um homem desconhecido. Por que a gente sempre espera que os oficiais de polícia usem chapéu-coco e capa de chuva?".

Durante a troca de apresentações e cortesias, Deborah Riscoe encarou Dalgliesh como se o visse através de uma teia de cabelo vermelho-dourado.

Quando ele falou, foi numa curiosa voz grave, relaxada e pouco enfática.

"Pelo que o superintendente Manning me disse, compreendo que o pequeno escritório aqui ao lado foi posto à minha disposição. Espero não monopolizar qualquer um de vocês durante muito tempo. Gostaria, por favor, de falar com cada um separadamente e nesta ordem."

"Venha me ver no meu estúdio às nove, nove e cinco, nove e dez...", cochichou Felix para Deborah. Ele não tinha certeza se estava buscando consolo para si mesmo ou para ela, mas não houve nenhum sorriso de resposta.

Dalgliesh deixou o olhar passar rapidamente sobre o grupo. "Senhor Stephen Maxie, senhorita Bowers, senhora Maxie, senhora Riscoe, senhor Hearne e senhora Bultitaft. Por favor, os que ficarem esperando continuem aqui. Se alguém precisar sair da sala, há uma policial e um guarda, do lado de fora, para acompanhá-los. Essa supervisão será suspensa assim que todos tiverem sido entrevistados. Pode vir comigo, por favor, senhor Maxie?"

3

Stephen Maxie tomou a iniciativa.

"Acho melhor começar informando-o de que a senhorita Jupp e eu estávamos noivos e íamos nos casar. Eu fiz o pedido ontem à tarde. Não há nenhum segredo a esse respeito. Isso não pode ter tido nada a ver com a morte dela, e eu não teria me dado ao trabalho de mencioná-lo a não ser pelo fato de ela ter dado a notícia na frente da maior fofoqueira da aldeia, de modo que vocês já iam mesmo ficar sabendo logo, logo."

Dalgliesh, que já sabia da proposta e não estava nada convencido de que ela não tivesse algo a ver com o homicídio, agradeceu seriamente ao dr. Maxie por sua franqueza e expressou condolências formais pela morte da noiva. O rapaz levantou a cabeça lançando-lhe um olhar repentino e direto.

"Não acho que tenha o direito de receber condolências. Não consigo sequer me sentir consternado. Acho que sentirei isso depois que o choque tiver passado um pouco. Nós só ficamos noivos ontem, e agora ela está morta. Ainda é inacreditável."

"Sua mãe sabia do noivado?"

"Sabia. Toda a família sabia, com exceção de meu pai."

"A senhora Maxie aprovava?"

"Não seria melhor o senhor perguntar diretamente a ela?"

"Talvez seja. Quais eram as suas relações com a senhorita Jupp antes de ontem à tarde, doutor Maxie?"

"Se o senhor está perguntando se éramos amantes, a resposta é não. Eu tinha pena dela, admirava-a e me sentia atraído por ela. Não tenho idéia do que ela pensava de mim."

"E, no entanto, ela aceitou sua oferta de casamento?"

"Não especificamente. Ela contou para a minha mãe e para os convidados que eu havia feito o pedido, e supus que tinha a intenção de aceitá-lo. De outro modo, não haveria sentido em dar a notícia."

Dalgliesh conseguia pensar em vários motivos para a moça dar a notícia, mas não estava preparado para discuti-los. Em vez disso, convidou a testemunha a fazer o seu próprio relato sobre os eventos recentes, a partir do momento em que os comprimidos de Sommeil desaparecidos haviam sido trazidos para dentro de casa pela primeira vez.

"Então o senhor acha que ela foi drogada, inspetor? Quando o superintendente chegou, eu contei a ele sobre os comprimidos. Temos certeza de que estavam no armário de remédios do meu pai hoje de manhã cedo. A senhorita Bowers reparou neles quando foi pegar uma aspirina. Eles não estão lá agora. O único Sommeil do armário está numa embalagem lacrada. O frasco sumiu."

"Não tenho dúvidas de que o encontraremos, doutor Maxie. A autópsia descobrirá se a senhorita Jupp estava ou não drogada — e, se for o caso, qual foi a quantidade ingerida. Certamente há algo mais do que chocolate naquela caneca ao lado da cama. É claro que ela mesma pode ter posto a droga no chocolate."

"Se não foi ela, inspetor, quem foi? A droga pode não ter sido destinada a Sally. Aquela caneca ao lado da cama era de minha irmã. Cada um de nós tem a sua, e são todas diferentes. Se o Sommeil era para Sally, deve ter sido posto na bebida depois que ela a levou para o quarto."

"Se as canecas são tão diferentes, é curioso que a senhorita Jupp tivesse apanhado a caneca errada. Por certo, é um erro improvável."

"Pode não ter sido um erro", disse Stephen bruscamente.

Dalgliesh não lhe pediu explicações, mas escutou em silêncio a testemunha descrever a visita de Sally ao São Lucas na quinta-feira anterior, os eventos na quermesse da igreja, o impulso repentino que o levara a pedi-la em casamento e o achado do corpo da noiva. O relato que fez foi factual, conciso e quase sem emoção. Ao descrever a cena no quarto de Sally, sua voz tinha um distanciamento praticamente clínico. Ou ele tinha um controle maior do que devia ou previra a entrevista e treinara-se de antemão para não se trair por medo ou remorso.

"Eu fui com Felix Hearne buscar a escada. Ele estava vestido, mas eu ainda estava de roupão. Perdi um dos pés dos meus chinelos no caminho para o alpendre em frente à janela da Sally, de modo que ele chegou lá primeiro e agarrou a escada. Ela é sempre guardada lá. Quando consegui alcançá-lo, ele já a arrastara para fora e perguntou para que lado levá-la. Eu apontei na direção da janela da Sally. Nós carregamos a escada juntos, embora ela seja bem leve. Uma pessoa poderia com ela, apesar de eu não ter certeza se uma mulher conseguiria carregá-la. Nós a pusemos contra a parede; Hearne subiu primeiro enquanto eu a segurava. Eu o segui logo depois. A janela estava aberta, mas com as cortinas puxadas. Como o senhor viu, a cama fica em ângulo reto com a janela, com a cabeceira na direção dela. Há um parapeito largo onde o balcão envidraçado se projeta para fora, e parece que Sally mantinha lá uma coleção de pequenos animais de vidro. Notei que eles estavam espalhados e a maior parte, quebrada. Hearne foi até a porta e abriu o ferrolho. Eu fiquei olhando Sally. As roupas de cama estavam puxadas até o queixo, mas pude constatar imediatamente que estava morta. Àquela altura, o resto da família estava em volta da cama, e, quando puxei os lençóis, pudemos ver o que acontecera. Não mexemos nela. Estava deitada de costas e parecia em paz. Mas o senhor sabe como era a aparência dela. O senhor a viu."

"Eu sei o que vi", disse Dalgliesh. "Agora, estou perguntando o que o senhor viu."

O rapaz olhou para ele com curiosidade e então fechou os olhos por um segundo antes de responder. Ele falou numa voz uniforme, sem expressão, como se estivesse repetindo uma lição decorada. "Havia um fio de sangue no canto da boca. Os olhos estavam quase fechados. Havia uma impressão bem distinta de um polegar sob a mandíbula, do lado direito, na altura da tireóide, e uma indicação menos clara de marcas de dedos no lado esquerdo do pescoço, ao longo da cartilagem da tireóide. Trata-se de um caso evidente de estrangulação manual com a mão direita, feita de frente. Deve ter sido usada uma força considerável, mas acho que a morte pode ter sido por inibição vagal e bastante súbita. Havia poucos sinais de asfixia. Mas, sem dúvida, a autópsia lhe dará os fatos."

"Espero que eles estejam de acordo com as suas observações. Deu para ter alguma idéia da hora da morte?"

"Havia algum *rigor mortis* na mandíbula e nos músculos do pescoço. Não sei o quanto esse estado havia se espalhado pelo resto do corpo. Estou descrevendo os sinais que notei quase que subconscientemente. Seria difícil esperar um relato completo do que aconteceu depois da morte sob aquelas circunstâncias."

O sargento Martin, com a cabeça inclinada sobre o caderno de notas, detectou com acerto o primeiro toque de histeria e pensou: "Coitado! O camarada consegue ser bem brutal. Até agora ele resistiu bem, no entanto. Bem demais para um homem que acaba de descobrir o corpo da namorada. Se é que ela era namorada dele".

"Vou receber o relatório da autópsia no tempo devido", disse Dalgliesh calmamente. "Eu estava interessado na sua avaliação sobre a hora da morte."

"Apesar da chuva, a noite estava bem quente. Eu diria que não menos de cinco horas, não mais do que oito."

"O senhor matou Sally Jupp, doutor?"

"Não."

"Sabe quem a matou?"

"Não."

"Quais foram os seus movimentos do momento em que terminou o jantar no sábado à noite até a hora em que a senhorita Bowers o chamou, hoje de manhã, com a notícia de que a porta de Sally Jupp estava aferrolhada?"

"Tomamos café na sala de estar. Lá pelas nove horas, minha mãe sugeriu que começássemos a contar o dinheiro, que estava no cofre aqui do escritório. Achei que ficariam melhor sem a minha presença; eu estava me sentindo inquieto e saí para dar uma volta. Disse à minha mãe que talvez voltasse tarde e pedi a ela que deixasse a porta sul aberta. Eu não tinha nada em especial na cabeça, mas, logo que saí de casa, achei que gostaria de ver Sam Bocock. Ele mora sozinho no chalé do outro lado do prado. Passei pelo jardim, caminhei em meio ao prado até o chalé dele e fiquei lá até bem tarde. Não consigo me lembrar exatamente a que horas saí, mas ele poderá ajudar. Acho que foi logo depois das onze. Caminhei de volta sozinho, entrei em casa pela porta sul, passei nela o ferrolho e fui para a cama. É isso."

"Foi direto para casa?"

Dalgliesh não deixou de notar a hesitação quase imperceptível.

"Fui."

"Isso significa que o senhor estava de volta em casa a que horas?"

"Do chalé de Bobock até aqui é uma caminhada de apenas cinco minutos, mas eu não estava com pressa. Acho que já estava na cama lá pelas onze e meia."

"É uma pena que não possa ser mais exato quanto à hora, doutor Maxie. E surpreendente, também, uma vez que tem um relógio com mostrador luminoso na mesa-de-cabeceira."

"Posso ter. O que não significa que eu sempre preste atenção na hora em que durmo ou acordo."

"O senhor passou duas horas com o senhor Bocock. Sobre o que conversaram?"

"Sobretudo sobre cavalos e música. Ele tem um toca-discos ótimo. Escutamos seu novo disco de Klemperer regendo a *Eroica*, para ser preciso."

"O senhor tem o costume de visitar o senhor Bocock e passar a noite com ele?"

"Costume? Bocock foi cavalariço do meu avô. Ele é meu amigo. O senhor não visita seus amigos quando tem vontade, inspetor, ou será que não tem nenhum?"

Foi o primeiro sinal de perda de paciência. A expressão de Dalgliesh não mostrou nenhuma emoção, nem mesmo satisfação. Ele empurrou um pequeno quadrado de papel para o outro lado da mesa; havia nele três minúsculas lascas de vidro.

"Foram encontradas no alpendre em frente ao quarto da senhorita Jupp, onde o senhor disse que a escada normalmente fica guardada. O senhor sabe o que são?"

Stephen Maxie curvou-se e estudou o objeto exposto

sem interesse aparente. "É claro que são lascas de vidro. É tudo o que posso dizer. Poderiam ser parte de um vidro de relógio quebrado, suponho."

"Ou parte de um dos animais de vidro quebrados do quarto da senhorita Jupp."

"Pode ser."

"Vejo que o senhor está usando um pedaço de esparadrapo no nó dos dedos da mão direita. O que aconteceu?"

"Ralei-me de leve quando voltava para casa ontem à noite. Raspei a mão contra a casca de uma árvore. Pelo menos, esta é a explicação mais provável. Não consigo me lembrar de quando aconteceu e só notei o sangue quando cheguei ao meu quarto. Botei este curativo antes de ir para a cama e normalmente já o teria tirado, a estas horas. A esfoladura não foi de muita importância, mas tenho de cuidar das minhas mãos."

"Posso ver?"

Stephen adiantou-se e pôs a mão, com a palma para baixo, sobre a mesa. Dalgliesh notou que ele não tremia. O rapaz pegou a ponta do esparadrapo e a puxou. Juntos, eles inspecionaram a articulação esbranquiçada por baixo. Stephen não mostrou sinais de inquietude, mas examinou sua própria mão com o ar de um especialista, tendo a condescendência de examinar um objeto indigno de sua atenção. Apanhou o curativo descartado, dobrou-o com cuidado e o atirou com precisão na cesta de papéis.

"Para mim, parece um corte", disse Dalgliesh. "Ou poderia, é claro, ser um arranhão causado por uma unha."

"Poderia, é claro", concordou o suspeito, à vontade. "Mas, se fosse, o senhor não esperaria encontrar sangue e pele embaixo da unha que causou o arranhão? É pena que não consiga agora me lembrar de como isso aconteceu." Ele olhou a mão outra vez e acrescentou: "É, parece mesmo um corte, mas tão pequeno! Dentro de dois dias, já não estará visível. Tem certeza de que não quer fotografá-lo?".

"Não, obrigado", disse Dalgliesh. "Temos coisas mais sérias a fotografar lá em cima."

O inspetor sentiu uma considerável satisfação ao observar o efeito de suas palavras. Enquanto ele fosse o encarregado do caso, nenhum de seus suspeitos poderia pensar em fugir ao horror daquilo que estivera deitado na cama lá em cima para se proteger em mundos privados, distanciamentos ou cinismo. Esperou um momento e depois continuou, sem remorsos.

"Quero ter certeza absoluta a respeito dessa porta sul. Ela abre diretamente sobre o lance de escada que leva ao antigo quarto das crianças. Podemos dizer então que a senhorita Jupp dormia numa parte da casa dotada de entrada independente; quase um apartamento isolado. À noite, depois que a parte da cozinha estivesse fechada, ela poderia deixar entrar qualquer um por aquela porta sem o risco de ser descoberta. Se a porta foi deixada sem ferrolho, alguém poderia subir ao quarto dela com razoável facilidade. Agora, o senhor me conta que a porta sul fora deixada aberta para o senhor desde as nove horas, quando acabou de jantar, até pouco depois das onze, quando voltou do chalé do senhor Bocock. Seria correto dizer que, durante esse tempo, qualquer um poderia ter acesso à casa pela porta sul?"

"Acho que sim."

"É claro que o senhor sabe com certeza, senhor Maxie."

"Sim, poderia. Como o senhor deve ter visto, a porta tem dois ferrolhos pesados do lado de dentro e uma fechadura de lingüeta. Há anos que não usamos a fechadura. Acho que as chaves estão em algum lugar. Minha mãe deve saber. Normalmente, mantemos a porta fechada durante o dia e com o ferrolho passado à noite. No inverno, ela em geral fica aferrolhada o tempo todo e quase nunca é usada. Há outra porta para a parte da cozinha. Somos meio descuidados com essas coisas de trancar tudo, mas nunca tivemos problemas. Mesmo se trancássemos cuidadosamente todas as portas, a casa não seria à prova de ladrões. Qualquer um poderia entrar pelas janelas francesas da sala de estar. Nós as trancamos, mas o vidro pode ser quebrado com facilidade. Nunca pareceu valer a pena nos preocuparmos muito com segurança."

"E além dessa porta sempre aberta, havia uma conveniente escada no velho bloco das cocheiras?"

Stephen Maxie deu de ombros.

"Ela tem de ser guardada em algum lugar. Não trancamos a escada só porque alguém pode ter a idéia de usá-la para entrar pela janela."

"Não temos provas de que alguém tenha feito isso. Ainda estou interessado naquela porta. O senhor estaria preparado para jurar que ela estava desaferrolhada quando voltou do chalé do senhor Bocock?"

"Claro. De outro modo, eu não teria conseguido entrar."

Dalgliesh disse rapidamente: "O senhor se dá conta da importância de determinar a que horas finalmente aferrolhou aquela porta?".

"Claro."

"Vou perguntar mais uma vez a que horas aferrolhou a porta e aconselho-o a pensar com muito cuidado antes de responder."

Stephen Maxie olhou-o diretamente nos olhos e disse, quase que à vontade:

"Pelo meu relógio, era meia-noite e trinta e três. Eu não estava conseguindo dormir, e à meia-noite e meia lembrei, de repente, que não havia trancado a porta. Então saí da cama e fui até lá fechá-la. Não vi ninguém nem ouvi nada e voltei direto para o meu quarto. Não há dúvida de que foi falta de cuidado da minha parte, mas, se houver alguma lei que penalize quem esquece de trancar portas, eu deveria ser informado a respeito."

"Então à meia-noite e trinta e três o senhor trancou a porta sul?"

"Foi", replicou Stephen Maxie com facilidade. "Aos trinta e três minutos depois da meia-noite."

4

Dalgliesh teve em Catherine Bowers a testemunha com que todo policial sonhava — circunspecta, esmerada e confidente. Ela entrou cheia de autocontrole, sem demonstrar sinais de nervosismo ou dor. Dalgliesh não gostou dela. Sabia que era propenso a ter essas antipatias pessoais e havia muito aprendera não só a escondê-las como a avaliá-las. Mas tinha razão em supor que ela era uma observadora precisa. Tinha sido rápida em observar as reações das pessoas, assim como em notar a seqüência dos eventos. Foi por Catherine Bowers que Dalgliesh soube como os Maxie ficaram chocados com o anúncio feito por Sally, como a moça rira triunfalmente com a notícia e como os comentários que ela lançara à srta. Liddell causaram efeitos nada comuns. A srta. Bowers estava também perfeitamente preparada para discutir seus próprios sentimentos.

"É claro que foi um choque terrível quando Sally nos deu a notícia, mas posso perceber muito bem como isso aconteceu. Não há ninguém mais gentil do que o doutor Maxie. Ele tem consciência social em excesso, como sempre digo a ele, e a moça aproveitou-se disso. Tenho certeza de que não a amava de verdade. Nunca a mencionou para mim, e me diria alguma coisa antes de falar com qualquer outra pessoa. Se eles se amassem mesmo, Stephen poderia ter confiado em mim para o que desse e viesse."

"A senhorita quer dizer que havia um compromisso entre vocês?"

Dalgliesh teve dificuldade em suprimir a surpresa da voz. Era só o que faltava: mais uma noiva para tornar o caso fantástico.

"Não exatamente um compromisso, inspetor. Nada de aliança ou coisas desse tipo. Mas éramos amigos íntimos há tanto tempo que era meio tido como certo... Suponho que o senhor possa dizer que tínhamos um entendimento. Não havia porém planos definidos. O doutor Maxie ainda tem muito tempo pela frente antes de pensar em casamento. E ainda tem que pensar na doença do pai dele."

"Então a senhorita não estava de fato noiva dele?"

Diante dessa pergunta intransigente, Catherine admitiu que não, mas com um sorrisinho de auto-satisfação que fazia crer que tudo era apenas uma questão de tempo.

"Alguma coisa lhe pareceu fora do comum quando a senhorita chegou a Martingale para o fim de semana?"

"Bem, na sexta-feira cheguei meio tarde, um pouco antes do jantar. O doutor Maxie chegou bem à noite, e o senhor Hearne só veio no sábado de manhã. Desse modo, presentes ao jantar só estávamos eu, a senhora Maxie e Deborah. Pareceu-me que estavam preocupadas. Não gosto de ter que dizer isso, mas acho que Sally Jupp era uma mocinha ardilosa. Ela estava servindo a mesa e não gostei nada da atitude dela."

Dalgliesh quis saber do que se tratava, mas a referida "atitude", tanto quanto conseguiu julgar, não passou de um meneio de cabeça de Sally quando Deborah se dirigira a ela e do esquecimento de chamar a senhora Maxie de "madame". Contudo, ele não descartou a impressão de Catherine. Era muito provável que nem a senhora Maxie nem a filha estivessem inteiramente alheias ao perigo.

Ele mudou a abordagem e interrogou-a com cuidado sobre os acontecimentos daquela manhã de domingo. Catherine descreveu como acordara com uma tremenda dor de cabeça depois de uma noite maldormida, e como tinha ido procurar uma aspirina. A sra. Maxie convidara-a a fazê-lo, e foi aí que ela notou o frasquinho de Sommeil. A princípio, achou que os comprimidos fossem aspirina, mas logo se deu conta de que eram pequenos demais e que a cor era diferente. Além disso, o frasco estava rotulado. Ela não notara quantos comprimidos de Sommeil havia no frasco, mas tinha certeza absoluta de que o vidro estava no armário de remédios às sete horas daquela manhã — assim como tinha certeza de que ele não estava mais lá quando Stephen Maxie o procurou depois de encontrar o corpo de Sally Jupp. O único Sommeil no armário, então, era o que estava numa embalagem ainda fechada e lacrada.

Dalgliesh pediu-lhe que descrevesse o momento em que encontraram o corpo e ficou surpreso com a imagem vívida que ela conseguia passar.

"Quando Martha veio dizer à senhora Maxie que Sally não tinha se levantado, pensamos que ela tinha dormido demais outra vez. Então Martha voltou para dizer que a porta dela estava trancada e que Jimmy estava chorando, e fomos ver o que estava acontecendo. Não há dúvidas de que a porta estava trancada. Como o senhor sabe, o doutor Maxie e o senhor Hearne entraram pela janela, e eu ouvi um deles puxando o ferrolho. Acho que deve ter sido o senhor Hearne, porque ele abriu a porta. Stephen estava de pé perto da cama, olhando para Sally. O senhor Hearne disse: 'Acho que ela está morta'. Alguém gritou. Foi Martha, creio, mas não me virei para olhar. Eu disse: 'Não pode ser! Ela estava bem ontem à noite!'. Tínhamos nos aproximado da cama e Stephen puxou o lençol, que estava esticado até o queixo e dobrado com cuidado. Achei parecer que alguém tinha posto Sally na cama para dormir confortavelmente. Assim que vimos as marcas no pescoço, soubemos o que acontecera. A senhora Maxie fechou os olhos durante alguns instantes. Achei que ela ia desmaiar e me aproximei. Mas ela conseguiu se manter firme e ficou aos pés da cama, agarrada à grade. Ela tremia com tanta violência que sacudia a cama toda. Era uma cama leve, de solteiro — como o senhor deve ter visto —, e as sacudidelas faziam o corpo balançar um pouquinho para cima e para baixo. Stephen disse, com muito carinho: 'Cubra o rosto dela', mas o senhor Hearne o lembrou de que era melhor não tocarmos em nada até que a polícia chegasse. O senhor Hearne era o mais calmo de todos, pensei, mas acho que ele está acostumado à morte violenta; parecia mais interessado do que chocado. Inclinou-se sobre Sally e suspendeu-lhe uma das pálpebras. Setphen disse com rudeza: 'Eu não me preocuparia, Hearne. Ela está morta mesmo'. O senhor Hearne respondeu: 'Não é isso. Estava pensando por que não lutou'. Então, ele mergulhou o dedo mindinho na caneca de chocolate na mesa-de-cabeceira. Havia líquido só até a metade, e sobre sua superfície se formara uma nata. A nata grudou no dedo do senhor Hearne e ele a raspou contra o lado da caneca antes de pôr o dedo na boca. Olhávamos todos para ele como se fosse nos demonstrar alguma coisa maravilhosa. Achei que a senhora Maxie parecia, bem, um tanto esperançosa. Feito uma criança numa festa. Stephen disse: 'Bem, o que é?'. O senhor Hearne encolheu os ombros e disse: 'O analista é que tem de dizer. Acho que ela foi dopada'. Nesse exato minuto, Deborah soltou uma espécie de suspiro e cambaleou na direção da porta. Ela estava lívida e era óbvio que iria vomitar. Tentei chegar até ela, mas o senhor Hearne disse bem abruptamente: 'Tudo bem, deixem ela comigo'. Ele a guiou para fora do quarto, e acho que foram para o banheiro da empregada, ao lado. Não me surpreendeu que Deborah fraquejasse daquele jeito. Fiquei com a senhora Maxie e Stephen no quarto. Sugeri que a senhora Maxie encontrasse uma chave para que a porta pudesse ficar trancada, e ela respondeu: 'Sim, acho que isso é o normal. E não deveríamos telefonar para a polícia? Seria melhor ligar da extensão do quarto de vestir'. Suponho que ela quisesse dizer que o lugar seria mais reservado. Lembro de ter pensado: 'Se ligarmos do quarto de vestir, as empregadas não conseguirão ouvir', esquecendo que 'as empregadas' significava Sally — e Sally jamais ouviria qualquer outra coisa."

"A senhorita está querendo dizer que Sally Jupp tinha o hábito de ouvir a conversa dos outros", interrompeu o inspetor.

"É claro que sempre tive essa impressão, inspetor. Mas sempre achei que ela era dissimulada. Nunca parecia nem um pouco agradecida por tudo o que a família fizera por ela. Odiava a senhora Riscoe, não há dúvida. Qualquer um podia ver isso. Imagino que tenham lhe contado o caso do vestido copiado."

Dalgliesh expressou interesse por esse título intrigante e foi recompensado com uma descrição gráfica do incidente e da reação que ele provocou.

"Daí o senhor pode ver o tipo de moça que ela era. A senhora Riscoe fingiu levar tudo numa boa, mas eu podia ver como estava se sentindo. Ela poderia ter matado Sally." Catherine Bowers puxou a saia para os joelhos com uma imitação de recato complacente. Ou ela era uma atriz muito boa ou não tinha consciência do ato falho. Dalgliesh continuou o interrogatório com uma sensação de que poderia estar diante de uma personalidade mais complexa do que a princípio pensara.

"Diga-me, por favor, o que aconteceu quando a senhora Maxie, o filho dela e a senhorita chegaram ao quarto de vestir."

"Eu já estava chegando lá, inspetor. Eu apanhara Jimmy do berço e ainda o tinha no colo. Pareceu-me terrível que ele pudesse ter ficado sozinho naquele quarto com a mãe morta. Quando entramos todos de roldão, ele parou de chorar e acho que ninguém se lembrou dele durante algum tempo. De repente, eu o notei. Tinha se apoiado à grade do berço e estava se balançando lá, com as fraldas molhadas penduradas nas pernas e um olhar muito intrigado no rosto. É claro que é muito pequeno para compreender, graças a Deus, e espero que tenha só ficado imaginando o que todo mundo fazia ao redor da cama da mãe. Ele ficara quietinho e veio para o meu colo de boa vontade. Levei-o comigo para o quarto de vestir. Quando chegamos lá, o doutor Maxie foi direto ao armário de remédios e exclamou: 'Sumiu!'. Perguntei-lhe o que estava querendo dizer e ele me contou a respeito do Sommeil desaparecido. Foi a primeira vez que ouvi falar no assunto. Disse-lhe que o frasco estava lá quando fui pegar a aspirina, de manhã. Enquanto falávamos, a senhora Maxie passou ao quarto do marido. Ela só ficou lá um minuto e, ao voltar, disse: 'Ele está bem. Está dormindo. Já chamaram a polícia?'. Stephen foi ao telefone; eu disse que manteria Jimmy comigo enquanto me vestia e que daria o café-da-manhã para ele. Ninguém respondeu, e eu me dirigi até a porta. Antes de sair, virei-me e vi Stephen com a mão no telefone. Sua mãe pôs a mão sobre a dele, e eu a ouvi dizer: 'Espere. Há uma coisa que preciso saber'. Stephen replicou: 'Você não precisa perguntar. Não sei nada a respeito. Juro'. A senhora Maxie deu um pequeno suspiro e pôs as mãos nos olhos. Então Stephen apanhou o telefone e eu saí do quarto."

Ela fez uma pausa e olhou para Dalgliesh como se esperasse que ele fizesse algum comentário — ou como se o convidasse a isso.

"Obrigado", disse ele, sério. "Por favor, continue."

"Não há mesmo muito mais o que contar, inspetor. Levei Jimmy para o meu quarto. No caminho, passei para pegar uma fralda limpa no banheiro pequeno. A senhora Riscoe e o senhor Hearne ainda estavam lá. Ela tinha vomitado e ele a estava ajudando a lavar o rosto. Não pareceram ficar muito contentes em me ver. Eu disse: 'Depois que você estiver melhor, acho que sua mãe vai precisar de alguma atenção. Estou cuidando do Jimmy'. Nenhum dos dois respondeu. Encontrei as fraldas no armário da rouparia, fui para o meu quarto e troquei Jimmy. Depois, deixei-o brincar um pouco na minha cama enquanto eu me vestia. Isso não levou mais de dez minutos. Eu o carreguei até a cozinha e lhe dei um ovo quente com pão, biscoitos e um pouco de leite quente. Ele ficou perfeitamente bem o tempo todo. Martha estava na cozinha preparando o café-da-manhã, mas não nos falamos. Fiquei surpresa de encontrar o senhor Hearne lá também. Ele estava fazendo café. Acho que a senhora Riscoe estava com a mãe dela. O senhor Hearne também não estava muito a fim de conversar. Acho que estava chateado comigo pelo que eu disse à senhora Riscoe. Ela é perfeita aos olhos dele, como o senhor pode adivinhar. Bem, como eles não pareciam inclinados a discutir o que deveria ser feito em seguida, resolvi assumir a questão e fui até o hall com Jimmy e telefonei para a senhorita Liddell. Contei a ela o que acontecera e pedi que viesse buscar o bebê até que as coisas estivessem mais organizadas. Ela chegou de táxi em uns quinze minutos, e, àquela altura, o doutor Epps e a polícia já tinham chegado. O resto o senhor sabe."

"Foi um relato muito lúcido e muito útil, senhorita Bowers. A senhorita tem a vantagem de ser uma observadora bem treinada, mas nem todos os observadores bem treinados conseguem apresentar os fatos numa seqüência lógica. Não vou prendê-la por muito mais tempo. Só quero voltar à parte inicial da noite. Até agora a senhorita descreveu com muita clareza os eventos de ontem à tarde e de hoje de manhã. O que quero estabelecer, agora, é a seqüência dos eventos das dez da noite em diante. Nessa hora, creio, a senhorita ainda estava no escritório com a senhora Maxie, o doutor Epps e a senhorita Liddell. Será que poderia seguir daí?"

Pela primeira vez, Dalgliesh percebeu um traço de hesitação na resposta. Até então, ela respondera ao interrogatório com uma fluência que o impressionou; era espontânea demais para ser astuciosa. Por enquanto, ele podia crer que Catherine Bowers não achara a entrevista desagradável. Era difícil conciliar expansões desinibidas como aquelas com uma consciência culpada. Agora, no entanto, ele sentia nela uma repentina perda de confiança — a ligeira tensão ao enfrentar uma mudança de ênfase indesejável. Catherine confirmou que a srta. Liddell e o dr. Epps deixaram o escritório para ir para casa por volta das dez e meia. A sra. Maxie despedira-se deles e voltou para junto de Catherine. As duas arrumaram os papéis e trancaram o dinheiro no cofre. A sra. Maxie não mencionara ter visto Sally; nenhuma delas falara nisso. Depois de trancar o dinheiro, foram até a cozinha. Martha se retirara, deixando uma leiteira em cima do fogão e uma bandeja de prata com as canecas na mesa da cozinha. Catherine lembrava-se de ter notado que a caneca Wedgwood da sra. Riscoe não estava lá, e achou estranho que ela e o sr. Hearne pudessem ter vindo do jardim sem ninguém perceber. Não lhe passara pela cabeça que Sally pudesse ter apanhado a caneca — embora, é claro, aquele fosse exatamente o tipo de coisa que ela faria. A caneca do dr. Maxie estava lá, junto com outra, de vidro, que pertencia à sra. Maxie, mais duas grandes xícaras com pires que tinham sido deixadas para os hóspedes. Havia um açucareiro na mesa e duas latas de mistura para o leite. Não havia cacau. A sra. Maxie e Catherine serviram-se de leite e o levaram para cima, para o quarto de vestir do sr. Maxie, onde sua mulher passaria a noite. Catherine ajudara a arrumar a cama do inválido e então parara para beber o leite diante da lareira do quarto de vestir. Ela se ofereceu para sentar-se com a sra. Maxie por algum tempo, mas a oferta foi recusada. Depois de meia hora, Catherine saiu para seu próprio quarto, que ficava do lado oposto ao de Sally. Não vira ninguém no caminho para o quarto. Após se despir, foi ao banheiro, de roupão, e voltou ao quarto por volta das onze e quinze. Ao fechar a porta, julgou ouvir a senhora Riscoe e o senhor Hearne subindo a escada, mas não pôde ter certeza. Não vira ou ouvira nada até aquele momento. Nesse ponto, Catherine fez uma pausa, e Dalgliesh a esperou com paciência, porém com interesse crescente. No canto da sala, o sargento Martin virara uma página do caderno num silêncio estudado e lançou um rápido olhar de lado para o chefe; ou ele estava muito enganado, ou os polegares do inspetor estavam formigando.

"Sim, senhorita Bowers", incentivou ele, inexorável, e a testemunha continuou com bravura:

"Pode ser que o senhor ache essa parte meio estranha, mas, na hora, me pareceu perfeitamente normal. Como o senhor pode bem entender, a cena antes do jantar fora um grande choque para mim. Eu não podia acreditar que Stephen e aquela moça estivessem noivos. Afinal de contas, não fora ele quem dera a notícia, e não acho, nem por um momento, que ele a tivesse mesmo pedido em casamento. O jantar havia sido uma refeição terrível, como pode imaginar, e, depois, todo mundo continuou a se comportar como se nada tivesse acontecido. É claro que os Maxie nunca demonstram seus sentimentos, mas a senhora Riscoe saiu com o senhor Hearne, e não tenho dúvidas de que tiveram uma boa conversa a respeito do que havia acontecido e do que poderia ser feito. Mas ninguém dissera nada para mim — embora, num certo sentido, eu fosse a principal interessada. Achei que a senhora Maxie fosse conversar comigo depois que os dois convidados se retirassem, mas pude ver que ela não tinha essa intenção. Quando fui para o meu quarto, dei-me conta de que, se eu não fizesse alguma coisa, ninguém faria. Não conseguia suportar a idéia de ficar a noite toda lá deitada sem saber do pior. Achei que tinha que descobrir a verdade. O normal seria perguntar à própria Sally. Achei que, se pudéssemos ter uma conversa particular, tudo entraria nos eixos. Sabia que era tarde, mas me pareceu a única chance. Eu fiquei lá, deitada no escuro por algum tempo, e, quando tomei a resolução, acendi a lâmpada de cabeceira e olhei para o relógio. Faltavam três minutos para a meia-noite. Não pareceu tão tarde assim, no estado de espírito em que eu me encontrava. Vesti o roupão, peguei a lanterna e fui ao quarto de Sally. A porta estava trancada, entretanto eu podia ver que a luz estava acesa porque brilhava pelo buraco da fechadura. Bati na porta e a chamei baixinho. A porta é muito grossa, mas ela deve ter me ouvido; em seguida, ouvi o som da tranca entrando no encaixe e vi sumir a luz do buraco da fechadura, pois Sally estava de pé em frente à porta. Eu bati e a chamei mais uma vez, porém era evidente que ela não iria me deixar entrar; então, virei-me e voltei para o quarto. No caminho, de repente, achei ter visto Stephen. Não dava para voltar para a cama naquela incerteza. Achei que ele poderia estar querendo me contar alguma coisa. Por isso, dei a volta e fui para o quarto dele. A luz estava apagada. Dei uma leve batida e entrei. Achei que, se pelo menos o visse, tudo iria acabar bem."

"E acabou?", perguntou Dalgliesh.

Dessa vez, o ar de alegre confiança havia desaparecido. Era evidente a expressão de dor naqueles olhos pouco atraentes.

"Ele não estava lá, inspetor. A cama estava pronta para a noite, só que ele não estava lá." Ela fez um esforço repentino para recuperar o estilo anterior e deu um sorriso quase patético em sua artificialidade. "É claro que agora sei que Stephen tinha ido visitar Bocock, mas, na hora, foi muito decepcionante."

"Deve ter sido", concordou Dalgliesh, sério.

5

A sra. Maxie sentou-se calma e, circunspecta, ofereceu ao inspetor qualquer coisa de que ele precisasse. Só esperava que a investigação pudesse seguir adiante sem perturbar seu marido, que estava gravemente doente e incapaz de entender o que acontecera. Observando-a do outro lado da escrivaninha, Dalgliesh conseguia ver como a filha dela seria dali a trinta anos. As mãos fortes, hábeis e cheias de jóias repousavam inertes sobre o colo; mesmo daquela distância, ele podia perceber como eram parecidas com as mãos do filho. Com maior interesse, notou que as unhas, como as dos dedos de um cirurgião, estavam cortadas bem rentes. Não detectava na sra. Maxie nenhum sinal de nervosismo. Ela mais parecia personificar a aceitação pacífica de um julgamento inevitável. Não se tratava de um treino para suportar o sofrimento; ali havia uma verdadeira serenidade baseada em algum tipo de estabilidade central que uma investigação de homicídio não era capaz de perturbar. A sra. Maxie respondeu às perguntas com uma ponderação deliberada. Era como se estivesse avaliando suas próprias palavras. Mas não tinha nada de novo a dizer. Corroborou o depoimento de Catherine Bowers a respeito da descoberta do corpo, e seu relato sobre o dia anterior concordava com o dos demais. Depois da partida da srta. Liddell e do dr. Epps, por volta das dez e meia, a sra.

Maxie trancara a casa — com exceção da janela francesa da sala de estar e da porta dos fundos. A srta. Bowers estava com ela. Ambas pegaram suas canecas com leite na cozinha — só a do filho ficara na bandeja — e, juntas, foram para a cama. Ela passara a noite meio dormindo e meio cuidando do marido. Não ouvira nem vira nada de extraordinário. Ninguém havia se aproximado dela até que a srta. Bowers viesse, de manhã cedo, pedir uma aspirina. Não sabia nada a respeito dos comprimidos que disseram terem sido encontrados na cama do marido e achou a história difícil de acreditar. Do ponto de vista dela, era impossível que Simon Maxie tivesse escondido qualquer coisa no colchão sem que a sra. Bultitaft a encontrasse. O filho não lhe dissera nada a respeito do incidente, mas mencionara que havia substituído os comprimidos por outro remédio. Ela não ficara surpresa com isso; achou que ele experimentava um preparado novo do hospital e estava certa de que o filho não receitaria nada sem a aprovação do dr. Epps.

Só com as sondagens sobre o noivado do filho é que a postura dela fraquejou. Mesmo assim, o que trouxe um tom diferente à sua voz foi mais irritação do que medo. Dalgliesh percebeu que as breves desculpas que ele em geral usava como preâmbulo das perguntas embaraçosas estariam, ali, fora de lugar; seriam mais ofensivas do que as próprias questões. Ele perguntou direto:

"Qual foi o seu posicionamento, madame, quanto a esse noivado entre a senhorita Jupp e o seu filho?"

"Não durou tanto que merecesse ser dignificado com esse nome. E estou surpresa do que o senhor se dê ao trabalho de perguntar isso, inspetor. O senhor deve saber que eu desaprovaria firmemente."

"Bem, bastante franca", pensou Dalgliesh. Mas, o que mais ela poderia dizer? Seria difícil acreditar que ela tivesse gostado do noivado.

"Mesmo que a afeição dela pelo seu filho pudesse ter sido verdadeira?"

"Estou dando a ela esse crédito. Que diferença faz? Ainda assim, eu desaprovaria. Eles não têm nada em comum. Ele teria de sustentar o filho de outro homem. A união seria um empecilho à carreira dele, e os dois estariam se odiando em um ano. Esses casamentos do tipo príncipe encantado com a moça pobre raramente dão certo. Como podem dar? Nenhuma moça inteligente gosta de achar que estão sendo condescendentes com ela, e Sally era bastante inteligente, mesmo que não o quisesse demonstrar. Além disso, não vejo como poderiam se casar. Stephen tem bem pouco dinheiro dele mesmo. É claro que eu desaprovei esse assim chamado 'noivado'. O senhor gostaria de um casamento desses para o seu filho?"

Por um segundo, Dalgliesh achou que ela sabia de algo sobre sua vida. Aquela pergunta era um lugar-comum — um argumento quase banal que qualquer mãe na situação dela usaria por acaso —, mas a sra. Maxie não poderia darse conta da força que a colocação possuía. O inspetor imaginou o que ela diria se ele replicasse: "Não tenho filho. Meu único filho e sua mãe morreram três horas depois de ele nascer. Não tenho nenhum filho para se casar bem ou mal". Ele era capaz de imaginar o cenho franzido da sra. Maxie, expressando um bem-educado desgosto por ter sido embaraçada numa hora daquelas com uma dor particular — e, ao mesmo tempo, tão velha, tão íntima e tão sem relação com a questão atual. Ele respondeu secamente:

"Não, eu não desejaria também. Desculpe ter tomado tanto do seu tempo com o que pode parecer não ser da conta de ninguém mais. Mas a senhora deve perceber a importância disso."

"Claro. Do seu ponto de vista, o noivado dá motivo a diversas pessoas, a mim em especial. Mas não se mata para evitar uma inconveniência social. Admito que tinha a intenção de fazer tudo o que pudesse para impedir o casamento. Eu teria uma conversa com Stephen hoje. Não tenho dúvida de que conseguiríamos fazer alguma coisa por Sally sem a necessidade de acolhê-la na família. Deve haver um limite para o que essas pessoas esperam."

A repentina amargura na última frase despertou até o sargento Martin do automatismo rotineiro das anotações. Mas, se a sra. Maxie se deu conta de que havia falado demais, não agravou seu erro — e permaneceu calada. Observando-a, Dalgliesh pensou como ela se parecia com um quadro, uma publicidade em aquarela para água-de-colônia ou sabonete. A serena nobreza dela era realçada pelo pequeno vaso com flores que repousava sobre a escrivaninha entre os dois, como se o objeto tivesse sido posto ali pela mão habilidosa de um fotógrafo profissional. "Retrato de uma senhora inglesa em casa", pensou ele, imaginando o que o superintendente-chefe acharia daquela mulher — e, caso se chegasse a tal ponto, o que um júri acharia dela. Até mesmo sua mente, acostumada a encontrar maldade tanto em lugares estranhos como nos mais elevados, não era capaz de conciliar facilmente a sra. Maxie com um homicídio. Mas as últimas palavras dela haviam sido reveladoras.

Dalgliesh resolveu abandonar a questão do casamento por ora e concentrar-se em outros aspectos da investigação. Novamente, repassou a narrativa dos preparativos das bebidas noturnas. Era impossível fazer confusão com as canecas e seus donos. A Wedgwood azul encontrada ao lado de Sally pertencia a Deborah Riscoe. O leite estava em cima do fogão. Era um fogão de combustível sólido com tampas pesadas sobre as placas quentes. A panela de leite fora deixada em cima de uma dessas tampas, onde não havia o risco de ele ferver e transbordar. Para qualquer pessoa da família que quisesse ferver o leite, bastava transferir a panela para a placa quente e, depois, colocá-la de volta sobre a tampa. Só as canecas da família e as xícaras dos hóspedes estavam na bandeja. A sra. Maxie não saberia dizer o que Sally ou a sra. Bultitaft costumavam tomar à noite, mas, com certeza, ninguém na família tomava chocolate. Eles não gostavam de chocolate.

"Isso indica que, como suponho agora, se a autópsia mostrar que a senhorita Jupp foi drogada, e a análise do chocolate mostrar que a droga estava na bebida dela na noite passada, temos pela frente duas possibilidades: ela mesma poderia ter tomado a droga, talvez só para dar uma boa dormida depois da excitação do dia; ou, então, alguém a drogou por um motivo que temos de descobrir, mas que não é difícil de adivinhar. A senhorita Jupp, pelo que sabemos, era uma jovem saudável. Se o crime foi premeditado, o assassino deve ter levado em consideração como poderia entrar no quarto e matar a moça com o mínimo de perturbação. Drogá-la é a resposta mais óbvia. Isso pressupõe que o assassino conhecia o hábito das bebidas noturnas em Martingale e sabia onde as canecas eram guardadas. Suponho que qualquer membro de sua casa ou um hóspede saiba dessa rotina."

"É claro que, então, ele saberia que a caneca Wedgwood pertence à minha filha. O senhor está convencido, inspetor, de que a droga era destinada a Sally?"

"Não inteiramente. Mas estou convencido de que o assassino não confundiu o pescoço da senhorita Jupp com o da senhora Riscoe. Vamos supor, no momento, que a droga fosse destinada à senhorita Jupp; poderia ter sido colocada na panela do leite, na própria caneca Wedgwood antes ou depois de preparada a bebida, na lata de cacau ou no açúcar. A senhora e a senhorita Bowers prepararam suas bebidas usando o leite da mesma panela e puseram o açúcar do açucareiro que estava sobre a mesa, e isso não causou nenhum efeito deletério. Não acho que a droga tenha sido colocada na caneca vazia; a cor do comprimido é marrom e seria bem visível contra a porcelana azul. Isso nos deixa duas possibilidades; ou a droga foi esmigalhada no chocolate seco, ou foi dissolvida na bebida quente depois que a senhorita Jupp a preparou, mas antes que fosse bebida."

"Não creio que a última possibilidade seja possível, inspetor. A senhora Bultitaft sempre põe o leite quente no fogão às dez horas. Uns vinte e cinco minutos depois, nós vimos Sally levando a caneca para o quarto."

"A quem a senhora quer se referir com 'nós', senhora Maxie?"

"O doutor Epps, a senhorita Liddell e eu mesma a vimos. Eu estava no andar de cima com a senhorita Liddell, para pegar o casaco dela. Quando voltamos ao hall, o doutor Epps juntou-se a nós, vindo do escritório. Enquanto estávamos lá, juntos, Sally veio da cozinha e subiu a escada principal carregando a caneca Wedgwood azul em seu pires. Ela estava usando pijama e um roupão. Nós três a vimos, mas ninguém falou nada. A senhorita Liddell e o doutor Epps foram embora imediatamente."

"Era comum a senhorita Jupp usar essa escada?"

"Não. A dos fundos leva mais diretamente da cozinha ao quarto dela. Acho que ela estava tentando demonstrar alguma coisa."

"Embora não pudesse saber se iria encontrar alguém no hall?"

"Não. Não sei como poderia saber."

"A senhora disse que notou que a senhorita Jupp estava levando a caneca da senhora Riscoe. Mencionou isso para algum de seus convidados ou falou com a senhorita Jupp?"

A sra. Maxie deu um sorriso leve. Pela segunda vez, a delicada garra estava desembainhada.

"Que idéias mais antiquadas as suas, inspetor! O senhor esperava que eu arrancasse a caneca das mãos dela, para vergonha dos meus convidados e satisfação da própria Sally? Que mundo excitante e exaustivo deve ser o seu."

Dalgliesh continuou o interrogatório sem se deixar deter por essa discreta ironia. Mas ele ficara interessado em saber que sua testemunha poderia ser provocada.

"O que aconteceu depois que a senhorita Liddell e o doutor Epps saíram?"

"Eu voltei a me reunir com a senhorita Bowers no escritório, onde arrumamos os papéis e trancamos as sacolas com dinheiro no cofre. Depois, fomos à cozinha e preparamos nossas bebidas. Eu tomei leite quente, e a senhorita Bowers preparou Ovomaltine. Ela gosta dele muito doce, e acrescentou açúcar. Levamos nossas bebidas para o quarto de vestir, ao lado do quarto de dormir de meu marido, que é onde passo as noites quando é meu turno. A senhorita Bowers ajudou a refazer a cama de meu marido. Depois, ela disse 'boa-noite' e foi embora."

"Tomando Ovomaltine?"

"Sim. A bebida estava muito quente para ser tomada imediatamente, mas ela sentou-se e a terminou antes de me deixar."

"Ela foi até o armário de remédios enquanto estava com a senhora?"

"Nem ela nem eu. Meu filho havia dado alguma coisa ao pai, para fazê-lo dormir, e ele parecia cochilar. Não há o que fazer por meu marido, a não ser tornar sua cama o mais confortável possível. Foi bom ter a ajuda da senhorita Bowers. Ela é enfermeira experiente e, juntas, conseguimos arrumar a cama sem perturbá-lo."

"Quais eram as relações da senhorita Bowers com o doutor Maxie?"

"Tanto quanto eu saiba, a senhorita Bowers é amiga dos meus dois filhos. Esse é o tipo de pergunta que seria melhor fazer a eles e a ela."

"Tanto quanto a senhora saiba, ela e seu filho não estão noivos?"

"Nada sei sobre esses assuntos particulares, mas acho isso pouco provável."

"Obrigado", disse Dalgliesh. "Agora verei a senhora Riscoe, se a senhora tiver a bondade de mandá-la entrar."

Ele levantou-se para abrir a porta para a sra. Maxie, no entanto ela não se mexeu. E disse: "Ainda acho que a própria Sally tomou aquela droga. Não há alternativa razoável. Mas, se alguém a administrou, então eu concordo com o senhor que a droga deve ter sido posta no cacau em pó. Desculpe-me, mas vocês não teriam como saber isso a partir de um exame da lata e de seu conteúdo?".

"Teríamos", replicou Dalgliesh com seriedade. "Só que a lata vazia foi encontrada no lixo. Foi lavada. O saco de papel que ficava dentro dela desapareceu; é provável que tenha sido queimado no fogão da cozinha. Alguém está tomando precauções."

"Uma senhora muito calma, senhor", disse o sargento Martin depois que a sra. Maxie saiu. E acrescentou com um humor pouco comum: "Ela ficou lá sentada como um candidato liberal à espera da recontagem".

"É", disse Dalgliesh secamente. "Mas com inteira confiança na organização de seu partido. Bem, vamos ouvir o que o restante deles tem a dizer."

6

Da outra vez havia sido uma sala muito diferente, pensou Felix, mas aquela também era silenciosa e pacífica. Havia quadros e uma pesada escrivaninha de mogno — parecida com aquela em que estava Dalgliesh. Havia flores também, um pequeno buquê arrumado num vaso pouco maior que uma xícara de chá. Tudo na sala era caseiro e confortável, até o homem por trás da escrivaninha, de olhos que sorriam através de óculos espessos. A sala mantivera aquela aparência. Era surpreendente a quantidade de procedimentos existentes para se extrair a verdade sem derramar sangue; procedimentos calculadamente limpos e que não exigiam muito em termos de equipamento. Felix Hearne voltou a forçar a memória e obrigou-se a olhar para a figura à mesa. As mãos juntas eram mais esbeltas; os olhos, escuros e menos bondosos. Só havia outra pessoa na sala, e ela também era um policial inglês. Estava em Martingale. Estava na Inglaterra.

Até então, tudo tinha estado bem. Deborah ficara ausente durante uma hora. Quando voltou, caminhou para o lugar dela olhando para ele. E ele, do mesmo modo silencioso, levantou-se e seguiu o policial uniformizado até o escritório. Estava satisfeito por ter resistido à vontade de tomar um drinque antes do interrogatório e recusara o cigarro oferecido por Dalgliesh. Aquele truque era velho, e não iriam pegá-lo com ele! Felix não iria entregar-lhes assim, de graça, o nervosismo que sentia. Se apenas pudesse dominar seu gênio, tudo estaria bem.

O homem paciente por trás da escrivaninha olhou para as anotações que fizera.

"Obrigado. Até o momento, está tudo claro. Agora, por favor, vamos voltar um pouco? Depois do café, o senhor foi com a senhora Riscoe ajudar a lavar a louça do jantar. Por volta das nove e meia, vocês dois voltaram a esta sala, onde a senhora Maxie, a senhorita Liddell, a senhorita Bowers e o doutor Epps estavam contando o dinheiro arrecadado com a quermesse. O senhor disse que iria sair com a senhora Riscoe e deu boa-noite para a senhorita Liddell e para o doutor Epps, que provavelmente já teriam ido embora de Martingale quando vocês voltassem. A senhora Maxie disse que deixaria uma das janelas francesas da sala de estar aberta para vocês e pediu que a trancassem depois de entrarem. Esse arranjo foi ouvido por todos os que estavam na sala naquela hora?"

"Que eu saiba, foi. Ninguém fez comentários a respeito, e, como estavam ocupados contando dinheiro, duvido que tenham prestado atenção."

"Acho estranho que deixassem a porta da sala de estar aberta para vocês quando a porta dos fundos também estava aberta. Aquilo na parede, atrás do senhor, não é um quadro de Stubbs? Esta casa tem muitas coisas valiosas e fáceis de carregar."

Felix não virou a cabeça.

"O investigador culto! Achei que isso era coisa de romance policial. Parabéns! Mas os Maxie não fazem propaganda de suas posses. Não há perigo na aldeia. As pessoas entram e saem desta casa com bastante liberdade há uns duzentos anos. Eles, aqui, trancam as coisas de maneira um tanto aleatória, a não ser a porta da frente, para a qual há um ritual de barras e ferrolhos todas as noites, executado por Stephen Maxie ou pela irmã dele, quase como se o ato tivesse algum significado esotérico. No mais, eles não são muito cuidadosos. Nisso, como em outras questões, parecem fiar-se na nossa maravilhosa polícia."

"Certo! O senhor foi para o jardim com a senhora Riscoe por volta das nove e meia e caminharam juntos por lá. Sobre o que falaram, senhor Hearne?"

"Eu pedi à senhora Riscoe que se casasse comigo. Terei de ir à nossa sucursal no Canadá dentro de dois meses e achei que poderia ser agradável combinar os negócios com uma lua-de-mel."

"E a senhora Riscoe o aceitou?"

"É encantador o senhor estar interessado, inspetor, mas temo ter que desapontá-lo. Por mais inexplicável que possa parecer, a senhora Riscoe não ficou muito entusiasmada."

A memória inundou-o numa onda de emoção; a escuridão, o perfume intenso das rosas, os beijos apressados que eram a expressão de uma necessidade premente por parte dela, mas que não tinham, como ele sentiu, nenhuma paixão. Depois, o enfado pesaroso na voz dela: "Casamento, Felix? Já não se falou de casamento o suficiente nesta família? Meu Deus, como gostaria que ela estivesse morta!". Felix, então, percebeu que havia falado cedo demais. Tanto a hora como o lugar estavam errados. Será que as palavras também eram as erradas? O que, exatamente, ela queria? A voz de Dalgliesh chamou-o de volta ao presente.

"Por quanto tempo vocês ficaram no jardim?"

"Seria galante fingir que o tempo cessou de existir. No entanto, no interesse de suas investigações, devo admitir que entramos pela janela francesa da sala de estar às dez e quarenta e cinco. O relógio da lareira bateu os três quartos de hora no momento em que aferrolhei a janela."

"Aquele relógio está sempre cinco minutos adiantado, senhor. Por favor, continue."

"Então, voltamos às dez e quarenta. Não olhei meu relógio. A senhora Riscoe ofereceu-me um uísque, que eu recusei. Recusei igualmente o leite, e ela foi à cozinha apanhar o dela. Voltou depois de alguns minutos e disse que havia mudado de idéia. Disse também que, ao que parecia, o irmão ainda não tinha chegado. Conversamos por um tempinho e combinamos de cavalgar juntos às sete, esta manhã. Depois disso, fomos para a cama. Eu dormi razoavelmente bem. Pelo que sei, a senhora Riscoe também. Eu já estava vestido e esperando por ela no hall quando ouvi Stephen Maxie me chamando. Ele queria que o ajudasse com a escada. O resto o senhor já sabe."

"O senhor matou Sally Jupp, senhor Hearne?"

"Não que eu saiba."

"O que o senhor quer dizer com isso?"

"Apenas que suponho que poderia ter feito isso num estado de amnésia, mas é difícil que essa seja uma suposição prática."

"Acho que podemos eliminar essa possibilidade. A senhorita Jupp foi morta por alguém que sabia o que estava fazendo. Tem alguma idéia de quem?"

"O senhor espera que eu leve essa pergunta a sério?"

"Espero que leve todas as minhas perguntas a sério. Aquela jovem mãe foi assassinada. Tenho a intenção de descobrir quem a matou sem desperdiçar muito do meu tempo ou do tempo de seja lá quem for, e espero que o senhor colabore comigo."

"Não tenho a menor idéia de quem a matou e, se tivesse, duvido que fosse dizer-lhe. Não tenho sua evidente paixão pela justiça abstrata. Entretanto, estou preparado para cooperar até o ponto de chamar a atenção para alguns fatos que, no seu entusiasmo, o senhor possivelmente não notou. Alguém entrou pela janela da moça. Ela guardava animais de vidro no parapeito e eles foram espalhados. A janela estava aberta, e o cabelo dela, úmido. Na noite passada, choveu da meia-noite e meia às três. Deduzo que ela estava morta antes da meia-noite e meia, ou teria fechado a janela. A criança só acordou na hora normal. Supõe-se que o visitante tenha feito pouco barulho. É pouco provável que tenha havido alguma briga violenta. Imagino que a própria Sally deixou o visitante entrar pela janela, e provavelmente ele usou a escada. Ela devia saber onde ficava guardada. Decerto ele veio com hora marcada. O senhor pode adivinhar tão bem quanto eu o porquê. Eu não a conhecia, mas, por algum motivo, ela nunca me pareceu muito sensual ou promíscua. O homem provavelmente estava apaixonado por ela, e, quando ela contou sobre sua intenção de se casar com Stephen Maxie, ele a matou num acesso repentino de ciúmes ou raiva. Não creio que fosse um crime premeditado. Sally trancara a porta para garantir sua privacidade, e o homem entrou pela janela, sem que houvesse a necessidade de a porta ser destrancada. Ele pode não ter notado que estava aferrolhada; caso contrário, a teria destrancado e saído com maior cuidado. Aquela porta aferrolhada deve ser uma grande decepção para o senhor, inspetor. Até mesmo para o senhor é difícil visualizar alguém da família usando uma escada de pedreiro para entrar ou sair de sua própria casa. Eu sei o quanto deve estar excitado a respeito do noivado Maxie-Jupp, mas não precisa de mim para chamar-lhe a atenção para o fato de que, se tivéssemos de cometer um crime para evitar um noivado indesejado, a taxa de mortalidade entre as mulheres seria muito alta."

Mesmo enquanto falava, Felix se deu conta de que cometera um erro. O medo e a raiva levaram-no à tagarelice. O sargento olhava para ele com o olhar resignado e um tanto apiedado de quem já não ficava surpreso de ver tantos homens fazerem papel de tolos; contudo, ele ainda tinha esperanças de que não fizessem mais tal papel. Dalgliesh falou com ar brando:

"Pensei que o senhor tivesse dormido bem. Apesar disso, notou que choveu da meia-noite e meia até às três."

"Para mim, dormi bem."

"Então o senhor sofre de insônia? O que toma para isso?"

"Uísque. Mas raramente o bebo na casa dos outros."

"Antes o senhor descreveu como o corpo foi descoberto e como o senhor foi para o banheiro ao lado com a senhora Riscoe, enquanto o doutor Maxie telefonava para a polícia. Passado algum tempo, a senhora Riscoe foi estar com a mãe dela. O que o senhor fez depois disso?"

"Achei melhor ver se a senhora Bultitaft estava bem. Eu não esperava que alguém fosse querer o desjejum, mas era evidente que precisaríamos de muito café quente, e servir aqueles sanduíches seria uma boa idéia. Martha parecia atordoada e ficava repetindo que Sally devia ter se matado. Com delicadeza, chamei a atenção dela para o fato de o suicídio ser anatomicamente impossível, e então ela pareceu ficar ainda mais perturbada. Olhou para mim de um modo estranho, como se eu fosse um desconhecido, e depois explodiu em soluços ruidosos. Quando eu já havia conseguido acalmá-la, a senhorita Bowers chegou com a criança, e ficou óbvio que era capaz de providenciar o café-da-manhã do menino. Martha se recompôs e prosseguimos com o café e o desjejum da senhora Maxie. Àquela altura, os policiais chegaram e nos disseram para esperar na sala de estar."

"A explosão em lágrimas da senhora Bultitaft foi o primeiro sinal de dor que ela manifestou?"

"Dor?" A pausa foi quase imperceptível. "Era evidente que ela estava muito chocada, como todos nós."

"Obrigado, senhor. Isso tudo foi de grande ajuda. Vou pedir para datilografarem o seu depoimento e mais tarde vou pedir-lhe que o leia e, se concordar, que o assine. Se houver mais alguma coisa que deseje contar, haverá muitas oportunidades. Eu estarei por aqui. Se estiver voltando para a sala de estar, poderia, por favor, pedir à senhora Bultitaft que venha em seguida?"

Foi uma ordem, não um pedido. Ao chegar à porta, Felix ouviu a voz baixa falando outra vez.

"É pouco provável que o senhor fique surpreso em saber que seu relato das coisas é praticamente igual ao da senhora Riscoe. Com uma exceção. A senhora Riscoe diz que o senhor passou quase toda a noite no quarto dela, e não no seu. Ela diz mesmo que vocês dormiram juntos."

Felix ficou um momento de frente para a porta e depois se voltou para encarar o homem por trás da escrivaninha.

"Foi muito gentil da parte da senhora Riscoe, mas isso torna as coisas mais difíceis para mim, não é? Temo que o senhor terá de decidir, inspetor, qual de nós está mentindo."

"Obrigado", disse Dalgliesh. "Eu já decidi."

7

Dalgliesh conhecera diversas Marthas no tempo dele e nunca as considerou pessoas complicadas. Elas preocupavam-se com o conforto do corpo, o preparo dos alimentos, as intermináveis tarefas servis que alguém tem de executar para que a vida espiritual tenha alguma validade verdadeira. Pouco exigentes, compensavam suas próprias necessidades emocionais com a satisfação em servir. Elas eram leais, trabalhadoras, sinceras e davam boas testemunhas, pois lhes faltavam a imaginação e a prática necessárias para mentir com sucesso. Podiam, porém, ser um aborrecimento se resolvessem proteger alguém a quem tivessem concedido sua fidelidade — mas isso era um perigo já conhecido e que se podia prever. O inspetor esperava não ter dificuldades com Martha, e foi com um sentimento de irritação que ele se deu conta de que alguém andara falando com ela. Apesar de correta e respeitosa, ela dificultou ao máximo a obtenção de qualquer informação. Martha fora instruída e não era difícil adivinhar por quem. Dalgliesh conduziu o interrogatório com toda a paciência.

"Quer dizer então que a senhora cozinha e ajuda nos cuidados com o senhor Maxie. Deve ser uma carga bem pesada. A senhora sugeriu que a senhora Maxie contratasse a senhorita Jupp?"

"Não."

"Sabe quem sugeriu?"

Martha ficou em silêncio durante vários segundos, como se estivesse pensando se valia a pena ser indiscreta.

"Pode ter sido a senhorita Liddell. Madame pode também ter pensado nisso ela mesma. Eu não sei."

"Mas suponho que a senhora Maxie tivesse conversado com a senhora antes de empregar a moça."

"Ela me falou da Sally. Cabia à madame resolver."

Dalgliesh começou a achar aquele servilismo irritante, porém a voz dele não mudou. Nunca se ouvira falar que ele tivesse perdido a paciência com uma testemunha.

"A senhora Maxie já havia empregado alguma outra mãe solteira antes?"

"Nem se pensaria nisso, antigamente. As nossas ajudantes todas vinham com excelentes referências."

"Então a senhora acha que foi uma experiência nova. Considera que foi um sucesso? A senhora é quem mais lidava com a senhorita Jupp. Que tipo de moça ela era?"

Martha não respondeu.

"A senhora estava satisfeita com o trabalho dela?"

"Bastante. Pelo menos, no começo."

"O que fez a senhora mudar de idéia? Ela se levantava tarde?" Os olhos obstinados, de pálpebras pesadas, moveram-se de súbito de um lado para o outro.

"Há coisas piores do que ficar na cama."

"Tais como?"

"Ela começou a ficar atrevida."

"Isso deve ter sido exasperante para a senhora. Imagino o que fez a senhorita Jupp ficar atrevida."

"Essas moças são assim. Elas começam muito sossegadas e depois passam a se comportar como se fossem as donas da casa."

"Suponho que Sally Jupp estava começando a achar que poderia vir a ser a dona daqui um dia."

"Então, ela estava louca."

"Mas o doutor Maxie a pediu em casamento no sábado à tarde."

"Não estou sabendo de nada disso. O doutor Maxie não poderia se casar com Sally Jupp."

"Parece que alguém quis ter certeza disso, não foi? A senhora tem alguma idéia de quem?"

Martha não respondeu. Não havia nada a dizer. Se Sally Jupp tivesse mesmo sido assassinada por esse motivo, o círculo de suspeitos não era grande. Dalgliesh se pôs a interrogá-la com tediosa minúcia a respeito dos eventos da tarde e da noite de sábado. Ela pouco podia dizer sobre a quermesse. Pelo jeito, não participara da festa — a não ser por uma volta no jardim antes de dar a refeição vespertina do sr. Maxie e deixá-lo confortável para a noite. Na seqüência, quando Martha voltou para a cozinha, Sally já havia dado o lanche de Jimmy e levado o menino para tomar banho, pois o carrinho estava na copa e o prato e a caneca dele estavam na pia. A moça não tornou a aparecer e Martha não perdeu tempo procurando por ela. A família serviu-se do jantar — uma refeição fria —, e a sra. Maxie não a chamara. Mais tarde, a sra. Riscoe e o sr. Hearne vieram à cozinha para ajudar a lavar os pratos. Eles não perguntaram se Sally estava de volta. Ninguém a mencionou. Eles quase só falaram da quermesse. O sr. Hearne rira e brincara com a sra. Riscoe enquanto lavavam os pratos. Ele era um cavalheiro muito divertido. Os dois não ajudaram a aprontar as bebidas quentes, o que foi feito mais tarde. A lata de cacau estava no armário com as demais provisões secas, e nem a sra. Riscoe nem o sr. Hearne chegaram perto dele. Martha ficara na cozinha o tempo todo em que eles estiveram lá.

Depois que saíram, ela viu televisão por meia hora. Não, ela não se preocupara com Sally. A moça entraria quando quisesse. Por volta das cinco para as dez, Martha pôs a panela com leite para aquecer aos poucos na lateral do fogão. Fazia-se assim todas as noites em Martingale para que ela pudesse ir cedo para a cama. Colocou as canecas na bandeja; havia xícaras grandes com pires, caso algum hóspede quisesse tomar uma bebida quente antes de dormir. Sally sabia muito bem que a caneca azul pertencia à sra. Riscoe. Todo mundo sabia disso em Martingale. Após cuidar do leite quente, Martha foi para a cama. Deitou-se antes das dez e meia e não ouviu nada de extraordinário naquela noite. De manhã, fora acordar Sally e encontrou a porta aferrolhada, o que contou à madame. Do resto, ele já sabia.

Dalgliesh levou mais de quarenta minutos para extrair essa informação pouco notável, mas não mostrou nenhum sinal de impaciência. Haviam chegado ao momento da descoberta do corpo. Era importante descobrir até que ponto o relato de Martha coincidia com o de Catherine Bowers. Se coincidisse, pelo menos uma de suas teorias iniciais estaria correta. O relato coincidiu. Com paciência, ele continuou a inquiri-la a respeito do Sommeil. Mas nesse ponto, teve menos sucesso. Martha Bultitaft não acreditava que Sally tivesse encontrado os comprimidos na cama de seu patrão.

"Sally gostava de fingir que cuidava do patrão. Às vezes, assumia um turno à noite, se madame estivesse muito cansada. Mas ele não gostava de que ninguém além de mim cuidasse dele. Sou eu que presto os cuidados mais pesados. Se houvesse alguma coisa escondida na cama, eu a teria encontrado."

Foi o discurso mais longo que ela proferiu. Dalgliesh achou que estava carregado de convicção. Por fim, ele a questionou sobre a lata vazia de cacau. Aqui, mais uma vez, ela falou baixo mas com segurança, sem ênfase. Havia encontrado a lata vazia na mesa da cozinha quando desceu para fazer o chá matinal. Queimou o rótulo que ficava dentro da lata, lavou-a e jogou-a no lixo. Por que lavara? Porque madame não gostava que latas grudentas ou engorduradas fossem postas no lixo. É claro que a lata de cacau não estava engordurada, só que isso não tinha importância. Em Martingale, todas as latas usadas eram lavadas. E por que ela queimara o rótulo? Bem, não dava para ela lavar a lata com o papel lá dentro, dava? A lata estava vazia, então ela a lavou e jogou fora. O tom dela sugeriu que qualquer pessoa razoável teria feito o mesmo.

Dalgliesh não via um jeito de contestar a história dela com eficácia. Ficou desanimado com a idéia de ter de interrogar a sra. Maxie a respeito do método rotineiro de descarte das latas usadas pela família. Porém, mais uma vez, ele suspeitou de que Martha tinha sido instruída. Estava percebendo o início de um padrão. A paciência infinita da última hora tinha valido a pena.

5

1

O Albergue de Santa Maria ficava a cerca de um quilômetro e meio da parte principal da aldeia. Era uma casa feia de tijolos vermelhos, cheia de frontões e torreões, escondida da estrada principal por um discreto escudo de arbustos de loureiros. O caminho de cascalho levava a uma porta frontal cuja aldraba gasta luzia por excesso de polimento. As cortinas de filé em todas as janelas eram branco-neve. Baixos degraus de pedra ao lado da casa levavam a um gramado quadrado em que se agrupavam diversos carrinhos de bebê. Uma moça de touca e avental deixou-os entrar — talvez uma das mães, pensou Dalgliesh — e indicou-lhes uma sala pequena à esquerda do hall. Ela não parecia ter muita certeza do que fazer e não conseguiu entender o nome de Dalgliesh, embora ele o repetisse duas vezes. Enquanto permanecia hesitante à porta, ela espiava o visitante com seus grandes olhos através de óculos com aros de aço. "Não se preocupe", disse Dalgliesh, gentil, "apenas diga à senhorita Liddell que há dois policiais de Martingale que querem falar com ela. Ela saberá do que se trata".

"Por favor, tenho de saber o nome. Estou treinando para ser copeira." Ela dava voltas com uma persistência desesperada, dividida entre o medo da censura da srta. Liddell e a vergonha de estar na sala com dois homens estranhos — e, ainda por cima, dois policiais. Dalgliesh entregou-lhe seu cartão. "É só dar isto a ela, então. Será ainda mais apropriado e correto. E não se preocupe. Você vai dar uma ótima copeira. Hoje em dia, elas valem mais que rubis, você sabe."

"Não quando têm o contrapeso de uma criança ilegítima", disse o sargento Martin quando a figura delgada desapareceu pela porta, soltando o que parecia ser um "obrigada".

"É engraçado ver uma coisinha feia dessas aqui, senhor. Um tanto retardada, pelo jeito de agir. Alguém abusou dela, suponho."

"Ela é o tipo de pessoa de quem todos abusam desde o dia em que nasce."

"E bastante assustada, também, não estava? Fico pensando se essa senhorita Liddell trata as moças direito, senhor."

"Com base no que ela diz, imagino que trate muito bem. É fácil a gente ser sentimental num tipo de trabalho como o dela, mas convenhamos que a senhorita Liddell deve lidar com uma turma bem heterogênea. O que se quer aqui é esperança, fé e caridade num grau ilimitado. Em outras palavras, o que se quer é uma santa, e é difícil esperar que a senhorita Liddell atinja esse padrão."

"É verdade, senhor", disse o sargento Martin. Pensando melhor, ele achou que "não, senhor" seria mais apropriado. Inconsciente de estar proferindo algo nada ortodoxo, Dalgliesh percorreu a sala devagar. Era desconfortável, mas sem ostentação, e estava mobiliada — achou ele — com muitos dos objetos pessoais da srta. Liddell. As madeiras todas brilhavam com o polimento. A espineta e a mesa de roseira pareciam capazes de produzir uma sensação de calor ao toque, dados o vigor e a energia gastos para dar-lhes brilho. A única janela, que era grande e dava para o gramado, tinha cortinas de cretone florido, agora fechadas contra o sol. O carpete, embora demonstrasse sinais de idade, não era aquele invariável tipo fornecido por instituições oficiais, não interessa quão voluntárias e dotadas de espírito público elas fossem. Em essência, a sala parecia-se tanto com a srta. Liddell que quase se podia dizer que era dela. Ao longo das paredes, havia fotografias de bebês. Bebês nus sobre tapetes, com a cabeça voltada para a câmara, num desamparo absurdo. Bebês sorrindo, sem dentes, deitados em carrinhos e berços. Bebês vestidos de lã nos braços das mães. Havia até mesmo um ou dois deles deitados desajeitadamente em braços de homens envergonhados; supunha-se que estes eram os sortudos, os que afinal conseguiram ter um pai oficial. Acima de uma pequena escrivaninha de mogno, via-se a gravura de uma mulher trabalhando num fuso. Na placa presa à base de sua moldura lia-se: "Presente do Comitê Distrital de Bem-Estar Moral de Chadfleet à srta. Alice Liddell, em comemoração aos vinte anos dedicados ao serviço de administradora do Albergue de Santa Maria". Dalgliesh e Martin examinaram a foto juntos. "Não sei se eu chamaria este lugar de albergue", disse o sargento. Dalgliesh olhou de novo para o mobiliário — com certeza, um bem cuidado legado da infância da srta. Liddell.

"Talvez seja um refúgio para uma mulher solteira da idade da senhorita Liddell. Ela fez desta casa um lar durante mais de vinte anos. Seria capaz de tudo para evitar sua saída daqui."

A entrada da senhora em questão reprimiu a resposta do sargento. A srta. Liddell estava sempre muito à vontade em seu próprio território. Apertou-lhes as mãos com compostura e desculpou-se por tê-los feito esperar. Ao primeiro olhar, Dalgliesh deduziu que ela passara algum tempo aplicando pó-de-arroz ao rosto e coragem à alma. Era óbvio que estava determinada a tratar a presença deles ali, tanto quanto possível, como uma visita social, e convidou-os a sentarem-se com todo o charme consciente de uma anfitriã cheia de experiência. Dalgliesh recusou a oferta de chá, evitando com cuidado o olhar de reprovação do sargento. Martin transpirava aos borbotões; achava que esses escrúpulos em relação a um possível suspeito podiam ser exagerados, e que uma bela xícara de chá num dia quente jamais constituiria obstrução da justiça.

"Vamos tentar não gastar muito do seu tempo, senhorita Liddell. Como tenho certeza de que a senhorita já percebeu, estou investigando o assassinato de Sally Jupp. Soube que a senhorita jantou em Martingale ontem à noite, que estava também na quermesse, à tarde — e, é claro, conhecia Sally Jupp desde a época em que ela esteve aqui em Santa Maria. Há uma ou duas questões que espero que possa esclarecer." A srta. Liddell estremeceu com o uso desta última palavra. Enquanto o sargento Martin puxava seu caderninho com um sentimento próximo à resignação, Dalgliesh notou o rápido umedecer dos lábios da testemunha e uma tensão quase imperceptível nas mãos; viu que ela estava em guarda.

"Claro, qualquer coisa que queira perguntar, inspetor. É inspetor, não é? É óbvio que eu conhecia Sally muito bem, e a coisa toda foi um choque terrível para mim. Para todos nós. Mas temo não poder ajudar muito. Não sou muito capaz de observar as coisas e me lembrar delas, o senhor sabe. Às vezes, isso é uma desvantagem, mas não podemos todos ser detetives, não é verdade?" O riso nervoso foi um pouco alto demais para ser natural.

"Nós a assustamos", pensou o sargento Martin. "Pode ser que haja mesmo algo por aí."

"Talvez possamos começar com a própria Sally Jupp", disse Dalgliesh com delicadeza. "Pelo que eu soube, ela morou aqui nos últimos cinco meses de gravidez e voltou para cá ao sair do hospital depois do parto. Ficou aqui até começar a trabalhar em Martingale, quando o bebê tinha quatro meses de idade. Até então, ela colaborava com as tarefas domésticas desta casa. A senhorita gostava dela, senhorita Liddell?"

"Gostava dela?" A mulher deu um riso nervoso. "Não é uma pergunta um tanto estranha, inspetor?"

"É? Por que seria?"

Ela fez um esforço para esconder o embaraço e dar à pergunta a cortesia de uma consideração cuidadosa.

"É difícil saber o que dizer. Se o senhor tivesse perguntado isso há uma semana, eu diria sem hesitar que Sally era excelente trabalhadora e uma moça de muito merecimento, que estava fazendo o melhor possível para penitenciar-se de seu erro. Mas agora, é claro, não posso deixar de pensar se eu não estava enganada a respeito dela — se ela era sincera mesmo ou não."

"Por sincera, suponho que queira dizer franca em seu afeto pelo senhor Stephen Maxie."

A srta. Liddell sacudiu a cabeça com tristeza. "Tudo leva a crer no contrário. Nunca tive tamanho choque na minha vida, inspetor, nunca. Obviamente ela não tinha o direito de aceitá-lo, não importa o que sentisse por ele. Ela parecia positivamente triunfante, de pé, àquela porta, e nos contou a novidade. Obviamente ele ficou muito envergonhado, ficou branco como um lençol. Foi um instante horroroso para a pobre senhora Maxie. Acho que nunca me perdoarei pelo que aconteceu. Recomendei Sally, o senhor sabe. Parecia uma oportunidade maravilhosa para ela, sob todos os aspectos. E então acontece isso."

"A senhorita acha que a morte de Sally Jupp foi resultado direto do noivado dela com o senhor Maxie?"

"Parece que sim, não parece?"

"Concordo que a morte dela foi muito conveniente para quem tivesse qualquer motivo para não gostar do casamento. A família Maxie, por exemplo."

O rosto da srta. Liddell incendiou-se. "Mas isso é ridículo, inspetor. É uma coisa terrível de se dizer. Terrível. É claro que o senhor não conhece a família tanto quanto nós, mas o senhor tem de acreditar em mim. Essa sugestão é insuportável. O senhor não pode ter pensado que foi a isso que me referi! Para mim, está perfeitamente evidente o que aconteceu. Sally andou se envolvendo com algum homem que não conhecemos, e, quando ele ouviu falar do noivado, bem, perdeu o controle. Entrou pela janela, não foi? Foi o que a senhorita Bowers me contou. Bem, isso prova que não foi ninguém da família."

"É provável que o assassino tenha saído pela janela. Não sabemos ainda como ele ou ela entrou."

"Tenho certeza de que não pode imaginar a senhora Maxie subindo por aquela parede. Ela não conseguiria!"

"Não imagino nada. Havia uma escada de pedreiro no lugar de sempre, para quem quisesse usar. Poderia estar naquela posição mesmo que o assassino tivesse entrado pela porta."

"Mas Sally teria ouvido, mesmo que a escada tivesse sido colocada com muito cuidado. Ou poderia olhar pela janela e percebê-la."

"Talvez. Se estivesse acordada."

"Não entendo o senhor, inspetor. Parece determinado a suspeitar da família. Se soubesse tudo o que fizeram por aquela moça..."

"Gostaria de saber. E a senhorita não deve me entender mal. Suspeito de qualquer pessoa que conhecesse a senhorita Jupp e que não tenha um álibi para a hora em que ela foi morta. É para isso que estou aqui, agora."

"Bem, suponho que saiba dos meus movimentos. Não é meu desejo fazer segredo. O doutor Epps me trouxe aqui no carro dele. Saímos de Martingale por volta das dez e meia. Fiquei escrevendo nesta sala por algum tempo e depois dei uma volta pelo jardim. Fui para a cama por volta das onze, o que, para mim, é tarde. Fiquei sabendo dessa coisa horrorosa quando estava acabando de tomar café. A senhorita Bowers telefonou e perguntou se eu não poderia ficar com Jimmy por algum tempo, até resolverem o que fazer com ele. É claro que deixei minha substituta, a senhorita Pollack, encarregada das moças e fui para lá em seguida. Liguei para George Hopgood e disse a ele que trouxesse o táxi."

"Há pouco, a senhorita disse achar que a notícia do noivado da senhorita Jupp com o senhor Maxie teria sido o motivo da morte dela. Essa notícia se espalhou para fora da residência? Fui levado a compreender que o senhor Maxie só fizera o pedido no sábado à noite. Portanto, uma pessoa que não estivesse em Martingale depois disso não poderia ter sabido."

"O doutor Maxie pode ter feito a proposta no sábado, mas não tenho dúvida de que a moça decidiu agarrá-lo antes disso. Tenho certeza de que já havia alguma coisa acontecendo. Eu a vi na quermesse, e ela estava afogueada de excitação por toda a tarde. E contaram para o senhor que ela copiou o vestido da senhora Riscoe?"

"Não acredito que esteja sugerindo que isso poderia constituir outro motivo."

"Mas mostrou como a cabeça dela estava funcionando. Não se engane, Sally colheu o que plantou. Só lastimo profundamente que os Maxie tenham sido envolvidos nesse problema todo por causa dela."

"A senhorita contou-me que foi para a cama perto das onze horas, depois de uma volta no jardim. Alguém pode confirmar essa declaração?"

"Que eu saiba, ninguém me viu, inspetor. A senhorita Pollack e as moças vão para a cama às dez. Tenho a minha própria chave, é claro. Não é comum que eu torne a sair, mas eu estava perturbada. Não podia parar de pensar em Sally e no senhor Maxie e sabia que não conseguiria dormir se fosse para a cama muito cedo."

"Obrigado. Só mais duas perguntas. Em que parte da casa a senhorita guarda seus papéis privados? Quero dizer, documentos relativos à administração deste lar. Cartas do comitê, por exemplo."

A srta. Liddell foi até a escrivaninha de roseira.

"Eles são guardados nesta gaveta, inspetor. É evidente que a mantenho trancada, embora só se permita que as moças de maior confiança cuidem desta sala. A chave é guardada neste pequeno compartimento, na parte de cima."

Ela suspendeu a tampa enquanto falava e indicou o lugar. Dalgliesh refletiu que apenas a mais burra ou a menos curiosa das empregadas poderia não encontrar a chave se tivesse ousadia suficiente para procurá-la. Era óbvio que a srta. Liddell estava acostumada a lidar com moças que tinham um respeito muito temeroso por papéis e documentos oficiais para mexer com eles por vontade própria. Mas Sally Jupp não era — pensava ele — nem burra nem pouco curiosa. Ele insinuou a idéia à srta. Liddell. Como esperava, a imagem dos dedos inquisitivos de Sally e de seus divertidos olhos irônicos produziu um ressentimento ainda maior do que as perguntas anteriores a respeito dos Maxie.

"O senhor quer dizer que Sally poderia ter bisbilhotado as minhas coisas? Antes, eu jamais acreditaria nisso. Mas o senhor pode ter razão. Claro. Agora consigo ver. Por isso é que ela gostava de trabalhar aqui. Toda aquela docilidade e cortesia, tudo aquilo era fingimento! E pensar que eu confiava nela! Eu realmente pensava que ela gostava de mim, que eu estava ajudando a moça. Ela me fazia confidências, o senhor sabe. Mas acho que aquelas histórias todas eram mentira. Ela devia ficar rindo de mim o tempo todo. Imagino que o senhor também pense que sou uma tola. Bom, posso ser, mas não tenho nada do que me envergonhar. Nada! Já lhe contaram sobre aquela cena na sala de jantar dos Maxie, sem dúvida. Ela não conseguiu me amedrontar. Pode ter havido algumas dificuldades aqui, no passado. Não sou muito jeitosa com números e contas. Nunca fingi ser. Mas não fiz nada de errado. O senhor pode perguntar a qualquer membro do comitê. Sally poderia espionar o quanto quisesse, mas isso não foi de grande valia para ela."

A srta. Liddell tremia de raiva e não fez nenhuma tentativa para esconder a amarga satisfação que havia por trás dessas palavras. Mas Dalgliesh não estava preparado para o efeito de sua última pergunta.

"Um de meus policiais esteve com os Proctor, os parentes mais próximos de Sally. É claro que esperávamos que nos contassem algo a respeito da vida dela. A filha mais nova deles estava lá e deu algumas informações espontaneamente. A senhorita pode me dizer por que telefonou para o senhor Proctor na manhã de sábado, o dia da quermesse? A menina disse que foi ela quem atendeu o telefone." A transformação de ressentimento furioso em surpresa total foi quase absurda. A srta. Liddell ficou olhando para ele literalmente de boca aberta.

"Eu? Telefonar para o senhor Proctor? Não sei do que o senhor está falando! Não tive nenhum contato com os Proctor desde o primeiro momento em que Sally foi para Martingale. Eles nunca se interessaram por ela. Por que diabos eu iria telefonar para o senhor Proctor?"

"Sobre isso", disse Dalgliesh, "é que fiquei pensando."

"Mas é ridículo! Se eu tivesse telefonado para o senhor Proctor, não haveria o menor problema em admitir isso. Mas não telefonei. A menina deve estar mentindo."

"Não há dúvida de que alguém está mentindo."

"Bom, não sou eu", replicou a srta. Liddell, decidida. Pelo menos nesse ponto, Dalgliesh estava disposto a acreditar na testemunha. Enquanto ela os acompanhava até a porta, ele perguntou como quem não quer nada:

"Ao voltar para casa, a senhorita contou para alguém o que aconteceu em Martingale? Sem dúvida, seria natural mencionar o noivado de Sally à sua substituta, se ela ainda estivesse acordada."

A srta. Liddell hesitou e depois disse, na defensiva: "Bem, a notícia estava fadada a correr, não é? Quero dizer, os Maxie não poderiam esperar manter isso em segredo. É, mencionei o fato à senhorita Pollack. A senhora Pullen estava aqui também. Ela veio de Rose Cottage para devolver umas colheres de chá que emprestamos para a quermesse e ainda estava aqui de papo com a senhorita Pollack quando voltei de Martingale. Assim, a senhora Pullen sabia, e certamente o senhor não está sugerindo que o fato de eu contar a ela tenha tido alguma coisa a ver com a morte da Sally."

Dalgliesh respondeu sem se comprometer. Ele não tinha assim tanta certeza.

2

Perto da hora do jantar, a atividade do dia em Martingale parecia estar diminuindo. Dalgliesh e o sargento trabalhavam no escritório, do qual o sargento às vezes emergia para falar com o homem de serviço à porta. Os carros da polícia ainda apareciam misteriosamente, despejavam seus passageiros uniformizados ou vestidos com capas impermeáveis e, depois de uma curta espera, levavam-nos de volta. Os Maxie e seus convidados observavam essas idas e vindas através das janelas, e ninguém mais fora chamado desde o final da tarde. Parecia que o interrogatório terminara por ali — e que o grupo poderia pensar em jantar com alguma perspectiva de não ser incomodado. A casa havia se tornado de repente muito quieta. Quando Martha, nervosa e desanimada, soou o gongo às sete e meia, ele reboou como uma intromissão vulgar para os nervos sensíveis da família. A refeição passou-se em quase-silêncio. O fantasma de Sally ia da porta para o aparador, e, quando a sra. Maxie tocou a campainha e a porta se abriu para Martha entrar, ninguém levantou o olhar. As preocupações da própria Martha ficaram evidentes na pobreza da refeição. Ninguém estava mesmo com fome e não havia nada para tentar-lhes o apetite. Depois do jantar, todos passaram para a sala de estar como se movidos por um silencioso chamado comum. Foi um alívio quando viram o sr. Hinks passar pela janela francesa, e Stephen saiu para recebê-lo. Pelo menos, ali estava um representante do mundo exterior. Ninguém poderia acusar o vigário de matar Sally Jupp. Supunha-se que ele tivesse vindo oferecer orientação espiritual e consolo. O único tipo de consolo que seria bem recebido entre os Maxie era a garantia de que Sally, afinal, não estava morta; que eles haviam passado por um breve pesadelo do qual podiam agora acordar, um tanto cansados e angustiados com a falta de sono, mas jubilosos pela gloriosa consciência de que nada daquilo era verdade. Entretanto, se isso não podia acontecer, pelo menos era tranqüilizador conversar com alguém que estivesse fora da sombra das suspeitas e que pudesse dar ao dia uma aparência de normalidade. Eles perceberam que estavam falando aos cochichos, e a exclamação que Stephen soltou ao ver o vigário soou como um grito. Logo, o vigário juntava-se a eles. Ao entrar, tendo Stephen atrás de si, quatro pares de olhos levantaram-se inquiridores, como se estivessem ansiosos para saber o veredicto do mundo exterior a respeito deles.

"Pobre moça", disse ele. "Pobre mocinha. E ela estava tão feliz ontem à tarde."

"Então, o senhor conversou com ela depois da quermesse?" Stephen não conseguiu esconder a urgência na voz.

"Não, não depois da quermesse. Eu fico tão confuso com os horários. Burrice minha. Agora que você perguntou, lembrei que não falei com ela ontem — embora, é claro, eu a tenha visto no jardim. Que vestido branco tão bonito ela estava usando! Não, falei com ela na quinta-feira à noite. Caminhamos juntos pela estrada e perguntei por Jimmy. Acho que foi na quinta-feira. Sim, deve ter sido, porque na sexta-feira fiquei a tarde inteira em casa. A última vez que nos falamos foi na quinta-feira à tarde. Estava tão feliz! Ela me contou a respeito do casamento e de como Jimmy teria um pai. Mas vocês todos sabem disso, imagino. Para mim foi uma surpresa, é claro, mas fiquei feliz por ela. E agora isso. A polícia já tem alguma notícia?"

Ele olhou ao seu redor, numa indagação bondosa, parecendo não notar o efeito de suas palavras. Ninguém falou durante alguns momentos, e então Stephen disse: "É bom que o senhor saiba, vigário, que pedi Sally em casamento. Mas ela não poderia ter falado sobre isso na quinta-feira. Ela nem sabia, então. Só a pedi em casamento às sete e quarenta da noite de sábado".

Catherine soltou um riso curto e depois virou o rosto, envergonhada, quando Deborah se voltou e olhou para ela. O sr. Hinks franziu a testa, preocupado, mas sua velha voz bondosa estava firme.

"Às vezes me confundo, vocês sabem, mas tenho certeza de que foi na quinta-feira que nos encontramos. Eu estava saindo da igreja depois do ofício de completas, e Sally estava passando com Jimmy no carrinho. Eu não poderia fazer confusão sobre o que conversamos; não me refiro às palavras exatas, e sim ao assunto em geral. Sally disse que Jimmy logo teria um pai. Ela me pediu que não contasse a ninguém — e eu disse que não contaria, mas falei que estava muito contente por ela. Perguntei se eu conhecia o noivo, porém ela riu e disse que preferia fazer uma surpresa. Estava muito excitada e alegre. Só caminhamos um pouco juntos, pois fiquei no presbitério, e suponho que ela tenha vindo para cá. Acho que supus que vocês todos sabiam do assunto. É importante?"

"O inspetor Dalgliesh provavelmente vai achar que sim", disse Deborah, preocupada. "Acho que o senhor deveria falar com ele. Não há mesmo muita escolha. O homem tem uma facilidade fantástica para extrair verdades desagradáveis."

O sr. Hinks pareceu perturbado, mas foi salvo da necessidade de responder por uma curta batida na porta seguida pela aparição de Dalgliesh. O investigador estendeu a mão na direção de Stephen. Trazia um pequeno frasco coberto de lama envolto num lenço masculino branco.

"O senhor reconhece isto?", perguntou ele.

Stephen atravessou a sala e olhou para o objeto por um momento, mas não tentou tocá-lo.

"Reconheço. É o frasco de Sommeil do armário de remédios de papai."

"Contém sete comprimidos de cento e cinqüenta miligramas. O senhor confirma que estão faltando três comprimidos, já que o senhor mesmo os colocou neste frasco?"

"Claro que sim. Disse isso ao senhor. Havia dez comprimidos de cento e cinqüenta miligramas."

"Obrigado", disse Dalgliesh, e voltou-se de novo para a porta.

Deborah falou no exato momento em que ele punha a mão na maçaneta:

"Temos a permissão de perguntar onde foi encontrado esse frasco?", perguntou.

Dalgliesh olhou para ela como se a pergunta necessitasse mesmo passar por uma séria consideração.

"Por que não? É provável que pelo menos um de vocês queira realmente saber. Foi encontrado por um dos homens que trabalham comigo; estava enterrado naquela parte do gramado que foi usada para a caça ao tesouro. Como sabem, a grama lá foi bastante maltratada, acredito que por competidores esperançosos. Ainda há diversos torrões deixados na superfície. O frasco foi posto num dos buracos, e a grama foi apertada por cima. A pessoa que fez isso teve até a consideração de marcar o lugar com uma das estacas de madeira, gravadas com nomes, que estavam jogadas por ali. Por estranho que pareça, era o seu nome, senhora Riscoe. Era sua a caneca com o chocolate alterado; era sua a estaca que marcava o frasco escondido."

"Mas por quê? Por quê?", disse Deborah.

"Se qualquer um de vocês puder responder a essa pergunta, eu ainda estarei no escritório por uma ou duas horas." Ele virou-se para o vigário com educação. "Imagino que seja o senhor Hinks. Eu estava com esperança de vê-lo. Se for conveniente, talvez o senhor possa me conceder alguns minutos agora."

O vigário olhou ao seu redor, examinando os Maxie com uma compaixão intrigada. Ele parou, e pareceu que ia dizer alguma coisa. Depois, sem uma palavra, seguiu Dalgliesh para fora da sala.

3

Dalgliesh só conseguiu entrevistar o dr. Epps por volta das dez horas. O médico estivera fora quase o dia inteiro, tratando de casos que podiam ou não ser urgentes o suficiente para merecer uma visita dominical — mas que deram a ele, com toda a certeza, uma desculpa para adiar o interrogatório. Se ele tivesse algo a esconder, supunha-se, àquela altura, que já tivesse decidido que tática usar. Não era um suspeito óbvio. Para começar, era difícil imaginar um motivo que o levasse a cometer o crime. Mas ele era o médico dos Maxie e amigo íntimo da família. De bom grado não obstruiria a justiça, contudo poderia ter idéias pouco ortodoxas a respeito do que constituía justiça — e sempre teria a desculpa do sigilo profissional, se quisesse evitar perguntas inconvenientes. Dalgliesh já tivera problemas com esse tipo de testemunha. Mas não precisava ficar preocupado. O dr. Epps, como se estivesse recebendo uma visita clínica, convidou-o de muito boa vontade para entrar naquele consultório de tijolos vermelhos que fora acrescentado por equívoco à sua agradável mansão georgiana e espremeu-se na cadeira giratória à sua escrivaninha. Indicou a Dalgliesh o assento dos pacientes, uma grande cadeira Windsor baixa demais, na qual era difícil ficar à vontade ou tomar qualquer iniciativa. Ele quase esperava que o médico começasse uma série de perguntas pessoais e embaraçosas. E, com efeito, o dr. Epps tinha decidido mesmo falar a maior parte do tempo. Tudo bem para Dalgliesh, que sabia reconhecer perfeitamente quando era oportuno tomar ciência dos fatos permanecendo em silêncio. O médico acendeu um cachimbo grande e de formato estranho. "Não vou lhe oferecer fumo nem mesmo uma bebida. Sei que, em geral, não se bebe com suspeitos." Ele lançou um olhar agudo a Dalgliesh para ver sua reação. Não recebendo de volta nenhum comentário, acendeu o cachimbo com tragadas violentas e começou a falar.

"Não perca seu tempo dizendo como tudo isso é desalentador. É mesmo difícil de acreditar. No entanto, alguém a matou. Alguém pôs as mãos em torno do pescoço dela e a estrangulou. Terrível para a senhora Maxie. Para a moça também, é claro, mas é natural que eu pense nos vivos. Stephen me ligou por volta das sete e meia. Não havia dúvida de que a moça estivesse morta, obviamente. Pelo que pude julgar, já devia estar morta havia umas sete horas. O médico-legista sabe mais sobre isso do que eu. A moça não estava grávida. Eu a tratei num desses problemas ocasionais e sei disso. Mas, para a aldeia, isso será um desapontamento. Eles gostam de ouvir o pior. E teria sido um motivo, eu acho, para alguém."

"Se estivéssemos pensando em motivo", replicou Dalgliesh, "poderíamos começar com esse noivado com o senhor Stephen Maxie".

O doutor mexeu-se com desconforto na cadeira.

"Muita sujeira. O rapaz é um tonto. Ele não tem um tostão além do que ganha, e Deus sabe que é bem pouco. É claro, haverá alguma coisa depois que o pai morrer, mas essas famílias antigas que moram e mantêm propriedades com renda, bem, é de admirar que ainda não tenham tido que vender a casa. O governo está fazendo o que pode para liquidá-las com os impostos. E aquele cara, o Price, entope-se de contas e engorda com despesas não taxadas! Nos faz pensar que ficamos todos malucos! Mesmo assim, isso não é problema seu. Mas pode ter a minha palavra de que Maxie não está em posição de se casar com ninguém, no momento. E onde ele pensava que Sally iria morar? Em Martingale, com a sogra? Esse bobalhão precisa é de um psiquiatra."

"Tudo isso deixa claro que o casamento teria sido calamitoso para os Maxie", disse Dalgliesh, "e faz diversas pessoas terem interesse em certificar-se de que a união não acontecesse".

O doutor inclinou-se para ele, desafiador.

"A ponto de matar a moça? Fazendo com que aquela criança ficasse órfã de mãe, além de já não ter pai? Que tipo de gente o senhor acha que somos?"

Dalgliesh não respondeu. Os fatos eram incontestáveis. Alguém matara Sally Jupp. Alguém que não se detivera sequer pela presença da criança adormecida. Mas ele notou como a exclamação do médico o colocava do lado dos

Maxie: "Que tipo de gente o senhor acha que somos?". Não havia dúvidas de onde estava a lealdade do dr. Epps.

Estava ficando escuro no pequeno aposento. Gemendo com o leve esforço, o doutor soergueu-se por cima da mesa e acendeu uma lâmpada. Era articulada e dirigida, e ele ajustou-a cuidadosamente para que a luz caísse sobre suas mãos, deixando o rosto na sombra. Dalgliesh estava começando a sentir-se cansado, mas ainda havia muito o que fazer antes de considerar terminado o dia de trabalho. Então, foi ao ponto principal de sua visita.

"O senhor Simon Maxie é seu paciente, creio eu."

"É, sempre foi. Não há muito o que fazer por ele agora. É só uma questão de tempo e de cuidados. Martha trata disso na maior parte do tempo. Mas ele é meu paciente. Bastante indefeso. Arteriosclerose avançada com outras complicações de um ou outro tipo. Se está pensando que ele se arrastou até o quarto da empregada, bom, está enganado. Duvido que ele soubesse da existência dela."

"Creio que o senhor andou receitando uns comprimidos especiais para ele dormir de um ano para cá."

"Seria bom você não continuar a dizer que acredita nisso ou naquilo. Você sabe perfeitamente que receitei. Não é segredo algum. Mas não consigo ver o que eles têm a ver com essa questão." O médico enrijeceu-se de súbito. "Você não quer dizer que ela foi dopada?"

"Ainda não temos o resultado da autópsia, mas tudo indica que sim."

O médico não se fez de desentendido.

"Isso é mau."

"Estreita um pouco o campo. E há outros aspectos inquietadores."

Dalgliesh, então, contou ao médico tudo sobre o Sommeil desaparecido, onde Sally supostamente o encontrara, o que Stephen fizera com os dez comprimidos e como encontraram o frasco no local da caça ao tesouro. Depois que ele acabou, houve um silêncio momentâneo. O médico estava afundado na cadeira, que antes parecia pequena demais para acomodar sua alegre e confortável corpulência. Quando tornou a falar, sua voz profunda e retumbante transformara-se numa voz velha e cansada.

"Stephen nunca me disse nada. É claro que ele não teve oportunidade para isso com a quermesse. Podia ter mudado de idéia, no entanto. Pode ser que achasse que eu não era de muita ajuda. Eu devia ter adivinhado, você sabe. Ele não toleraria uma falta de cuidado dessas. O pai dele... o meu paciente. Conheço Simon Maxie há trinta anos. Trouxe os filhos dele ao mundo. A gente tem de conhecer os pacientes, perceber quando precisam de ajuda. Eu só deixava a receita, semana após semana. Nos últimos tempos, muitas vezes, nem subia para vê-lo. Não parecia haver muito sentido. Não consigo imaginar o que Martha estava fazendo. Ela cuidava dele, fazia tudo. Ela devia saber daqueles comprimidos. Quer dizer, se é que Sally falou a verdade."

"É difícil imaginar que a senhorita Jupp tivesse inventado aquilo tudo. Além disso, ela ficou com os comprimidos. Suponho que só possam ser obtidos com receita médica."

"É. Não se pode entrar numa farmácia e comprá-los. Ah, é verdade mesmo. Não tenho dúvidas. A culpa é minha. Deveria perceber o que estava acontecendo em Martingale. Não só com Simon Maxie. Com todos eles."

"Então o doutor acha que foi um deles", pensou Dalgliesh. "Consegue ver muito bem como as coisas estão se desenrolando e não está gostando nada disso. Pouca responsabilidade para ele. Sabe que houve mesmo um crime em Martingale. A questão é: será que tem certeza? E se tiver, qual deles seria o culpado?"

O inspetor perguntou sobre a tarde em Martingale. A narração do dr. Epps sobre a aparição de Sally antes do jantar e a revelação da proposta de casamento de Stephen foi consideravelmente menos dramática do que a de Catherine Bowers ou a da srta. Liddell, mas as versões concordavam nos pontos principais. Ele confirmou que nem ele nem a srta. Liddell saíram do escritório durante a contagem do dinheiro, e que vira Sally Jupp subindo a escada principal na hora em que ele e sua anfitriã cruzavam o hall em direção à porta da frente. Achava que Sally estava usando roupão e carregava alguma coisa, mas não conseguia lembrar o quê. Poderia muito bem ter sido uma xícara e um pires, ou talvez uma caneca. Ele não falara com ela. Foi a última vez em que a viu viva.

Dalgliesh perguntou a quem mais na aldeia ele receitara Sommeil.

"Se você quiser uma resposta exata, preciso consultar minhas fichas. Pode levar uma meia hora. Não é uma receita comum. Consigo lembrar de um ou dois pacientes. Pode haver outros, é claro. Sir Reynold e a senhorita Pollack, em Santa Maria, com certeza. O senhor Maxie, sem dúvida. Aliás, o que está acontecendo com o remédio dele agora?"

"Estamos guardando o Sommeil. Pelo que sei, o doutor Maxie receitou um equivalente. E agora, doutor, talvez eu possa dar uma palavrinha com a sua governanta antes de ir embora."

Levou um minuto inteiro até que o médico parecesse compreendê-lo. Então, desvencilhou-se da cadeira com uma desculpa abafada e mostrou o caminho do consultório para a casa. Lá, Dalgliesh conseguiu confirmar, com tato, que o médico chegara em casa às dez e quarenta e cinco na noite anterior e tinha sido chamado para um parto às onze e dez. O inspetor não esperava escutar outra coisa. Teria de checar a informação com a família da paciente, mas, sem dúvida, havia um álibi para o médico até as três e meia da manhã, quando ele finalmente deixou a sra. Baines de Nessingford na posse orgulhosa de seu primogênito. O dr. Epps estivera ocupado ajudando vidas a vir a este mundo durante a maior parte da noite de sábado, e não tirando a vida de Sally Jupp.

O médico murmurou alguma coisa a respeito de uma visita tardia e caminhou com Dalgliesh até o portão, protegendo-se do ar noturno com um opulento e volumoso capote — que era pelo menos dois números acima do tamanho apropriado para ele. No portão, o dr. Epps mergulhou a mão no bolso e, numa reação de surpresa, abriu a mão direita, revelando um pequeno frasco. Estava quase cheio de pequenos comprimidos marrons. Os dois homens olharam em silêncio para o vidro por um momento. Depois, o dr. Epps disse: "Sommeil".

Dalgliesh pegou um lenço, envolveu o frasco e guardou-o em seu próprio bolso. Ele notou com interesse o instintivo gesto inicial de resistência do médico.

"Este seria o remédio de Sir Reynold, inspetor. Nada a ver com a família. Este capote era do Price." O tom dele era defensivo.

"Quando o senhor tomou posse do capote, doutor?", perguntou Dalgliesh. Mais uma vez, houve uma longa pausa. Então, o médico pareceu lembrar-se de que havia fatos que não fazia sentido tentar esconder.

"Eu o comprei no sábado, na quermesse da igreja. Eu o comprei mais como uma brincadeira entre mim e... a encarregada da barraca."

"E ela era... quem?", perguntou Dalgliesh, implacável.

O dr. Epps não o olhou nos olhos enquanto respondia numa voz surda: "A senhora Riscoe".

4

O domingo havia sido esvaziado de seu sentido religioso e parecera um dia sem começo nem fim. Seu legado foi uma semana tão desarticulada que a segunda-feira amanheceu sem nenhuma cor ou individualidade, um mero dia indefinido. O correio veio mais pesado do que de costume — um tributo à eficiência do telefone onipresente e daqueles métodos mais sutis e menos científicos de comunicação rural. Com certeza, o correio do dia seguinte seria ainda mais pesado, quando as notícias do homicídio em Martingale chegassem àqueles que dependiam da palavra impressa para obter suas informações. Deborah encomendara meia dúzia de jornais. Sua mãe ficou pensando se aquela extravagância era um gesto de desafio ou a tentativa de saciar uma curiosidade genuína.

A polícia ainda usava o escritório, embora tivesse notificado a intenção de mudar-se para a estalagem Moonraker's Arms mais tarde naquele mesmo dia. Em particular, a sra Maxie desejou-lhes sorte com a cozinha do estabelecimento. O quarto de Sally permaneceu trancado. Só Dalgliesh tinha a chave, e não dava explicações para ninguém a respeito de suas freqüentes visitas ao cômodo nem sobre o que lá encontrara — ou esperava encontrar.

Lionel Jephson chegara de manhã cedo, bem-vestido, escandalizado e ineficaz. A família só esperava que o advogado estivesse sendo um estorvo tão grande para a polícia quanto para eles próprios. Como Deborah previra, ele estava perdido em meio a uma situação tão estranha aos seus interesses e à sua experiência normais. A ansiedade evidente e as reiteradas reprimendas sugeriam que ele tinha graves dúvidas quanto à inocência de seus clientes — ou pouca fé na eficiência da polícia. Foi um alívio para todos quando voltou correndo para a cidade antes do almoço, para consultar um colega.

Ao meio-dia, o telefone tocou pela vigésima vez.

A voz de Sir Reynold Price reboou pelo fio até a sra. Maxie.

"Mas é vergonhoso, minha cara senhora. O que a polícia está fazendo?"

"Acho que, no momento, está tentando descobrir quem é o pai da criança."

"Deus meu! Para quê? Acho que seria melhor eles se concentrarem em encontrar quem matou a moça."

"Eles parecem achar que pode haver uma conexão."

"Idéias idiotas. Eles estiveram aqui, sabe? Queriam saber a respeito de umas pílulas que o Epps receitou para mim. Deve ter sido há meses. Fico admirado de ele ainda se lembrar da prescrição depois desse tempo todo. Por que acha que estão preocupados com os comprimidos? Que coisa extraordinária. 'Não vão me prender ainda, inspetor', eu disse. Dava para ver que ele achou engraçado." O riso vigoroso de Sir Reynold estourou desagradavelmente nos ouvidos da sra. Maxie.

"Que aborrecimento para você", disse a sra. Maxie. "Temo que esse triste acontecimento esteja causando um bocado de amolação para todo mundo. Você os mandou embora satisfeitos?"

"A polícia? Minha cara senhora, a polícia nunca está satisfeita. Eu disse a eles com toda a clareza que não encontrariam nada nesta casa. As empregadas arrumam tudo o que não seja mantido sob tranca ou chave. Imagine procurar um frasco de comprimidos que tomei faz meses. Que idéia idiota. O inspetor parecia pensar que eu deveria me lembrar de quantos tomei e do que aconteceu com o que sobrou. Bem, eu lhe pergunto! Eu disse a ele que sou um homem ocupado, tenho coisas melhores para fazer com meu tempo. Eles andaram perguntando também sobre aquele probleminha que tivemos em Santa Maria há uns dois anos. O inspetor parecia muito interessado nisso. Queria saber por que você se demitiu do comitê e tudo o mais."

"Fico pensando em como eles souberam disso."

"Algum idiota andou falando demais, eu acho. É engraçado como as pessoas não conseguem ficar caladas, e ainda mais com a polícia. Aquele sujeito, Dalgliesh, me disse que era estranho que você não fizesse parte do comitê do Santa Maria, uma vez que dirigia praticamente tudo na aldeia. Eu disse a ele que você tinha renunciado havia dois anos, quando tivemos um pequeno problema — e, é claro, ele quis saber que tipo de problema. Perguntou por que não nos livramos de Liddell naquela ocasião. Eu respondi: 'Meu caro, não se pode simplesmente demitir uma mulher depois de vinte e cinco anos de serviço. Não houve nenhuma desonestidade na verdade'. Mantenho a minha posição quanto a isso, você sabe. Sempre mantive. Sempre manterei. Houve falta de cuidado e confusão geral nas contas, talvez, mas daí a desonestidade deliberada há uma grande distância. Eu contei ao sujeito que convidamos Liddell a responder pelo problema diante do comitê — tudo muito secreto e com muito tato, certamente —, e que ela recebeu uma carta confirmando o novo arranjo financeiro, de modo que não houvesse mais mal-entendidos. Uma carta bem dura, também, em resumo. Sei que, na época, você achou que deveríamos ter passado o albergue para o comitê de bem-estar social diocesano ou para uma das associações nacionais para mães solteiras, em vez de mantê-lo como um estabelecimento de caridade privado, e foi o que eu disse ao inspetor."

"Achei que estava na hora de entregar uma tarefa difícil a pessoas treinadas e experientes, Sir Reynold." No mesmo instante em que falava, a sra. Maxie amaldiçoou o descuido que cometera, fazendo-a cair na armadilha da recapitulação de uma velha história.

"Foi o que eu quis dizer. Eu falei a Dalgliesh: 'A senhora Maxie bem que poderia estar com a razão. Não estou dizendo que não estivesse. Mas Lady Price tinha carinho pelo albergue — praticamente o fundou —, e eu não queria abrir mão dele. Não há mais muitos desses pequenos estabelecimentos hoje em dia. O toque pessoal é o que conta. Sem dúvida, no entanto, a senhorita Liddell fizera besteira com as contas. Preocupações demais para ela. Números não são mesmo trabalho para mulheres'. É evidente que ele concordou. Riu um bocado disso tudo."

A sra. Maxie bem que poderia acreditar naquilo, mas o quadro não era bonito. Sem dúvida, esse talento para ser tudo para todo mundo era um pré-requisito de um detetive bem-sucedido. Depois de o vigoroso divertimento do corpo-a-corpo dos interrogatórios ter esmorecido, a sra. Maxie não tinha dúvidas de que a cabeça de Dalgliesh estava ocupada com uma nova teoria. Entretanto, como aquilo seria possível? As canecas e xícaras para as bebidas noturnas já estavam arrumadas às dez horas. Depois disso, a srta.

Liddell não saíra da vista de sua anfitriã. Elas estiveram juntas no hall e observaram a resplandecente e gloriosa figura levando a caneca de Deborah para a cama. Era possível que a srta. Liddell tivesse um motivo — se o sarcasmo de Sally significasse alguma coisa —, mas não havia evidências do que a vítima estava insinuando, e, com certeza, a srta. Liddell não tivera a oportunidade de praticar o crime. A sra. Maxie, que jamais gostara da srta. Liddell, ainda conseguia esperar que as humilhações quase esquecidas de dois anos antes pudessem continuar escondidas, e que Alice Liddell, não muito eficiente, não muito inteligente, mas fundamentalmente boa e dotada de boas intenções, pudesse ser deixada em paz.

Sir Reynold, porém, ainda estava falando.

"E, aliás, eu não daria atenção a esses extraordinários rumores que estão correndo pela aldeia. As pessoas tendem a falar, você sabe, e tudo acaba se desvanecendo logo que a polícia apanha o culpado. Vamos esperar que eles consigam fazer algum avanço. Agora, diga-me se houver qualquer coisa que eu possa fazer. E não se esqueça de trancar tudo muito bem antes de dormir. A próxima vítima pode ser Deborah, ou você. E há outra coisa." A voz de Sir Reynold tornou-se rouca e conspiratória, e a sra. Maxie teve de se esforçar para ouvir. "É sobre o menino. Um bom garoto, pelo que pude ver no carrinho, na quermesse, você sabe. Esta manhã, achei que gostaria de fazer alguma coisa por ele. Não é muito divertido perder a mãe, ficar sem um lar de verdade. Alguém deveria ficar de olho nele. Onde ele está agora, com você?"

"Jimmy voltou para o Santa Maria. Parece ser o melhor para ele. Não sei o que será resolvido a esse respeito. Ainda é cedo, obviamente, e não sei se alguém já pensou muito nesse assunto."

"É hora de pensar, cara senhora. É hora de pensar. Talvez eles o ofereçam para adoção. É melhor conseguir a lista, hein? A senhorita Liddell ficaria encarregada disso, suponho."

A sra. Maxie não soube o que responder. Ela estava mais a par das leis de adoção do que Sir Reynold e duvidava que ele pudesse ser considerado o candidato mais adequado para ter a guarda de uma criança. Se Jimmy tivesse de ser adotado, a situação em que estava iria garantir-lhe muitas ofertas. Ela mesma já pensara no futuro da criança. Não mencionou isso, mas contentou-se em chamar a atenção para o fato de que os parentes de Sally talvez aceitassem o menino e que nada poderia ser feito até que se soubesse das intenções deles. Era até possível que soubessem quem era o pai. Sir Reynold rejeitou essa possibilidade com uma risada zombeteira e prometeu não fazer nada às pressas. Renovou seus avisos contra maníacos homicidas e desligou. A sra. Maxie ficou pensando se alguém poderia ser mesmo tão burro como Sir Reynold parecia ser e o que poderia ter incentivado aquele interesse repentino por Jimmy.

Ela recolocou o fone no gancho com um suspiro e voltou às cartas matinais. Meia dúzia era de amigas que, com algum constrangimento social, expressavam sua solidariedade à família e sua confiança na inocência dos Maxie convidando-os para jantar. A sra. Maxie achou que aquelas demonstrações de apoio eram mais para disfarçar do que para renovar a confiança. Os três envelopes seguintes traziam caligrafias desconhecidas, e ela os abriu com relutância. Talvez fosse melhor destruí-los sem lê-los, mas nunca se sabe. Pode-se perder por acaso alguma informação valiosa. Além disso, era mais corajoso enfrentar a adversidade, e coragem nunca faltou a Eleanor Maxie. Mas as duas primeiras cartas eram menos desagradáveis do que ela pensava. Uma chegava até a ser encorajadora. Continha três pequenos textos impressos, com sabiás e rosas desenhados numa proximidade pouco razoável, com a garantia de que quem resistisse até o fim seria salvo. Pedia uma contribuição para que essa boa nova pudesse ser espalhada e sugeria que os textos fossem copiados e distribuídos aos amigos que também estivessem com problemas. A maior parte dos amigos da sra. Maxie era discreta a respeito de seus problemas, entretanto, mesmo assim, ela sentiu um traço de culpa ao jogar os cartões na cesta de papéis. A carta seguinte, guardada num envelope perfumado de malva, fora enviada por uma senhora que declarava ser vidente e que estava preparada, mediante uma pequena taxa, a organizar uma sessão na qual se esperava que Sally Jupp aparecesse e denunciasse seu assassino. A suposição de que as revelações de Sally seriam completamente aceitáveis para os Maxie, pelo menos, sugeria que a autora dava a eles o benefício da dúvida. A última comunicação trazia o carimbo local e apenas perguntava: "Por que você não se contentou em fazê-la trabalhar até morrer, sua assassina sórdida?". A sra. Maxie examinou a caligrafia com cuidado e não conseguiu se lembrar de tê-la visto antes. Mas o carimbo do correio estava claro, e ela reconheceu um desafio. Resolveu ir até a aldeia e fazer algumas compras.

A loja estava um tanto mais movimentada do que o normal, e a suspensão do zumbido das vozes logo que ela apareceu não lhe deixou muitas dúvidas quanto ao assunto da conversa. Estavam lá a sra. Nelson, a srta. Pollack, o velho Simon do chalé Weir — que pretendia ser o habitante mais antigo do lugar e parecia achar que isso o absolvia de qualquer descuido com a higiene pessoal — e uma ou duas mulheres dos novos chalés da zona agrícola, cujas fisionomias e personalidades, se é que as tinham, ainda eram estranhas para ela. Houve um murmúrio geral de "bom dia" em resposta à sua saudação, e a srta. Pollack chegou a dizer "Belo dia, não?", antes de consultar apressadamente sua lista de compras e tentar esconder o rosto enrubescido por trás da barricada de cereais de café-da-manhã. O próprio sr. Wilson largou as notas fiscais com que estava ocupado nos bastidores da cena e adiantou-se, com a deferência de sempre, para atender a sra. Maxie. Ele era um homem alto, magro, de aparência cadavérica; tinha uma expressão de infelicidade tão chocante que era difícil acreditar que não estava às portas da falência em lugar de ser o dono de um próspero comércio. Ele ouvia mais fofocas do que qualquer outro na aldeia, mas era tão raro que expressasse alguma opinião que seus pronunciamentos eram ouvidos com grande respeito — e, em geral, eram lembrados. Até então estivera calado quanto ao assunto Sally Jupp, mas disso não se podia deduzir que considerasse o tema pouco adequado aos comentários ou que estivesse coibido por algum tipo de reverência diante de uma morte repentina. Mais cedo ou mais tarde, pensava-se, o sr. Wilson pronunciaria um julgamento, e a aldeia ficaria muito surpresa se o veredicto da própria lei, que aconteceria mais tarde e com maior cerimônia, não fosse em essência o mesmo. Ele recebeu os pedidos da sra. Maxie em silêncio e ocupou-se em servir sua freguesa mais importante. Enquanto isso, o pequeno grupo de mulheres se desfez, e uma a uma murmurava suas despedidas e saía — discretas ou nem tanto — de sua loja.

Depois que saíram, o sr. Wilson deu uma olhada conspiratória em torno, lançou os olhos aguados para cima, como se buscasse orientação, e debruçou-se sobre o balcão, em direção à sra. Maxie.

"Derek Pullen", disse. "Foi ele."

"Acho que não sei do que o senhor está falando, senhor Wilson." A sra. Maxie dissera a verdade. Ela poderia ter acrescentado que nem se interessava muito em saber.

"Note que não estou afirmando nada, madame. Deixe a polícia fazer o trabalho dela, digo eu. Mas se eles a incomodarem em Martingale, pergunte-lhes aonde Derek Pullen estava indo na noite de sábado passado. Pergunte isso a eles. Ele passou por aqui à meia-noite ou perto disso. Eu mesmo o vi pela janela do quarto."

Com o ar de auto-satisfação de um homem que pronunciara um argumento final e incontestável, o sr. Wilson endireitou-se e voltou à tarefa de somar a conta da sra. Maxie com uma disposição inteiramente diferente. Ela achou que deveria dizer a ele que qualquer indício que tivesse ou pensasse ter precisava ser comunicado à polícia, mas não conseguiu proferir palavra nenhuma a esse respeito. Ela se lembrava de Derek Pullen do jeito que o vira da última vez: um rapaz pequeno, mais para sardento, que usava ternos citadinos recortados demais e sapatos baratos. A mãe dele era membro do Instituto Feminino, e o pai trabalhava para Sir Reynold na maior de suas duas fazendas. A acusação era muito tola e injusta. Se Wilson não conseguisse manter a boca fechada, a polícia estaria no chalé dos Pullen antes do crepúsculo, e qualquer um poderia adivinhar o que se extrairia deles. O garoto parecia tímido e provavelmente morreria de medo, perdendo a pouca presença de espírito que parecia ter. Nesse momento, a sra. Maxie lembrou-se de que alguém estivera no quarto de Sally naquela noite. Poderia ter sido Derek Pullen. Se Martingale pudesse ser salva de maiores sofrimentos, ela tinha de manter suas lealdades evidentes.

"Se o senhor tiver alguma informação, senhor Wilson", ela disse, "acho que deveria transmiti-la ao inspetor Dalgliesh. Nesse meio-tempo, o senhor poderá prejudicar muita gente inocente fazendo acusações como essa."

O sr. Wilson recebeu a leve repreensão com a maior satisfação, como se só estivesse precisando dela para a confirmação de suas próprias teorias. Ficou claro que ele dissera tudo o que tinha a intenção de dizer e que o assunto estava encerrado. "Quatro mais cinco e dez mais nove, mais uma libra e um xelim dão uma libra, dezesseis xelins e dois *pence*, por favor, madame", cantou ele. A sra. Maxie pagou.

5

Enquanto isso, Johnnie Wilcox, um desmazelado e mirrado moleque de doze anos, estava sendo entrevistado por Dalgliesh no escritório. Ele se apresentara em Martingale com a notícia de que o vigário o mandara para ver o inspetor — e que, por favor, era importante. Dalgliesh recebeu-o com grave cortesia e convidou-o a sentar-se e contar sua história confortavelmente. Ele a contou bem e com clareza, e forneceu o indício mais surpreendente que Dalgliesh ouvira recentemente.

Pelo jeito, Johnnie fora escolhido, junto com outros membros de sua escola dominical, para ajudar na quermesse com o chá e a lavagem da louça. Houve alguma resistência quanto a esse arranjo, que em geral era encarado pelos meninos como tarefa doméstica, degradante e francamente muito chata. Verdade que houve promessas de se banquetearem com as sobras mais tarde, mas os chás eram sempre muito populares, e, no ano anterior, vários ajudantes de última hora chegaram para dar uma mão e dividiram os parcos despojos com os que labutaram no calor o dia todo. Johnnie Wilcox não vira nenhuma vantagem em ficar mais tempo do que o necessário, e, logo que chegaram crianças em número suficiente para que sua ausência não fosse notada, apoderou-se de dois sanduíches de peixe, três pães de chocolate e um par de tortas de geléia e levou-os para o palheiro das cocheiras de Bocock, confiante de que o dono do lugar estava longe, ocupado com os passeios de pônei.

Johnnie estivera sentado na santa paz, mastigando o lanche e lendo sua revista em quadrinhos por algum tempo — mas não adiantava esperar que ele calculasse quanto tempo. Só lhe restava um pãozinho quando escutou passos e vozes. Ele não fora o único a querer privacidade, e mais duas pessoas estavam chegando às cocheiras. Não esperou para ver se estavam também com a intenção de subir para o palheiro, então tomou a sensata precaução de mudar-se com o seu pãozinho para um canto onde pudesse esconder-se atrás de um fardo de palha. Sua ação não pareceu ser provocada por timidez desnecessária. No mundo de Johnnie, muitos fatos desagradáveis, de surras a castigos, eram evitados pelo simples expediente de saber quando não se devia ser visto. Naquele momento, sua precaução foi mais uma vez justificada. Os passos subiram até o palheiro e ele ouviu o leve baque do alçapão sendo colocado de volta no lugar. Depois disso, foi obrigado a manter-se sentado quieto e um tanto chateado, mordiscando seu pãozinho em silêncio e tentando fazê-lo durar até que os visitantes partissem. Eram só dois, ele tinha certeza — e um deles era Sally Jupp. Johnnie viu de relance o cabelo da moça quando ela passou pelo alçapão, mas, antes que ela estivesse inteiramente à vista, foi forçado a esconder-se outra vez. Mesmo assim, ele não tinha dúvida de que era Sally. Johnnie a conhecia o suficiente para ter certeza de que a vira e a escutara no palheiro no sábado à tarde. Porém não vira nem reconhecera o homem que estava com ela. Depois que Sally entrou, seria muito arriscado espiar a cena por trás do fardo de feno, uma vez que o menor movimento provocava um farfalhar muito alto — e Johnnie empregou toda a sua energia mantendo-se na mais perfeita e pouco natural imobilidade. Em parte porque os pesados fardos de feno amorteceram as vozes, em parte porque estava acostumado a achar as conversas dos adultos muito chatas e incompreensíveis, ele não fez nenhum esforço para ouvir o que estava sendo dito. Tudo o que Dalgliesh conseguiu saber de confiável foi que os dois visitantes estiveram discutindo, mas em voz baixa; que houve a menção a quarenta libras; e que Sally Jupp acabou dizendo alguma coisa a respeito de não haver riscos se ele mantivesse a calma e "esperasse pela luz". Johnnie disse que falaram muito, embora a maior parte do tempo em voz baixa e muito rápido. Só aquelas poucas frases ficaram na memória dele. Não poderia dizer por quanto tempo os três permaneceram no palheiro. Parecera um tempo enorme, e ele estava todo duro e supercansado antes de ouvir o som do alçapão caindo para trás outra vez e da moça e seu acompanhante saírem do palheiro. Sally saíra primeiro, e o homem a seguira. Johnnie não se sentiu em segurança para espiar de seu esconderijo até que ouvisse os sons dos passos descendo as escadas. Então, viu uma mão revestida por uma luva marrom pondo o alçapão de volta no lugar. Esperou ainda alguns minutos e depois correu de volta para a quermesse, onde sua ausência despertara bem pouco interesse. Isso havia sido a soma total da aventura vespertina de Johnnie Wilcox no sábado, e era irritante considerar como algumas poucas mudanças de circunstâncias poderiam ter aumentado o valor do que ele dissera. Se Johnnie tivesse sido um pouco mais arrojado, poderia ter visto o homem. Se fosse um pouco mais velho ou do sexo oposto, quase com certeza teria considerado aquele encontro clandestino mais curioso do que a mera interrupção de um festim, e, certamente, teria escutado o máximo possível da conversa e se lembrado dela. Agora era difícil dar qualquer interpretação aos parcos fragmentos ouvidos. Ele parecia um menino honesto e confiável, ainda que bastante pronto a admitir que poderia estar enganado. Ele achou que Sally falara "da luz", mas poderia ter imaginado; não estava ouvindo com atenção, e eles falavam baixo. Por outro lado, não tinha dúvidas de que era Sally e estava do mesmo modo firme em sua crença de que aquele não era um encontro amigável. Não podia ter certeza da hora em que saiu da cocheira. Os chás começaram por volta das três e meia e continuaram enquanto havia freguesia e comida. Johnnie achou que, quando ele fugiu da sra. Cope, deveriam ser quatro e meia. Não conseguia lembrar de quanto tempo ficou escondido na cocheira. Parecera muito tempo. Dalgliesh teria de se contentar com isso. A coisa toda parecia um caso evidente de chantagem e tudo indicava que outro encontro fora marcado. Mas o fato de Johnnie não ter reconhecido a voz do homem parecia ser conclusivo para provar que não fora Stephen Maxie nem outro homem do lugar, pois o garoto conhecia a maioria deles. Pelo menos, isso sustentava a teoria de que havia outro homem a se considerar. Se Sally estivesse chantageando o estranho, e se ele estava na quermesse, então as coisas pareciam melhores para os Maxie. Ao agradecer a Johnnie, adverti-lo de que não deveria falar com ninguém a respeito de sua experiência e despedir-se dele, liberando-o para o prazer reconfortante de revelar tudo o que se passara ao vigário, a mente de Dalgliesh já estava ocupada com os novos indícios.

6

1

O inquérito estava marcado para as três horas da terça-feira, e os Maxie se deram conta de que quase pareciam estar ansiosos por ele, como se pelo menos aquela fosse uma obrigação conhecida que poderia ajudar a acelerar as horas lentas e desconfortáveis que estavam passando. Havia um sentimento constante de inquietude, como a tensão de um dia de trovoada em que a tempestade é inevitável mas ainda não caiu. A suposição tácita de que ninguém em Martingale pudesse ser o assassino impedia qualquer discussão realista sobre a morte de Sally. Estavam todos com medo de falar demais ou de falar com a pessoa errada. Às vezes, Deborah desejava que todos da casa pudessem reunir-se e pelo menos decidir a respeito de alguma base estratégica concreta. Mas quando Stephen, com voz hesitante, expressara o mesmo desejo, ela recuou num pânico súbito. Era inconcebível Stephen falar de Sally.

Felix Hearne era diferente. Com ele, era impossível discutir sobre quase qualquer coisa. Ele não temia a morte nem se intimidava com ela, e pelo jeito não via nenhuma transgressão ao bom gosto numa discussão desapaixonada ou até mesmo leve sobre a morte de Sally Jupp. A princípio, Deborah tomara parte nessas conversas com um espírito de bravata. Mais tarde, ela se deu conta de que o humor não passava de uma frágil tentativa de disfarçar o medo. Agora, antes do almoço de terça-feira, ela andava entre as rosas ao lado de Felix, enquanto ele despejava sua torrente de abençoado papo inconseqüente, provocando-a para um fluxo desapaixonado de teorias que servia para distrair as idéias.

"É sério, Deborah. Se eu estivesse escrevendo um livro, iria atribuir o crime a um dos rapazes da aldeia. Derek Pullen, por exemplo."

"Mas não foi ele. E, de qualquer modo, ele não tinha um motivo."

"Motivo é a última coisa que se procura. Sempre se pode encontrar um motivo. Talvez a falecida o estivesse chantageando. Talvez ela o estivesse pressionando para casar-se com ela, e ele não queria. Ela poderia ter dito a ele que havia outro bebê a caminho. Não é verdade, é claro, mas ele não saberia disso. Você vê, eles estavam tendo o tórrido caso de sempre. Eu o faria ser um daqueles tipos silenciosos, intensos. Eles são capazes de qualquer coisa. Pelo menos na ficção."

"Mas ela não queria casar-se com ele. Tinha Stephen. Não iria querer Derek Pullen se pudesse ter Stephen."

"Se me permite dizer, você fala com a parcialidade cega de uma irmã. Mas seja como você quer. Quem você sugere?"

"Suponhamos que tenha sido o pai."

"Você quer dizer aquele cavalheiro idoso preso à cama?"

"É. Só que ele não era assim. Poderia ser como numa daquelas tramas do grand-guignol. O velho cavalheiro não queria que seu filho se casasse com a namoradeira assanhada, então arrastou-se pelas escadas, degrau por degrau, e estrangulou-a com sua velha gravata com as cores da escola."

Felix Hearne pensou sobre esse esforço e o rejeitou.

"Por que não um misterioso visitante com um nome como o dos gatos do cinema? Quem é ele? De onde vem? Seria ele o pai do filho dela?"

"Ah, acho que não."

"Bem, foi. Ele conheceu a falecida quando ela era uma

moça inocente, no primeiro emprego. Vou descer um véu sobre esse penoso episódio, mas você pode imaginar a surpresa e o horror dele quando a vê outra vez, a menina a quem tinha feito mal, na casa de sua noiva. E, ainda por cima, a garota estava agora com o filho dele!"

"Ele tem uma noiva?"

"Decerto. Uma viúva muitíssimo sedutora, que ele está determinado a atrair numa cilada. De qualquer modo, a pobre moça enganada ameaça dizer tudo, e então ele é obrigado a silenciá-la. Eu faria dele um desses personagens cínicos, odiosos, para que ninguém ficasse com pena quando fosse preso."

"Você não acha que isso seria um tanto sórdido? E que tal se o assassino fosse a administradora do Santa Maria? Poderia ser como um daqueles livros de mistério psicológico, cheio de citações eruditas no início de cada capítulo e com um montão de Freud."

"Se é Freud o que você quer, eu apostaria no tio da falecida. Aí, sim, haveria uma boa desculpa para psicologias profundas. Veja só, ele era um homem duro, de mente estreita, que a expulsou quando soube da gravidez. Mas, como todos os puritanos de ficção, ele mesmo não prestava. Andava de caso com uma mocinha simples, que cantava no coro e morava no mesmo albergue que acolhera a vítima e seu futuro bebê. Desse modo, a terrível verdade sobre o caso veio à luz e, evidentemente, Sally chantageava o tio em trinta paus por semana para não dizer nada. É óbvio que ele não poderia correr o risco de ser desmascarado. Era respeitável demais para isso."

"O que Sally fazia com os trinta paus?"

"Abriu uma caderneta de poupança em nome do bebê, ora. Isso tudo virá à luz no tempo certo."

"Seria ótimo que viesse. Mas você não está se esquecendo da futura cunhada da falecida? Não haveria falta de motivos por parte dela."

Felix então disse, bem à vontade: "Mas ela não era uma assassina".

"Ora, que diabos, Felix! Você tem de ter um tato assim tão espalhafatoso?"

"Como sei muito bem que você não matou Sally Jupp, você espera que eu continue colecionando constrangimentos e suspeitas só por divertimento?"

"Eu a odiava, Felix. Odiava mesmo."

"Está bem, minha querida. Então você a odiava de verdade. Isso tende a fazê-la ficar em desvantagem diante de si mesma. Mas não fique assim tão ansiosa em confiar seus sentimentos à polícia. São homens dignos, sem dúvida, e muito bem-educados. Só que podem ter uma imaginação um tanto limitada. Afinal de contas, a grande força deles é o bom senso. Essa é a base de todo o trabalho sério dos detetives. Eles têm o método e os meios; então, o motivo tem pouco valor. Deixe que eles trabalhem para fazer jus ao dinheiro do contribuinte."

"Você acha que Dalgliesh vai descobrir quem a matou?", perguntou Deborah depois de uma pequena pausa.

"Acho que já deve estar sabendo, a esta altura", replicou Felix com calma. "Conseguir provas suficientes para justificar uma acusação é outra questão. Podemos descobrir, esta tarde, até que ponto a polícia já chegou e quanto os investigadores estão preparados para nos contar. Pode ser divertido para Dalgliesh nos manter em suspenso, mas ele vai acabar tendo de abrir o jogo mais cedo ou mais tarde."

O inquérito foi um alívio e, ao mesmo tempo, um desapontamento. O magistrado o presidiu sem um júri. Ele era um homem de voz suave, com cara de são-bernardo deprimido, que dava a impressão de estar passando pelos processos jurídicos por engano. Mesmo assim, sabia o que queria e não perdeu tempo. Havia menos aldeões presentes do que os Maxie esperavam. Talvez eles estivessem economizando tempo e energia para o funeral, bem mais divertido. É certo que os que estavam ali ficaram sabendo pouco mais do que sabiam antes. O magistrado fez tudo parecer muito simples. As provas de identificação foram dadas por uma mulherzinha nervosa e insignificante que acabou revelando ser a tia de Sally. Stephen Maxie deu o depoimento, e os detalhes concretos de como o corpo foi encontrado vieram rapidamente à tona. Os relatos médicos mostraram que a morte fora causada por inibição vagal durante estrangulamento manual e que fora muito repentina. Havia cerca de cem miligramas de um derivado do ácido barbitúrico no estômago. O magistrado não fez mais perguntas do que as necessárias para estabelecer esses fatos. A polícia pediu um recesso, o qual foi concedido. Foi tudo muito informal, quase amigável. As testemunhas acocoravam-se nas cadeiras baixas usadas pelas crianças da escola dominical enquanto o magistrado se debruçava sobre o processo do alto do estrado do superintendente. Havia potes de geléia com flores nos parapeitos das janelas, e um painel de flanela, numa das paredes, mostrava a jornada dos cristãos, do batismo ao sepultamento, em desenhos a lápis de cera. Nesse ambiente inocente e disparatado, a lei — com formalidade, mas sem estardalhaço — tomou nota de que Sally Lilian Jupp fora morta criminosamente.

2

Agora havia o enterro a ser enfrentado. Aqui, ao contrário do inquérito, a presença era opcional, e só a sra. Maxie achou fácil tomar uma decisão entre ir e não ir. Ela não teve dificuldades quanto a isso e deixou claro que pretendia estar presente. Embora não discutisse a questão, sua atitude era óbvia. Sally Jupp morrera na casa dela e trabalhava ali. Os parentes da vítima não tinham intenção evidente de perdoá-la por ser tão constrangedora e pouco ortodoxa na morte como fora em vida. Eles não compareceriam ao sepultamento, que sairia do Santa Maria e seria feito à custa da instituição. Mas, à parte a necessidade de ter um representante no funeral, os Maxie tinham uma responsabilidade. Se alguém havia morrido na casa deles, o mínimo que poderiam fazer era ir ao enterro. A sra. Maxie não se expressou nesses termos, mas foi clara ao fazer o filho e a filha entenderem que sua presença era uma mera cortesia, e que aqueles que davam hospitalidade aos outros em suas casas deveriam — se por infelicidade isso se mostrasse necessário — ampliar a idéia de hospitalidade a ponto de garantir que os hóspedes chegassem em segurança aos seus túmulos. Deborah, em todos os seus devaneios particulares sobre o que seria a vida em Martingale durante a investigação do assassinato, jamais levara em conta a importância do papel desempenhado por questões comparativamente pequenas de gosto ou etiqueta. Era estranho que a ansiedade sobre o futuro da família pudesse, pelo menos por enquanto, ser menos urgente que a preocupação com a conveniência de mandar uma coroa para o enterro. E se fosse mesmo apropriado para a família mandá-la, que tipo de condolências deveriam ser escritas no cartão? Aqui, outra vez, a questão não preocupava a sra. Maxie, que apenas perguntou se a coroa seria enviada em nome de todos ou se Deborah deveria mandar uma sozinha.

Ao que parecia, Stephen estava dispensado das exéquias. A polícia havia dado a ele permissão para voltar ao hospital depois do inquérito, e, a não ser para visitas rápidas, ele não viria a Martingale até o próximo sábado à noite. Ninguém esperava que ele mandasse uma casta coroa para o deleite das fofoqueiras da aldeia. Stephen tinha todas as desculpas para voltar a Londres e continuar seu trabalho. Nem Dalgliesh esperava que ele ficasse em Martingale indefinidamente para conveniência da polícia.

Mesmo que Catherine tivesse uma desculpa quase tão válida quanto a de Stephen para voltar a Londres, não se aproveitou disso. Pelo jeito, ela ainda tinha sete dias de sua licença anual e estava bem-disposta e feliz por continuar em Martingale. Catherine havia entrado em contato com sua chefe, que fora compreensiva. Não haveria dificuldades com sua ausência se ela pudesse ajudar a sra. Maxie de algum modo — e não há como negar que podia. Havia os cuidados pesados com Simon Maxie, as constantes interrupções na rotina da casa, causadas pela investigação de Dalgliesh, e também a ausência de Sally.

Uma vez resolvido que sua mãe iria ao enterro, Deborah dispôs-se a controlar sua aversão natural à idéia e anunciou de chofre que também estaria lá. Ela não se admirou quando Catherine expressou a mesma intenção, mas ficou supresa e aliviada ao descobrir que Felix também iria com elas.

"Não há a menor necessidade", ela disse, zangada. "Não sei por que toda essa confusão. Pessoalmente, acho a idéia toda mórbida e desagradável, mas, se você quiser vir e deixar que todo mundo fique olhando para você de boca aberta, está bem, será um espetáculo gratuito." Ela saiu correndo da sala de estar, porém voltou alguns minutos mais tarde para dizer com o desconcertante formalismo que o deixava tão desarmado: "Desculpe por ter sido tão grossa, Felix. Por favor, venha se quiser. Foi gentil de sua parte ter pensado nisso".

Então Felix ficou com raiva de Stephen. Era verdade que ele tinha todas as desculpas para voltar ao trabalho. No entanto, era irritante e típico que tivesse saídas tão prontas e simples para fugir da responsabilidade e das coisas desagradáveis. Nem Deborah nem a mãe viam a situação sob esse aspecto, é claro, e Catherine Bowers, pobre boboca enrabichada, estava pronta a perdoar qualquer coisa de Stephen. Nenhuma das mulheres imporia a ele seus problemas ou suas dificuldades. "Só que", pensou Felix, "se esse rapaz tivesse disciplinado seus impulsos mais quixotescos, nada disso teria acontecido." Felix preparou-se para o enterro num estado de espírito impregnado de raiva indiferente e lutou com bravura contra a suspeita de que seu ressentimento, em parte, fosse devido à frustração — e, em parte, à inveja.

* * *

Fazia outro dia magnífico. A multidão usava roupas de verão — e algumas moças estavam mais adequadas para um balneário do que para um cemitério. Era evidente que muitos participantes estiveram fazendo piquenique até ouvir falar de um divertimento melhor no cemitério da igreja. E apareceram no funeral carregando os restos de seus festins — quando não estavam empenhados em terminar de comer os sanduíches ou as laranjas. Ao se aproximarem do túmulo, apresentaram um comportamento impecável. A morte tinha um efeito quase universal de moderação, e alguns risinhos nervosos foram logo suprimidos pelos olhares indignados dos mais ortodoxos. Não foi o comportamento deles o que enraiveceu Deborah, e sim o fato de estarem ali. Ela encheu-se de desprezo e raiva frios, de intensidade assustadora. Depois achou que isso foi bom, porque não deixou espaço para a dor ou para o constrangimento.

As Maxie, Felix Hearne e Catherine Bowers ficaram juntos ao lado da sepultura aberta, com a srta. Liddell e um punhado de moças do Santa Maria agrupadas atrás deles. Do outro lado estavam Dalgliesh e Martin. A polícia e os suspeitos entreolhavam-se por cima da sepultura aberta. A certa distância dali, um segundo enterro estava em andamento; era conduzido por um clérigo desconhecido, de outra paróquia. No pequeno grupo de enlutados, todos estavam vestidos de preto e acotovelavam-se num círculo fechado, tão próximos da sepultura que pareciam envolvidos em algum rito secreto e esotérico não destinado aos olhos dos outros. Ninguém prestou atenção neles, e a voz do sacerdote não era ouvida acima dos sussurros da multidão que acompanhava o sepultamento de Sally. Depois, foram embora em silêncio. "Ao menos", pensou Deborah, "eles enterraram seu morto com alguma dignidade."

Naquele momento, o sr. Hinks dizia algumas poucas palavras. Apropriadamente, ele não mencionou as circunstâncias da morte da moça, mas disse com delicadeza que os caminhos da Providência eram estranhos e misteriosos — uma afirmativa que poucos ouvintes tinham competência para desaprovar, mesmo que a presença da polícia sugerisse que pelo menos parte daquele mistério era obra da mão humana.

A sra. Maxie demonstrou um interesse ativo por toda a cerimônia e seus audíveis "améns" soavam como uma concordância enfática ao final de cada prece. Soube achar a parte referente ao serviço no livro comum de preces com dedos eficazes e ajudou duas moças do Santa Maria a localizar a oração; naquele momento, elas estavam tão tomadas pela dor ou pelo constrangimento que não conseguiram encontrar sozinhas as palavras que deviam responder. Ao final do serviço, a sra. Maxie chegou até à beira do túmulo e ficou de pé por um momento, olhando para o caixão. Deborah mais sentiu do que ouviu o suspiro que a mãe soltou. A julgar pela fisionomia composta que ela exibia, ninguém poderia dizer o que aquilo significava. Depois, virou-se outra vez para encarar a multidão. Vestiu as luvas e inclinou-se para ler um dos cartões de condolências antes de se unir à filha.

"Que multidão impressionante. Dá para pensar que as pessoas não têm mais o que fazer. Se essa pobre moça Sally tivesse metade do exibicionismo que parecia ter, o enterro seria plenamente aprovado por ela. O que aquele garoto está fazendo? Essa é a mãe dele? Bem, tenho certeza de que seu garotinho sabe que não se deve pular em cima das sepulturas. Você deve controlá-lo melhor, se quiser trazê-lo ao cemitério. Isso é solo consagrado, e não o pátio de recreio da escola. De todo modo, um enterro não é uma diversão adequada para uma criança."

Às costas das Maxie, a mãe e a criança ficaram boquiabertas; dois rostos pálidos, atônitos, com os mesmos narizes finos, o mesmo cabelo ralo. Então, a mulher puxou o filho para trás com um olhar amedrontado. A ostentação brilhante de cores já se dispersava, as bicicletas eram arrastadas entre as margaridas que se abriam no muro do cemitério, os fotógrafos guardavam suas câmeras. Um ou dois grupinhos ainda ficaram por lá, cochichando e esperando uma oportunidade para xeretar as coroas. O sacristão recolhia o legado de cascas de laranja e sacos de papel, sussurrando consigo mesmo. A sepultura de Sally era um lençol de cores. Vermelhos, amarelos e dourados espalhavam-se por cima dos torrões de terra e das tábuas de madeira como uma espalhafatosa colcha de retalhos, e o cheiro da terra fresca misturava-se com o perfume das flores.

3

"Aquela não é a tia de Sally?", perguntou Deborah. Uma mulher magra, de aspecto nervoso e cabelo que poderia ter sido vermelho, estava conversando com a srta. Liddell. Elas afastaram-se juntas na direção do portão do cemitério. "Tenho certeza de que é a mesma mulher que identificou Sally no inquérito. Se for a tia, talvez possamos dar-lhe uma carona até a casa dela. Os ônibus passam com pouca freqüência a esta hora do dia."

"Pode ser que valha a pena dar uma palavrinha com ela", disse Felix, pensativo. A sugestão de Deborah fora incentivada, a princípio, por pura bondade, pelo desejo de evitar que alguém ficasse esperando muito tempo no sol quente. Mas depois as vantagens práticas da proposta ficaram evidentes.

"Procure fazer a senhorita Liddell apresentar a mulher a você, Felix. Eu vou buscar o carro. Você poderia descobrir onde Sally trabalhava antes de ficar grávida, quem é o pai de Jimmy e se o tio de Sally gostava mesmo dela."

"Em dois ou três minutos de conversa informal? Duvido."

"Poderíamos extrair as informações dela durante o trajeto. Tente, Felix."

Deborah correu atrás da mãe e de Catherine com toda a pressa que a decência permitia, deixando Felix com sua tarefa. A mulher e a srta. Liddell chegavam à estrada e estavam paradas para trocar algumas últimas palavras. À distância, as duas figuras pareciam estar executando algum tipo de dança cerimonial. Elas aproximaram-se para apertar as mãos e separaram-se. Então a srta. Liddell, que se virara para ir embora, voltou com algum novo comentário, e as figuras se aproximaram outra vez.

As duas mulheres viraram-se para observar a aproximação de Felix, e ele pôde perceber o movimento dos lábios da srta. Liddell. Em seguida, foram feitas as inevitáveis apresentações. Uma mão magra, enluvada em raiom preto barato, segurou timidamente a mão dele por alguns instantes e depois a largou. Mesmo naquele contato apático, quase imperceptível, ele sentiu que ela estava tremendo. Os olhos cinzentos, ansiosos, desviaram-se dos de Felix enquanto ele falava.

"A senhora Riscoe e eu estávamos pensando se não poderíamos levá-la para casa", disse ele com delicadeza. "A espera pelo ônibus será longa, e teríamos muito prazer em levá-la." Bem, até ali era tudo verdade. A mulher hesitou. Em dado momento, a srta. Liddell pareceu ter resolvido que a oferta, embora inesperada, não poderia ser desprezada com decência — e poderia mesmo ser aceita com segurança. Quando começava a insistir nisso, Deborah parou ao lado deles no Renault de Felix, e a questão ficou resolvida. A tia de Sally, apresentada como sra. Proctor, foi confortavelmente instalada ao lado de Deborah no banco da frente, antes que alguém tivesse tempo de discutir. Felix instalou-se atrás, consciente de não estar gostando muito da empreitada, mas preparado para admirar Deborah em ação. "Extrações sem dor são sua especialidade", pensou ele enquanto faziam a curva para descer o morro. Ele imaginou que distância iriam percorrer e se Deborah havia se dado ao trabalho de dizer à mãe quanto tempo ficariam fora. Ele ouviu a amiga dizer: "Acho que sei mais ou menos onde a senhora mora. É um pouco além de Canningbury, não é? Passamos por lá quando vamos a Londres. Mas terei de me fiar na senhora para encontrar a estrada. É muito delicado de sua parte deixar que nós a levemos em casa. Enterros são tão horríveis. Andar por algum tempo é mesmo um alívio."

O resultado dessas palavras foi inesperado. De repente, a sra. Proctor estava chorando, em silêncio, sem sequer movimentar o rosto. Quase como se as lágrimas não tivessem possibilidade alguma de controle, ela as deixou escorrer numa torrente pelas faces e cair nas mãos juntas. Quando falou, sua voz estava baixa, mas clara o suficiente para ser ouvida por sobre o barulho do motor. E as lágrimas ainda caíam, silenciosas e sem esforço.

"Eu não deveria ter vindo. O senhor Proctor não iria gostar se soubesse que vim. Ele não estará em casa até eu chegar, e Beryl está na escola, de modo que ele não vai saber. Mas ele não gostaria de saber que vim. Sally fez a própria cama; então, que se deite nela. Isso é o que ele diz e não se pode censurá-lo. Não depois do que fez por ela. Nunca houve diferença entre Sally e Beryl. Nunca. Direi isso até o dia da minha morte. Não sei por que tinha de acontecer isso conosco."

Esse eterno clamor dos infelizes bateu em Felix como algo pouco razoável. Que ele soubesse, os Proctor não aceitaram nenhuma responsabilidade sobre Sally desde a gravidez, e não havia dúvida de que conseguiram distanciar-se de sua morte. Ele inclinou-se para a frente, para ouvir melhor a convesa. Deborah poderia ter feito algum tipo de som encorajador, mas ele não tinha certeza. Não era mais o caso de arrancar informações daquela mulher. Ela esteve guardando tudo para si por muito tempo.

"Nós a criamos com decência. Ninguém pode dizer que não. Nem sempre foi fácil. Ela conseguiu a bolsa de estudos, mas, ainda assim, tínhamos de alimentá-la. Não era uma criança fácil. Embora o senhor Proctor não acreditasse nisso, eu pensava que era por causa dos bombardeios. Eles estavam conosco o tempo todo, vocês sabem. Tínhamos uma casa em Stoke Newington, na época. Não houvera muitos ataques aéreos e, de algum modo, nos sentíamos mais seguros com o abrigo Andersen e tudo o mais. Foi um daqueles foguetes V1 que acabou com Lil e George. Eu não me lembro de nada, nem de ter sido retirada dos escombros. Eles só me contaram sobre a morte de Lil uma semana depois. Conseguiram nos retirar a todos, mas Lil e George morreram no hospital. Nós tivemos sorte. Pelo menos, suponho que tivemos. O senhor Proctor ficou bastante mal durante muito tempo, e, é claro, ficou inválido. Mas dizem que nós tivemos sorte."

"Como eu", pensou Felix com amargura. "Um dos que tiveram sorte."

"E então a senhora pegou Sally e a criou", incentivou Deborah.

"Não havia mais ninguém mesmo. Minha mãe não poderia ter ficado com ela. Não iria dar certo. Eu tentei pensar que Lil iria querer isso, só que esse tipo de pensamento não consegue fazer você gostar de uma criança. Ela não era muito amorosa. Não como Beryl. Quando Beryl chegou, Sally já tinha dez anos — e acho que isso deve ter sido difícil para ela depois de ter sido a única durante tanto tempo. Mas nós nunca fizemos diferença. Elas sempre tiveram o mesmo de tudo, aulas de piano e tudo o mais. E agora, isso. A polícia foi lá em casa depois que ela morreu. Eles não estavam de uniforme nem nada, só que dava para ver quem eram. Todo mundo soube a respeito. Perguntaram quem era o homem, mas é evidente que não sabíamos dizer."

"O homem que a matou?" Deborah pareceu incrédula.

"Ah, não, o pai do bebê. Acho que pensaram que ele poderia ter sido o assassino. Mas não sabíamos dizer nada."

"Suponho que tenham feito um monte de perguntas a respeito de onde estavam naquela noite."

Pela primeira vez, a sra. Proctor pareceu dar-se conta de suas lágrimas. Ela remexeu na bolsa e enxugou-as. O interesse na história que ela tinha para contar pareceu mitigar qualquer que fosse a dor que estivesse sentindo. Felix pensou que era pouco provável que ela estivesse chorando por Sally. Talvez a memória ressuscitada de Lil, de George e da criança indefesa que eles deixaram para trás é que motivara aquelas lágrimas — ou teria sido apenas cansaço e um sentimento de fracasso? Quase como se estivesse intuindo as perguntas, a sra. Proctor disse: "Não sei por que estou chorando. Chorar não traz os mortos de volta. Acho que foi o serviço religioso. Cantamos aquele hino para Lil também, 'O Rei do amor é o meu pastor'. Mas ele não parece ser muito adequado para nenhuma das duas. Vocês estavam perguntando da polícia. Suponho que vocês também tenham sido visitados por eles. Os policiais vieram até minha casa, é verdade. Eu disse que havia ficado em casa com Beryl. Eles perguntaram se fomos à quermesse de Chadfleet, e respondi que não soubera de nada a respeito. Não que tivéssemos ido; nunca víamos Sally e não queríamos bisbilhotar o lugar em que ela trabalhava. Eu poderia lembrar bem do dia. Foi mesmo engraçado. A senhorita Liddell telefonara de manhã para falar com o senhor Proctor, o que ela não fazia desde que Sally tinha assumido seu novo emprego. Beryl atendeu o telefone, o que a fez sentir-se esquisita. O telefonema da senhorita Liddell deu a ela a impressão de que poderia ter acontecido alguma coisa a Sally, mas era apenas para dizer que Sally estava indo bem. Mesmo assim, foi estranho. Ela sabia que nós não queríamos nem saber".

Aquilo deve ter parecido estranho a Deborah também, porque ela perguntou: "A senhorita Liddell já telefonara antes para dizer como Sally estava indo?".

"Não. Não desde que Sally foi para Martingale. Ela telefonou-nos para contar esse fato. Pelo menos, acho que telefonou. Ela pode ter escrito para o senhor Proctor, mas não tenho certeza. Suponho que ela achou que deveríamos saber que Sally saíra do albergue, porque o senhor Proctor é o tutor dela. Ou melhor, era, pois ela estava com mais de vinte e um anos, era maior de idade, não nos interessava aonde iria. Nunca se importou conosco, com nenhum de nós, nem mesmo com Beryl. Achei que era melhor eu vir hoje porque ia parecer estranho se ninguém da família aparecesse, não importa o que o senhor Proctor diga. Mas ele tinha mesmo razão. Não se podem ajudar os mortos indo ao enterro, e isso tudo só serve para nos perturbar. O mesmo vale para todas aquelas pessoas, também. Elas deviam ter coisa melhor para fazer."

"Então o senhor Proctor não via Sally desde que ela saiu da sua casa?", prosseguiu Deborah.

"Oh, não. Não havia nenhum sentido nisso, não é?"

"Imagino que a polícia tenha perguntado onde ele estava na noite em que ela morreu. Eles sempre perguntam. É claro que não passa de uma formalidade."

Se Deborah estava com medo de ter causado alguma ofensa, isso se revelou desnecessário. "É estranha a maneira como eles fazem as coisas. Da maneira como falam, levam a gente a pensar que sabemos de alguma coisa. Fizeram perguntas sobre a vida de Sally, se ela tinha alguma expectativa e quem eram seus amigos. Parecia até que ela era alguma pessoa importante. Fizeram Beryl entrar e perguntaram a ela sobre o telefonema da senhorita Liddell. Chegaram até a questionar o senhor Proctor sobre o que ele estava fazendo na noite em que Sally morreu. Não que pudéssemos esquecer daquela noite. Foi quando ele teve o acidente de bicicleta. Ele só chegou em casa à meia-noite e estava num estado lastimável, os lábios inchados e a bicicleta toda torta. Além disso, tinha perdido o relógio, o que foi péssimo; era o relógio que o pai havia deixado para ele, todo feito de ouro. 'Muito valioso', é o que ele sempre nos dizia. Era pouco provável que esquecêssemos uma noite daquelas assim tão depressa, posso lhe afirmar."

A sra. Proctor já se recuperara inteiramente dos efeitos emocionais do enterro e estava conversando com a sofreguidão de alguém que está mais acostumado a ouvir do que ser ouvido. Deborah dirigia devagar. As mãos dela pousavam de leve no volante e seus olhos azuis estavam fixos na estrada à sua frente, mas Felix tinha poucas dúvidas de que a mente dela estava ocupada com outros assuntos. Ela emitia sons de solidariedade em resposta à história da sra. Proctor e respondeu: "Que choque horrível para vocês dois! A senhora deve ter ficado superpreocupada por ele chegar tão tarde. Como é que isso aconteceu?".

"Ele caiu no fundo de uma ladeira em algum lugar no caminho de Finchworthy. Não sei exatamente onde. Estava descendo depressa, e alguém deixou vidro quebrado na estrada. É claro que o vidro cortou o pneu da frente, ele perdeu o controle e caiu na vala. Poderia ter morrido, eu disse para ele, ou então ter se ferido seriamente — e, aí, Deus sabe o que teria acontecido, porque essas estradas são muito ermas. Você pode ficar lá deitado durante horas sem que passe ninguém. O senhor Proctor não gosta de pedalar em estradas movimentadas, e não me admiro. Não há paz a não ser que se saia sozinho."

"Ele gosta de andar de bicicleta?", perguntou Deborah.

"É maluco por bicicletas. Sempre foi. É claro que ele não encara uma estrada de verdade desde a guerra e o bombardeio. Ele viajava um bocado quando era jovem. Mas ainda gosta de andar por aí, e em geral não o vemos muito nos sábados à tarde."

A voz da sra. Proctor tinha uma ponta de alívio que não passou despercebida a nenhum dos dois ouvintes. Uma bicicleta e um acidente podem ser álibis úteis, pensou Felix, mas o sr. Proctor não pode ser um suspeito sério se estava em casa à meia-noite. Levaria pelo menos uma hora para voltar de Martingale, mesmo que o acidente fosse fingimento e que ele tivesse usado a bicicleta durante todo o trajeto. Além disso, era difícil imaginar um motivo adequado, uma vez que Proctor não havia encontrado uma razão para matar a sobrinha antes de ela ter sido admitida no Santa Maria. Pelo jeito, ele não tivera mais contato com a moça desde então. A mente de Felix brincava com a possibilidade de uma futura herança para Sally. Com a morte dela, a herança seria transferida para Beryl Proctor. No íntimo, porém, Felix sabia que estava procurando não o assassino de Sally Jupp, e sim alguém que tivesse motivo e oportunidade suficientes para desviar a investigação da polícia para suspeitos mais prováveis. No que dizia respeito aos Proctor, tal esperança parecia ser falsa. No entanto, Deborah chegara à conclusão de que ali havia algo a ser descoberto. O fator tempo parecia também preocupá-la.

"A senhora esperou seu marido, senhora Proctor? A senhora já devia estar bem desesperada, lá pela meia-noite, a não ser que ele costume chegar tarde."

"Bem, em geral ele chega um pouco tarde e sempre me diz para não esperá-lo, de modo que não o esperei. Na maioria dos sábados vou ao cinema com Beryl. Temos a televisão, e às vezes ficamos em casa assistindo, mas é bom sair uma vez por semana, para variar."

"Então a senhora já estava na cama quando seu marido chegou?", insistiu Deborah de leve.

"Ele tem a própria chave, de modo que não há muito sentido em ficar esperando. Se eu soubesse que iria chegar tão tarde, seria diferente. Quando o senhor Proctor sai, costumo ir para a cama por volta das dez. Veja só, não há tanta pressa no domingo de manhã, mas eu não sou do tipo que fica acordada até tarde da noite. Foi o que eu disse à polícia. 'Nunca fui de ficar de pé até tarde da noite.' Eles também estavam perguntando sobre o acidente do senhor Proctor. O inspetor foi muito simpático. 'Só chegou em casa perto da meia-noite', contei para eles. Eles puderam perceber que foi uma noite preocupante, mesmo que Sally não tivesse sido assassinada daquele jeito."

"Imagino que o senhor Proctor tenha acordado a senhora ao chegar em casa. Deve ter sido um susto terrível vê-lo naquelas condições."

"Ah, foi mesmo! Eu o escutei no banheiro e, quando o chamei, ele veio até o quarto. Sua cara estava horrível, com uma cor verde tenebrosa, manchada de sangue, e ele tremia todo. Não sei como chegou em casa. Levantei para fazer uma xícara de chá, e ele tomou um banho. Lembro que horas eram porque ele me perguntou; tinha perdido o relógio depois do acidente, e só tínhamos o relojinho na cozinha e o que fica na sala da frente. Os dois marcavam dez minutos depois da meia-noite. Foi um choque para mim, posso garantir. Acho que não fomos para a cama antes da meia-noite e meia e pensei que ele nem fosse conseguir se levantar na manhã seguinte. Só que ele se levantou, como todos os dias. Sempre desce primeiro, para fazer o chá, e depois sobe com uma xícara grande. Acha que ninguém consegue fazer o chá do jeito que ele gosta. Mas nunca pensei que fosse se levantar cedo naquele domingo — não depois da aparência que tinha na noite anterior. Foi por isso que não compareceu ao inquérito; ainda está abalado com o acidente. E, depois, houve também a polícia chegando naquela manhã para nos contar sobre Sally. Não vai ser fácil esquecer aquela noite."

4

Já tinham alcançado Canningbury e havia uma longa espera nos sinais de trânsito que regulavam a onda de carros no cruzamento da High Road com a Broadway. Era evidentemente uma tarde de compras naquele superpopuloso subúrbio da zona leste de Londres. As calçadas transbordavam de donas de casa que, como se impelidas por alguma necessidade primeva, às vezes atravessavam a rua com uma lentidão de enlouquecer o tráfego. As lojas, nos dois lados da rua, haviam sido antes um corredor de casas; suas janelas e as fachadas grandiosas faziam um estranho contraste com os modestos telhados e janelas no andar de cima. O prédio da prefeitura, que parecia ter sido projetado por um comitê de idiotas bêbados com excesso de orgulho cívico, ficava em isolado esplendor, limitado por dois lotes bombardeados nos quais as reconstruções apenas haviam começado.

Fechando os olhos para se isolar do calor e do barulho, Felix obrigou-se a pensar que Canningbury era um dos subúrbios mais esclarecidos, com um rol invejável de bons serviços públicos, e que nem todo mundo queria morar numa silenciosa casa em Greenwich, onde a neblina subia do rio em filamentos brancos e só os amigos mais persistentes encontravam o caminho até sua porta. Ficou satisfeito quando o sinal abriu e, sob a orientação da sra. Proctor, eles avançaram com uma série de pequenos solavancos e viraram à esquerda, afastando-se da via principal. Ali ficava o fim do centro comercial. As mulheres caminhavam de volta para casa com suas cestas carregadas. As poucas e pequenas lojas de roupa e os cabeleireiros com nomes pseudofranceses ocupavam as antigas salas de visita dos sobrados. Depois de alguns minutos, eles fizeram outra curva e entraram numa rua tranqüila na qual uma fileira de casas iguais se estendia até onde a vista alcançava. Embora fossem idênticas na estrutura, eram bem diferentes em aparência, já que era difícil haver dois jardins iguais. Eram todos semeados e cuidados com esmero. Alguns residentes expressavam sua individualidade com araucárias, melindrosos gnomos de pedra pescando em tanques ou falsos jardins de rochas. Mas a maioria se contentara em criar um pequeno espetáculo de cores e perfumes que humilhava a nulidade insípida da casa que ficava atrás. As cortinas mostravam sinais de escolha cuidadosa, apesar de mal orientada, e de lavagens freqüentes; eram suplementadas por outras meias-cortinas franzidas de renda ou filé, fechadas com cuidado contra a curiosidade de um mundo vulgar. Windermere Crescent tinha a aparência respeitável de uma rua que ficava em posição superior à de suas vizinhas e cujos habitantes estavam determinados a manter essa superioridade.

Então aquele fora o lar de Sally Jupp, que desabara tão lamentavelmente de condição social. O carro chegou ao meio-fio do portão de número 17, e a sra. Proctor agarrou a bolsa preta e deformada junto ao peito e começou a lutar, atrapalhada, com a porta. “Deixe que eu abro”, disse Deborah, e inclinou-se para soltar a tranca. A sra. Proctor desvencilhou-se e iniciou os agradecimentos profusos, que Deborah cortou logo.

"Por favor, não agradeça. Estamos muito contentes de ter vindo. Imagino se eu poderia incomodá-la pedindo um copo d'água antes de irmos embora. É bobagem, sabe, mas dirigir me dá tanta sede neste calor. Só água mesmo. É difícil eu beber qualquer outra coisa."

"Não é mesmo, meu Deus!", pensou Felix enquanto as duas mulheres desapareciam dentro da casa.

Ele ficou imaginando o que Deborah estava aprontando e se a espera seria longa. A sra. Proctor não tinha escolha senão convidar sua benfeitora para entrar. Não ficaria bem trazer o copo d'água até o carro. No entanto, Felix tinha certeza de que aquela intromissão não fora agradável para a mulher. Ela olhara aflita para a rua antes de entrarem, e ele adivinhou que estava ficando perigosamente tarde. A sra. Proctor morria de medo de que o carro ainda estivesse ali quando o marido chegasse. Voltara a manifestar um pouco da ansiedade que demonstrara quando foram apresentados no cemitério. Felix sentiu um espasmo momentâneo de irritação com Deborah. Provavelmente o esforço era inútil, e era uma pena preocupar aquela patética mulherzinha.

Insensível a esses sutis sentimentos, Deborah estava sendo introduzida na sala da frente. Uma garota de escola arrumava as partituras no piano, evidentemente preparando-se para estudar, mas foi mandada para fora da sala com uma ordem apressada de "Vá buscar um copo d'água, querida", dita com aquela voz falsamente alegre que muitas vezes é empregada pelos pais na presença de estranhos. Deborah achou que a menina saiu um tanto relutante enquanto lançava para ela um longo e inquisitivo olhar. Era uma criança muito feia, e sua semelhança com a prima morta era notável. A sra. Proctor não a apresentara, e Deborah ficou pensando se isso era uma negligência atribuível ao nervosismo ou um desejo deliberado de manter a criança na ignorância das atividades maternas daquela tarde. Na segunda hipótese, era provável que alguma história viesse a ser inventada para explicar a visita, embora a sra. Proctor não tivesse lhe dado indícios de grande capacidade inventiva.

As duas mulheres sentaram-se em poltronas opostas, cada qual com seu descanso de cabeça bordado com uma figura de mulher vestida com crinolina e touca, colhendo malvas-rosas, e almofadas imaculadas. Era evidente que aquele era o melhor aposento da casa, usado apenas para receber visitas ou para estudar piano. Tinha o leve cheiro rançoso composto de cera, mobília nova e janelas raramente abertas. Sobre o piano havia duas fotografias de meninas em roupas de balé; tinham os corpos desgraciosos dobrados em poses angulares e pouco naturais e os rostos fixos em sorrisos forçados sob coroas de rosas artificiais. Uma delas era a criança que acabara de sair da sala. A outra era Sally. Era estranho como, mesmo naquela idade, a coloração de família e a estrutura óssea idênticas pudessem ter produzido, numa delas, uma elegância natural, e, na outra, uma feiúra pesada, com poucas promessas de futuro. A sra. Proctor notou a direção do olhar de Deborah.

"É", disse ela, "fizemos tudo o que podíamos por ela. Tinha aulas de piano, como Beryl, embora não fosse tão dotada quanto a prima. Mas sempre tratamos as duas do mesmo jeito. É terrível que tudo tenha terminado desse jeito. Aquela outra fotografia foi a que tiramos depois do batizado de Beryl. Ali somos eu e o senhor Proctor com o bebê e Sally. Ela era muito bonitinha na época, mas isso não durou muito."

Deborah aproximou-se da fotografia. Sentado em pesadas cadeiras entalhadas, o grupo posava rígido contra um fundo artificial de cortinas que caíam em dobras, fazendo a fotografia parecer mais antiga do que era. A sra. Proctor, mais jovem e viçosa, segurava a filha um tanto sem jeito e mostrava-se pouco à vontade em suas roupas novas.

Sally parecia amuada. O tio estava de pé atrás delas, com as mãos enluvadas pousadas possessivamente no espaldar das cadeiras. Havia algo de pouco natural na postura dele, mas o rosto não revelava nada. Deborah olhou para ele com cuidado. Tinha certeza de ter visto aquela fisionomia antes, mas o reconhecimento era difuso e nada satisfatório. Afinal de contas, era um rosto comum, e a fotografia tinha mais de dez anos. Ela afastou-se da foto um tanto desapontada. Tirara pouca informação daquela imagem, embora ela própria não soubesse muito bem o que esperava obter com aquilo.

Beryl Proctor voltou com o copo d'água, um dos melhores copos, trazido numa pequena bandeja de *papier mâché*. Não foram feitas apresentações, e Deborah estava consciente, enquanto bebia, de que mãe e filha queriam que ela se fosse. De repente, não quis outra coisa além de estar fora daquela casa e livre das duas. O fato de ter entrado não passara de um impulso incompreensível, incentivado em parte pelo tédio, em parte pela esperança e sobretudo pela curiosidade. Sally morta havia se tornado mais interessante do que Sally viva, e Deborah quis saber de que tipo de lar ela tinha sido expulsa. Essa curiosidade agora parecia presunção — e a entrada dela na casa, uma intromissão que não desejava prolongar.

Despediu-se e foi se reunir a Felix. Ele assumiu a direção do Renault e ambos não se falaram até que a cidade estivesse para trás — e o carro, livre dos tentáculos suburbanos, já subindo para o campo.

"Bem", disse Felix por fim, "o exercício de investigação valeu a pena? Você tem certeza de que quer continuar com isso?".

"Por que não?"

"Só que você pode descobrir fatos de que preferiria não saber."

"Do tipo 'tem um assassino na minha família'?"

"Eu não disse isso."

"Você tomou muito cuidado para não dizer, mas eu preferiria a sinceridade ao tato. É isso o que você acha, não é?"

"Falando como se eu mesmo fosse um assassino, admito que é uma possibilidade."

"Você está pensando na Resistência. Aquilo não era assassinato. Você não matou mulheres."

"Matei duas. Admito que foi a tiros, não por estrangulamento, e na hora pareceu conveniente."

"Esse assassinato foi bastante conveniente — para alguém", disse Deborah.

"Então, por que não deixar isso a cargo da polícia? A maior dificuldade deles será conseguir provas suficientes para justificar uma acusação. Se começarmos a interferir, só poderemos acabar lhes entregando as provas que eles querem. O caso está mais do que aberto. Stephen e eu entramos pela janela de Sally. Qualquer um poderia ter entrado do mesmo modo. A maior parte da aldeia devia saber onde a escada era guardada. A prova daquela porta trancada é incontestável. Seja lá como o assassino entrou, ele não saiu pela porta. A única ligação desse crime com Martingale é o Sommeil, e os dois não precisam estar interligados. Além do mais, outras pessoas tinham acesso à droga."

"Será que você não está se fiando demais na coincidência?", perguntou Deborah com frieza.

"Coincidências acontecem todos os dias. Um júri médio poderá pensar em meia dúzia de casos baseados em experiência própria. A interpretação mais provável dos fatos, até agora, é que alguém conhecido de Sally entrou pela janela e a matou. Ele pode ter usado a escada ou não. Há arranhões na parede, como se ele tivesse escorregado pelo duto e perdido o apoio quando estava quase no solo. A polícia deve ter notado isso, mas eu não vejo como poderão provar quando os arranhões foram feitos. Sally pode ter recebido visitantes como esses em outras ocasiões."

"Parece curioso dizer, mas de algum modo não consigo acreditar nisso. Não está batendo. Eu gostaria de acreditar, para o nosso bem, mas não posso. Jamais gostei de Sally, porém não creio que ela fosse promíscua. Não quero segurança à custa da reputação já tão denegrida da pobre-diabinha, agora que ela não está mais aqui para se defender."

"Acho que você tem razão em relação a ela", disse Felix. "Mas não a aconselho a dar sua opinião de presente para o inspetor. Deixe-o fazer sua própria avaliação psicológica de Sally. O caso todo pode não dar em nada se mantivermos a cabeça fria e a boca fechada. O Sommeil é o perigo maior. A ocultação daquele frasco faz os dois casos parecerem interligados. Mesmo assim, a droga foi posta na sua caneca. Poderia ter sido colocada lá por qualquer pessoa."

"Até mesmo por mim."

"Até mesmo por você. Ou mesmo por Sally. Ela pode ter pegado a caneca só para aborrecê-la. Acho que foi isso que ela fez. Mas pode ter adicionado a droga no chocolate sem outra razão mais sinistra do que dormir bem a noite. Não era uma dose letal."

"Nesse caso, por que o frasco foi escondido?"

"Digamos que foi escondido por alguém que acredita, erradamente, que a administração da droga e o assassinato estão interligados e queria ocultar esse fato — ou por alguém que sabia que os fatos não estavam ligados, mas queria incriminar a família. Como também era a estaca com o seu nome que marcava o esconderijo, podemos supor que essa pessoa queria implicar você, especificamente. É uma idéia bastante agradável para você ir matutando."

Àquela altura, eles seguiam pela crista da colina acima de Little Chadfleet. Abaixo deles jazia a aldeia e era possível ver de relance as altas chaminés cinzentas de Martingale acima das árvores. Com a volta à casa, a opressão e o medo que haviam sido aliviados pelo passeio voltaram como uma nuvem negra.

"Se eles nunca solucionarem esse crime", disse Deborah, "você pode nos imaginar vivendo felizes em Martingale? Você acha que não devemos conhecer a verdade? Você algum dia ficará convencido de que Stephen ou eu não cometemos esse crime?"

"Você? Não com essas unhas. Você não notou que foi

usada uma força considerável e que o pescoço dela tinha equimoses mas não tinha arranhões? Stephen é uma possibilidade. Assim como Catherine, sua mãe e Martha. E eu. A nossa maior proteção é o excesso de suspeitos. Deixe Dalgliesh escolher quem ele quiser. Quanto a viver em Martingale com um crime insolúvel pairando sobre vocês, imagino que a casa já tenha assistido à sua cota de violência nos últimos trezentos anos. Nem todos os seus ancestrais tiveram a vida tão bem ordenada, mesmo que suas mortes tenham recebido o beneplácito do clero. Em duzentos anos, a morte de Sally Jupp será uma das lendas contadas na véspera do dia de Todos os Santos para assustar seus bisnetos. E, se você não conseguir suportar Martingale, sempre haverá Greenwich. Não vou aborrecê-la outra vez com tudo aquilo, mas você sabe o que sinto."

A voz dele quase não tinha expressão. As mãos estavam pousadas de leve na direção e os olhos ainda olhavam para a estrada com uma concentração natural e relaxada. Ele deveria saber o que ela pensava, porque disse em seguida:

"Não se preocupe. Não vou complicar as coisas ainda mais. Só não quero que um daqueles caras fortões com que você anda entenda mal as minhas intenções."

"Você iria me querer, Felix, se eu estivesse fugindo?"

"Você não está sendo um tanto melodramática? O que todos nós temos feito durante os últimos dez anos? Se você quiser se casar para fugir de Martingale, ainda pode verificar que o sacrifício é desnecessário. Depois que saímos de Canningbury, passamos por Dalgliesh e um de seus sabujos. Eles também iam para lá — e aposto que com o mesmo objetivo. O seu instinto a respeito de Proctor pode não estar tão errado assim, afinal de contas."

Eles guardaram o carro em silêncio e entraram para o frescor do hall. Catherine Bowers estava subindo a escada. Ela carregava uma bandeja coberta por um pano, e o jaleco de náilon branco que costumava usar quando cuidava de Simon Maxie parecia fresco, eficiente e adequado. Nunca é agradável ver outra pessoa executando com competência, e em público, tarefas que a consciência determina que sejam nossas, e Deborah foi honesta o suficiente para reconhecer o motivo do seu espasmo de irritação. Tentou escondê-lo com uma incomum explosão de confiança.

"Aquele enterro não foi horrível, Catherine? Peço enormes desculpas por Felix e eu termos fugido daquela forma. Fomos até a casa da senhora Proctor. Foi um impulso repentino de cravar o homicídio na conta do tio mau."

Catherine não pareceu muito impressionada.

"Eu perguntei ao inspetor a respeito do tio na segunda vez que ele me interrogou. Ele disse que a polícia está convencida de que o senhor Proctor não poderia ter matado Sally. Mas não explicou por quê. Eu deveria deixar a tarefa para ele. Deus sabe que já temos bastante trabalho aqui."

Ela continuou seu caminho. Olhando para as costas de Catherine, Deborah disse:

"Posso ser desprovida de caridade, mas, se alguém em Martingale matou Sally, eu preferia que tivesse sido Catherine."

"E, no entanto, não é provável, não é?", disse Felix. "Não a vejo como uma pessoa capaz de assassinar alguém."

"E os outros? Somos? Até mesmo mamãe?"

"Ela em especial, creio, se achasse necessário."

"Não acredito", disse Deborah. "Mas, mesmo que fosse verdade, você conseguiria concebê-la calada enquanto a polícia revira Martingale e todos nós, além de pessoas como a senhorita Liddell e Derek Pullen, somos tidos como suspeitos?"

"Não", replicou Felix. "Não consigo conceber isso."

7

1

O chalé Rose, na Nessingford Road, era uma habitação de operários do final do século XVIII, com charme superficial e antigüidade suficientes para tentar o motorista que por ali passasse a pensar que se podia fazer alguma coisa com ele. Nas mãos dos Pullen, algo fora feito: uma réplica de milhares de casas populares urbanas. Um grande pastor alemão modelado em gesso ocupava todo o espaço da janela na sala da frente. Por trás dele, as cortinas de renda caíam em pregas com elegância, amarradas com uma fita azul. A porta da frente conduzia diretamente à sala de estar. Nela, o entusiasmo dos Pullen pela decoração moderna ultrapassara a discrição, e o resultado foi curioso, irritante e esquisito. Uma das paredes era coberta com papel, num padrão de estrelas cor-de-rosa sobre um fundo azul. A parede oposta estava pintada com um cor-de-rosa que combinava com o papel. As poltronas eram estofadas com pano azul listrado, o que mostrava que sua escolha fora motivada pelo tom que predominava no papel. O tapete de juta era rosa-pálido e tinha sofrido com as inevitáveis idas e vindas de pés enlameados. Nada estava limpo, nada tinha sido feito para durar, nada era simples ou honesto. Dalgliesh achou tudo muito deprimente.

Derek Pullen e sua mãe estavam em casa. A sra. Pullen não demonstrou as reações normais diante da chegada de policiais envolvidos com uma investigação de homicídio, mas saudou-os com uma avalanche confusa de boas-vindas, como se tivesse ficado em casa com o único intuito de recebê-los e havia muito tempo esperasse a chegada deles. As expressões saíam encadeadas. Encantada em vê-lo... seu irmão era guarda da polícia... talvez já tivessem ouvido falar dele... Joe Pullen, em Barkingway... é sempre melhor dizer a verdade à polícia... não que haja alguma coisa a dizer... pobre senhora Maxie... mal pôde acreditar quando a senhorita Liddell contou a ela... veio para casa e contou para Derek, que também não acreditou... não era o tipo de mulher que um homem decente fosse querer... muito orgulhosos, os Maxie... uma moça daquelas estava procurando encrenca. Enquanto ela falava, seus olhos perambulavam pelo rosto de Dalgliesh sem muita compreensão. De pé, no fundo da sala, estava o filho, preparado para o inevitável.

Então Pullen soubera do noivado no sábado, já bem tarde — embora, como a polícia já havia verificado, ele tivesse passado a noite no Theatre Royal, em Stratford, com um grupo de pessoas do escritório, e não tivesse ido à quermesse.

Dalgliesh teve dificuldades em persuadir a volúvel sra. Pullen a retirar-se para a cozinha e deixar o filho responder por si mesmo, mas foi ajudado pela insistência impaciente do próprio rapaz para que ela os deixasse sozinhos. Era óbvio que ele estava esperando a visita da polícia. Quando Dalgliesh e Martin foram anunciados, levantou-se da cadeira e enfrentou-os com a coragem patética de um homem cujos parcos recursos mal tinham sido suficientes para atravessar o período de espera. Dalgliesh lidou com ele gentilmente. Poderia estar falando com um filho. Martin já vira aquela técnica antes; era uma barbada com os tipos nervosos, emocionais, especialmente se estivessem carregados de culpa. "A culpa", pensou Martin, "era uma coisa interessante." Era pouco provável que o rapaz tivesse feito alguma coisa além de encontrar Sally Jupp para uns beijos e afagos, mas não se sentiria em paz enquanto não contasse tudo para alguém. Por outro lado, ele poderia ser um assassino. Se fosse, então o medo faria com que mantivesse a boca fechada durante mais tempo. Mas, afinal, ele se dobraria. Não tardaria muito para ver em Dalgliesh o padre confessor paciente, sem censuras e onipotente, pelo qual sua consciência ansiava. Aí, seria difícil para o taquígrafo acompanhar a enxurrada de auto-acusações e culpa. No fim, era a própria mente da pessoa que a traía, e Dalgliesh sabia disso melhor do que ninguém. Houve ocasiões em que o sargento Martin, que não era o mais sensível dos homens, achou que a tarefa de um detetive não era lá muito bonita.

Mas, por enquanto, Pullen estava agüentando bem o interrogatório. Ele admitiu que passara por Martingale a pé no sábado à noite. Estava estudando para um exame e gostava de tomar um pouco de ar antes de ir para a cama. Freqüentemente, saía para uma caminhada noturna — e a mãe poderia confirmar isso. Pegou o envelope venezuelano encontrado no quarto de Sally, empurrou um par de óculos amassados para a testa e espiou, míope, as datas rabiscadas. Admitiu, com calma, que a letra era dele. O envelope viera de um amigo com quem se correspondia na América do Sul. Usara-o para anotar as datas em que poderia se encontrar com Sally Jupp. Ele não conseguia lembrar-se de quando entregara aquilo para ela, mas as datas se referiam aos encontros do mês anterior.

"Ela costumava trancar a porta e depois descer pelo duto para encontrá-lo, não é?", perguntou Dalgliesh. "Você não precisa ter medo de trair a confiança dela. Encontramos marcas das palmas das mãos de Sally no duto. O que vocês faziam durante esses encontros?"

"Uma ou duas vezes fomos passear no jardim. Na maior parte dos encontros, sentávamos no velho bloco das cocheiras, em frente ao quarto dela, e conversávamos." Ele deve ter imaginado um sinal de incredulidade no rosto de Dalgliesh porque corou e disse, na defensiva:

"Nós não fazíamos amor, se é o que vocês estão pensando. Acho que policiais têm de cultivar pensamentos maliciosos, mas ela não era desse tipo."

“Como ela era?”, perguntou Dalgliesh com suavidade. “De que vocês falavam?”

“Qualquer coisa. Tudo mesmo. Acho que ela sentia falta de alguém da idade dela. Não era feliz no Santa Maria, mas havia as outras moças com quem dar umas risadas. Ela era uma imitadora maravilhosa. Eu quase conseguia ouvir a senhorita Liddell falando. Sally contava da casa dela, também. Os pais morreram na guerra. Tudo teria sido diferente se eles tivessem vivido. O pai era um membro graduado da universidade, e ela teria tido uma casa diferente da casa da tia, mais refinada e... bem, diferente.”

Dalgliesh achou que Sally Jupp tinha sido o tipo de moça que gostava de exercitar a imaginação. Em Derek Pullen, pelo menos, encontrara um ouvinte crédulo. Contudo, havia algo mais naqueles encontros do que Pullen estava querendo revelar. A moça estivera usando o rapaz para alguma coisa. Mas para o quê?

“Você tomou conta do filho dela, não tomou, quando ela foi a Londres na quinta-feira antes do dia da morte?”

Dalgliesh estava dando um completo tiro no escuro, mas Pullen nem ao menos pareceu surpreso com o fato de o investigador saber daquilo.

“É, tomei. Eu trabalho no escritório local do governo e posso tirar um dia de folga de vez em quando. Sally disse que gostaria de ir a Londres, e não vi por que não. Achei que ela quisesse ir a um cinema ou fazer algumas compras. Outras mães vão.”

“Parece estranho que ela não tivesse deixado o filho em Martingale se quisesse ir a Londres. A senhora Bultitaft poderia estar disposta a tomar conta dele de vez em quando. Com certeza, todo esse segredo era um tanto desnecessário.”

“Era assim que Sally queria. Ela gostava que as coisas fossem secretas. Acho que isso justifica, em parte, a atração que sentia por sair à noite. Às vezes, eu tinha a impressão de que ela nem gostava muito dessas saídas. Ficava preocupada com o bebê, ou simplesmente ficava com sono. Mas tinha de sair. Sentia prazer, no dia seguinte, em saber que havia saído e que ninguém a apanhara."

"Você não chamou a atenção dela para a possibilidade de que, se vocês fossem descobertos, haveria encrenca para os dois?"

"Não vejo como isso pudesse me afetar", disse Pullen, amuado.

"Acho que você está fingindo ser muito mais bobo do que é. Posso crer que você e a senhorita Jupp não eram amantes, porque gosto de achar que sei quando as pessoas estão dizendo a verdade e porque isso bate com o que já sei sobre vocês dois. Mas, com toda a honestidade, você não pode acreditar que os outros sejam tão complacentes. Os fatos podem ter uma interpretação óbvia e é essa interpretação que a maioria das pessoas dará a eles, sobretudo nessas circunstâncias."

"É verdade. Só porque o menino era filho ilegítimo, ela tinha de ser uma ninfomaníaca?" O rapaz usou a última palavra com timidez, como se só a tivesse conhecido em passado muito recente e ainda não a tivesse usado.

"Você sabe, tenho dúvidas de que eles compreendam o significado dessa palavra. Talvez as pessoas sejam maliciosas, mas, nesse caso, é surpreendente a freqüência com que a malícia se justifica. Não acho que Sally Jupp estivesse sendo muito honesta com você quando usava aquelas cocheiras como um refúgio em Martingale. Certamente, você também já pensou nisso."

"É, acho que pensei." O rapaz desviou o olhar, infeliz, e Dalgliesh esperou. Ele teve a impressão de que ainda havia alguma coisa a ser explicada, mas que Pullen estava emaranhado em sua própria falta de articulação e frustrado com a dificuldade de explicar a moça com quem convivera — viva, alegre e imprudente — a dois policiais que nem sequer a conheceram. Era fácil entender a dificuldade. O inspetor não tinha dúvida de como a história de Pullen iria figurar diante de um júri e estava contente de não ser tarefa dele convencer doze homens bons e honestos de que Sally Jupp, jovem, bonita, de virtude já decaída, estava esgueirando-se de seu quarto à noite e deixando um bebê sozinho, não importa que por pouco tempo, pelo simples prazer de discutir questões intelectuais com Derek Pullen.

"Alguma vez a senhorita Jupp sugeriu a você que estava com medo de alguém ou que tinha algum inimigo?", perguntou ele.

"Não. Ela não era importante o bastante para ter inimigos."

"Não até sábado à noite, talvez", pensou Dalgliesh.

"Ela nunca fez confidências a você a respeito do filho — como quem era o pai, por exemplo?"

"Não!" O rapaz controlara um pouco do terror, e a voz saíra soturna.

"Disse por que motivo queria ir a Londres na quinta-feira à tarde?"

"Não. Ela me pediu que tomasse conta de Jimmy porque estava cansada de ficar empurrando o carrinho dele pela floresta e queria sair da aldeia. Combinamos um lugar para ela me entregar o garoto na Liverpool Street Station. Trouxe o carrinho dobrável, e eu o levei para o St. James Park. À tarde, entreguei o bebê de volta, e voltamos para casa separados. Não daríamos às mexeriqueiras da aldeia assunto para elas fofocarem."

"Você nunca achou que ela estava se apaixonando por você?"

"Eu sabia muito bem que não." Ele lançou a Dalgliesh um olhar direto, rápido, e depois disse, como se a confidência o surpreendesse:

"Ela nem ao menos me deixava tocá-la."

Dalgliesh esperou um pouco e então, em voz baixa, perguntou:

"Esses óculos não são os habituais, são? O que aconteceu com os que você usa sempre?"

O rapaz quase arrancou os óculos do nariz e fechou

a mão sobre as lentes, num gesto que, de tão inútil, chegava a ser patético. Depois, dando-se conta do significado desse movimento instintivo, enfiou a mão no bolso em busca de um lenço e limpou ostensivamente as lentes.

As mãos dele tremiam ao pôr os óculos de volta no nariz, onde eles ficaram tortos. Com a voz rouca de medo, respondeu:

"Perdi. É isso. Quebrei-os. Estão no conserto."

"Você os perdeu no mesmo instante em que arranjou essa equimose no olho?"

"Foi, bati numa árvore."

"De fato. As árvores por aqui parecem ser bastante perigosas. O doutor Maxie arranhou o nó de um dedo na casca de uma delas, fiquei sabendo. Será que não foi a mesma árvore?"

"Os problemas do doutor Maxie não têm nada a ver comigo. Não sei do que está falando."

"Acho que sabe", disse Dalgliesh com delicadeza. "Vou pedir que você pense bem sobre o que conversamos e, mais tarde, vou querer que faça um depoimento e o assine. Não há pressa. Sabemos onde encontrá-lo, se quisermos. Converse a esse respeito com seu pai quando ele chegar. Se algum de vocês quiser falar comigo, é só avisar. E lembre-se disto: alguém matou Sally. Se não foi você, então não tem nada a temer. De qualquer modo, espero que você encontre coragem para nos contar o que sabe."

Dalgliesh esperou um momento, mas seus olhos encontraram apenas um olhar esgazeado de medo e determinação. Passado um minuto, virou-se e fez um sinal para que Martin o seguisse.

Meia hora mais tarde, o telefone tocou em Martingale. Deborah, carregando a bandeja do pai pelo hall, parou, equilibrou-a no quadril e suspendeu o fone. Um minuto depois, ela enfiou a cabeça pela porta da sala de estar.

"É para você, Stephen. O telefone. Derek Pullen, olhe só."

Stephen estava em casa por umas poucas horas e não levantou os olhos do livro, mas Deborah pôde perceber a paralisação repentina dos movimentos e a leve tensão nas costas dele.

"Oh, céus, o que ele quer?"

"Quer falar com você. Parece bem preocupado."

"Diga a ele que estou ocupado, Deb."

Deborah traduziu o recado para alguma coisa que tivesse aparência de civilidade. A voz do outro lado da linha elevou-se até o ponto da incoerência. Segurando o fone longe da orelha, Deborah emitiu ruídos tranqüilizadores e sentiu chegar a gargalhada histérica a que andava muito sujeita aqueles dias. Ela voltou à sala de estar.

"É melhor você vir, Stephen. Ele está mesmo muito mal. Que diabos vocês andaram fazendo? Ele diz que a polícia esteve lá."

"Só isso? Não foi só com ele. Diga que estiveram aqui comigo durante umas seis horas, no total. E ainda não terminaram. Diga a ele para manter a boca calada e ficar frio."

"Não é melhor você mesmo dizer isso a ele?", sugeriu Deborah com doçura. "Você não tem confiança em mim e tenho certeza de que ele também não tem."

Stephen praguejou baixo e foi ao telefone. Fazendo uma parada no hall para equilibrar a bandeja, Deborah conseguiu ouvir as rápidas repreensões impacientes que o irmão fazia.

"Está bem, está bem, conte a eles se quiser. Não o estou impedindo. Provavelmente estão ouvindo esta conversa, de qualquer modo... não, por acaso não, mas não deixe que isso o influencie... belo cavalheiro você é... não, meu caro, não dou a mínima para o que você irá lhes dizer, ou quando ou como; só, pelo amor de Deus, não me encha tanto o saco com isso. Adeus."

Ao seguir pelo corredor, saindo do alcance da voz, Deborah pensou com tristeza: "Stephen e eu nos afastamos tanto que eu poderia lhe perguntar diretamente se matou Sally sem ter certeza da resposta que obteria".

2

Dalgliesh e Martin estavam sentados na pequena sala do The Moonraker's Arms naquele estado de empanturramento sem satisfação que, em geral, se segue a uma refeição ruim. Haviam lhes garantido que a sra. Piggott — que, junto com o marido, mantinha a estalagem — era famosa pela cozinha boa, simples e generosa. A expressão parecera agourenta aos ouvidos de homens cujas viagens os acostumaram à maior parte das extravagâncias do bom e simples passadio inglês. É provável que Martin tivesse sofrido mais. O serviço na França e na Itália durante a guerra infundira nele um gosto pela cozinha continental ao qual, desde então, Martin se dedicava em suas férias no exterior. A maior parte de seu tempo de folga e todo o seu dinheiro extra eram gastos com isso. Ele e sua alegre e empreendedora mulher eram viajantes entusiasmados e pouco sofisticados, confiantes na capacidade que tinham de serem compreendidos, tolerados e bem alimentados em quase qualquer canto da Europa. Até então, por estranho que possa parecer, eles nunca haviam se decepcionado. Sentado em profundo infortúnio abdominal, Martin deixara a mente divagar sobre o *cassoulet de Toulouse* e lembrava-se com desejo ardente da *poularde en vessu* que comera pela primeira vez num modesto hotel em Ardèche. As necessidades de Dalgliesh eram ao mesmo tempo mais simples e mais rigorosas. Implorava somente pela simples culinária inglesa preparada de modo adequado.

A sra. Piggott era famosa por ter muito trabalho com as sopas. Isso era verdade no sentido de que os ingredientes em pacotes eram muito bem misturados para a dissolução dos grumos. Ela chegava até mesmo a fazer experiências com os sabores — e a mistura do dia, tomate (cor de laranja) e rabada (marrom-avermelhado), espessa o suficiente para que a colher ficasse em pé sem apoio, era surpreendente tanto para o paladar como para os olhos. A sopa fora seguida por um par de costeletas de carneiro aninhadas com arte num monte de batatas e ladeadas por ervilhas em lata, maiores e mais brilhantes do que qualquer ervilha jamais encontrada numa vagem. Tinham gosto de farinha de soja, e delas escorria um pigmento verde, pouco semelhante à cor de qualquer legume conhecido, que se misturava desagradavelmente ao molho das costeletas. Seguiu-se uma torta de maçã e amora, frutas que não se conheciam entre si, nem à massa, até terem sido arrumadas na travessa pela mão cuidadosa da sra. Piggott e envolvidas com uma camada generosa de creme sintético.

Martin desviou a mente da contemplação desses horrores culinários e fixou-a na questão em pauta.

"É curioso, senhor, que o doutor Maxie tenha pedido ao senhor Hearne que o ajudasse com a escada. Um homem forte dá conta dela sozinho. O caminho mais rápido para se chegar à velha cocheira seria pelas escadas dos fundos. Em vez disso, Maxie vai procurar Hearne; parece que ele queria uma testemunha para encontrar o corpo."

"É claro que isso é possível. Mesmo que ele não tenha matado a moça, pode ter desejado uma testemunha para o que fosse encontrar no quarto. Além disso, estava de pijama e roupão. Não é bem a indumentária mais conveniente para subir escadas de pedreiro e pular janelas."

"Sam Bocock confirmou a história do doutor Maxie até certo ponto. Não que isso signifique grande coisa até que a hora da morte tenha sido estabelecida. No entanto, prova que ele estava, em algum momento, dizendo a verdade."

"Sam Bocock confirmaria qualquer coisa que os Maxie dissessem. Aquele homem seria uma dádiva para qualquer advogado de defesa. Fora o dom natural que tem para falar pouco e ao mesmo tempo dar a impressão de veracidade absoluta e incorruptível ao que diz, ele honestamente acredita que os Maxie são inocentes. Você o ouviu dizer: 'São gente boa, os lá da casa'. Uma simples declaração de verdade. Ele a sustentaria contra a evidência do próprio Deus todo-poderoso no trono do Julgamento. É pouco provável que a temível vara criminal de Old Bailey o intimide."

"Achei que ele fosse uma testemunha honesta, senhor."

"É claro que pensou, Martin. Eu teria gostado mais se ele não tivesse me olhado com aquela expressão curiosa, meio divertida, meio com pena, que eu já notei no rosto dos velhos camponeses. Você mesmo é um homem do campo. Tenho certeza de que pode explicá-la."

Não havia dúvidas de que Martin poderia, mas, na natureza dele, havia muito a discrição precedia a coragem.

"Ele me pareceu um velho cavalheiro muito musical. É um belo toca-discos, o dele. Pareceu estranho ver um instrumento de alta-fidelidade num chalé daqueles."

O toca-discos, rodeado de estantes em que se guardavam *long-plays*, tinha mesmo parecido uma nota disparatada na sala de estar do chalé, onde quase todos os outros artigos eram um legado do passado. Era evidente que Bocock compartilhava o temor do homem do campo comum em relação ao ar puro. As duas janelas pequenas estavam fechadas; não mostravam nem mesmo sinais de já terem sido abertas. O papel de parede trazia as rosas entrelaçadas e desbotadas de uma outra época. Pendurados em profusão aleatória, estavam os troféus e as recordações da Primeira Guerra Mundial, um título de membro da cavalaria montada, um pequeno mostruário de vidro com medalhas, uma reprodução em cores lúgubres do rei George V e da rainha. Havia fotografias de família, parentes que nenhum observador distraído poderia ter a esperança de identificar. Será que o sério jovem bigodudo, com sua noiva à Eduardo VII, era o pai ou o avô de Bocock? Será que ele teria mesmo a lembrança pessoal de uma lealdade familiar por aqueles grupos em sépia de camponeses de chapéu-coco em suas melhores roupas dominicais, acompanhados das mulheres e das filhas de busto sólido? Acima da lareira estavam as fotos mais novas. Stephen Maxie orgulhoso, em seu primeiro pônei felpudo, com um inconfundível — embora mais moço — Bocock ao lado. Uma Deborah Maxie de trancinhas, inclinando-se da sela para receber sua roseta. Com todo aquele conglomerado de velho e novo, a sala mostrava evidências do cuidado de um velho soldado disciplinado com seus bens particulares.

Bocock recebeu-os com uma dignidade afável. Estava tomando chá. Embora morasse sozinho, tinha o hábito feminino de pôr todos os comestíveis na mesa ao mesmo tempo, talvez para satisfazer algum desejo súbito. Havia uma fôrma de pão com casca, um pote de geléia com a colher, um pote de vidro ornamentado contendo beterraba em fatias, outro com cebolinhas e um pepino espetado precariamente numa jarra pequena. No centro da mesa, uma tigela de alface disputava o lugar de honra com um grande bolo que, ao que tudo indicava, havia sido feito em casa. Dalgliesh lembrou-se de que a filha de Bocock se casara com um fazendeiro em Nessingford e ficava de olho no pai. Era provável que o bolo fosse uma oferta recente dos deveres filiais. Além dessa fartura, havia sinais evidentes, por visão e olfato, de que Bocock acabara de ingerir uma típica refeição de batatas e peixe fritos.

Dalgliesh e Martin foram instalados nas pesadas poltronas que ficavam de cada lado da lareira. Mesmo naquele dia quente de julho, havia um pequeno fogo aceso, com a leve chama incandescente pouco visível sob o feixe de sol que entrava pela janela oeste, e foi-lhes oferecida uma xícara de chá. Isso feito, Bocock achou que suas obrigações de hospitalidade estavam cumpridas e que era o dever de suas visitas anunciar o que tinham vindo fazer. Ele continuou tomando chá, partindo pedaços de pão com as finas mãos morenas e jogando-os distraidamente na boca, onde eram mastigados em silenciosa concentração. Não fez nenhum comentário espontâneo, respondeu às perguntas de Dalgliesh com uma deliberação que dava mais a impressão de falta de interesse do que de falta de disposição para cooperar e olhou os dois policiais com uma avaliação franca e divertida — que Dalgliesh, com as coxas espetadas pela crina da poltrona e o rosto suado com o calor, achou um tanto desconcertante e mais do que irritante.

O catecismo lento não produzira nada de novo, nada inesperado. Stephen Maxie estivera no chalé na noite de sábado; chegara durante o noticiário das nove horas. Bocock não sabia dizer a que horas ele fora embora. Teria sido meio tarde, e o sr. Stephen deveria saber. Muito tarde? "É. Depois das onze. Talvez mais tarde. Talvez bem mais tarde." Dalgliesh comentou, secamente, que não tinha dúvidas de que o sr. Bocock lembraria com maior exatidão quando tivesse tempo para pensar sobre o assunto. Bocock admitiu com vigor essa possibilidade. Do que eles tinham falado? "Escutamos Beethoven na maior parte do tempo. O senhor Stephen não é muito de falar." Bocock disse isso como que deplorando sua própria tagarelice e a penosa garrulice do mundo em geral e a dos policiais em particular. Nada mais surgiu. Ele não reparara em Sally na quermesse — a não ser no final da tarde, quando ela deu uma volta num daqueles cavalos com o bebê no colo, e por volta das seis horas, quando a bola de encher de uma das crianças da escola dominical ficou presa num olmo e o sr. Stephen foi buscar uma escada para apanhá-la. Sally estivera com ele naquela hora, com o bebê no carrinho. Bocock lembrava-se dela segurando o pé da escada. A não ser por isso, não a notara por lá. Sim, tinha visto o jovem Johnnie Wilcox. Isso por volta das quatro e dez, mais ou menos. Esgueirando-se da tenda do chá, ele estava com um pacote suspeito, como Bocock tinha percebido. Não, não parara o garoto. O jovem Wilcox era um bom menino. Nenhum deles gostava de ajudar no chá. Bocock também não gostara, nos tempos de menino. Se Wilcox disse que saiu da tenda às quatro e meia, ele estava um pouco enganado, só isso. Aquele garoto não trabalhara mais do que meia hora, no máximo. Se o velho imaginava o motivo por que a polícia estaria interessada em Johnnie Wilcox e suas pequenas transgressões, não deu sinal. Todas as perguntas de Dalgliesh foram respondidas com compostura uniforme e aparente sinceridade. Ele não sabia nada a respeito do noivado do sr. Maxie e não ouvira falar disso na aldeia, nem antes nem depois do assassinato. "Certas pessoas dizem qualquer coisa. Não tem sentido dar atenção a falatórios da aldeia. O pessoal lá da casa é gente boa." Essas foram suas últimas palavras. Sem dúvida, se falasse com Stephen Maxie e soubesse o que se queria dele, Bocock lembraria com maior nitidez da hora em que Maxie saíra de sua casa naquela noite. No momento, estava cauteloso, e sua lealdade era evidente. Os policiais o deixaram ainda comendo, sentado em estado solitário e comovente entre sua música e suas lembranças.

"Não", disse Dalgliesh. "É pouco provável que consigamos qualquer coisa útil sobre os Maxie com Bocock. Se o jovem Maxie estivesse procurando um aliado, ele saberia onde encontrá-lo. Mas obtivemos alguma coisa. Se Bocock estiver certo quanto aos horários — e há grande probabilidade de estar certo quanto a Johnnie Wilcox —, a reunião no palheiro deve ter se dado antes das quatro e meia. Isso bateria com o que sabemos dos movimentos subseqüentes de Jupp, incluindo a cena na tenda do chá, quando ela apareceu com uma duplicata do vestido da senhora Riscoe. Jupp não fora vista lá antes das quatro e meia; então, ela deve ter mudado de roupa depois do encontro no palheiro da cocheira."

"Estranho, senhor. E por que esperar até então?"

"Ela pode ter comprado o vestido com a idéia de usálo em público, numa ocasião ou outra. Talvez algo tenha acontecido naquele encontro, liberando-a de qualquer dependência futura de Martingale — de modo que ela poderia se dar ao luxo de fazer um último gesto. Por outro lado, se ela soubesse antes de sábado que iria se casar com Maxie, pode-se supor que ficasse livre para fazer o gesto quando lhe desse na veneta. Há um curioso conflito de evidências a respeito dessa proposta de casamento. Se formos acreditar no senhor Hinks — e por que não? —, Sally Jupp por certo sabia que iria se casar com alguém quando encontrou o vigário na quinta-feira. Acho difícil acreditar que ela tivesse dois noivos em perspectiva — e não há um excesso de candidatos óbvios. E, já que estamos levando em consideração a vida amorosa do jovem Maxie, olhe aqui uma coisa que você ainda não viu."

Dalgliesh entregou a Martin uma fina folha de papel de aparência oficial. Trazia o nome de um pequeno hotel costeiro.

> Prezado senhor,
>
> Embora tenha a minha reputação a considerar e não esteja especialmente ansiosa em vincular-me a questões de polícia, acho que é meu dever informá-lo de que um senhor Maxie pernoitou neste hotel no último dia 24 de maio acompanhado por uma senhora que ele registrou como sua esposa. Vi no *Evening Clarion* uma fotografia do doutor Maxie, que está envolvido no homicídio de Chadfleet e que os jornais declaram ser solteiro; trata-se da mesma pessoa. Não vi nenhuma fotografia da moça morta, de modo que não posso jurar que fosse ela, mas achei ser meu dever levar o fato acima ao seu conhecimento. É claro que isso pode não significar nada, e eu não desejo envolver-me com algo desagradável, por isso ficaria grata se meu nome puder ficar fora disso — assim como o de meu hotel, que sempre serviu a uma classe muito boa de pessoas. O senhor Maxie só ficou aqui uma noite; ele e sua acompanhante eram um casal muito tranqüilo. Mas meu marido acha que é nosso dever levar essa informação aos senhores. É evidente que não há nisso nenhum preconceito.
>
> Sinceramente,
> Lily Burwood (sra.)

"É curioso como a dama parece estar ciosa dos deveres dela", disse Dalgliesh, "e fica um pouco difícil ver o que ela quer dizer com 'sem preconceitos'. Acho que o marido dela tem muito a ver com esta carta, incluindo o fraseado, mas não está muito disposto a assiná-la. De qualquer modo, mandei aquele novato sôfrego, o Robson, para investigar o hotel, e não tenho dúvidas de que ele se divertiu muito. Conseguiu convencer os donos de que a noite em questão não tem nada a ver com o assassinato, e que os melhores interesses do hotel serão atendidos ao se esquecer da coisa toda. Não é tão simples assim, no entanto. Robson levou com ele algumas fotografias, uma ou duas daquelas tiradas na quermesse, e eles confirmaram uma teoria bastante interessante. Tem idéia de quem era a parceira de Maxie no pecado?"

"Seria a senhorita Bowers, senhor?"

"Era. Eu tinha esperanças de que você fosse ficar surpreso."

"Bem, senhor, se fosse para ter alguém lá, só poderia ser ela. Não há indícios de que o doutor Maxie e Sally Jupp tivessem um caso. E isso foi há quase um ano."

"Então você não está muito inclinado a dar importância a esse fato?"

"Bom, os jovens de hoje não parecem dar a isso tanta importância quanto nos ensinaram a dar."

"Não é que eles pequem menos, mas carregam os pecados com mais facilidade. Não há indícios porém de que a senhorita Bowers sinta o mesmo. Ela pode muito bem ter ficado bastante machucada com o que aconteceu. Ela não me parece ser uma pessoa pouco convencional, está muito apaixonada e não é lá muito hábil em esconder o fato. Acho que está superansiosa para se casar com o doutor Maxie — e suas chances, afinal de contas, aumentaram depois do sábado à noite. Ela estava presente à cena na sala de estar. Sabia o que tinha a perder."

"O senhor acha que eles ainda têm um caso, senhor?" O sargento Martin nunca conseguia ser mais explícito quanto a esses pecados da carne. Ele vira e ouvira o suficiente em trinta anos de polícia para ter despedaçada a maior parte das ilusões dos homens, mas tinha uma índole rija, ainda que dócil, e nunca conseguira acreditar que os homens fossem tão maus ou tão fracos quanto os indícios não paravam de provar.

"Eu acharia muito pouco provável. Aquele fim de semana deve ter sido a única excursão da paixão. Talvez não tenha sido muito bem-sucedido. Talvez não tenha tido, como você indelicadamente sugeriu, nenhuma relevância. É complicado. Catherine Bowers é o tipo de mulher que diz ao homem dela que fará qualquer coisa por ele e, algumas vezes, faz."

"Mas será que ela sabia dos comprimidos, senhor?"

"Ninguém admite ter dito a ela, e acho que ela estava dizendo a verdade quando falou que não sabia de nada. Sally Jupp pode ter lhe contado, mas elas não estavam muito cordiais uma com a outra — aliás, nunca estiveram, pelo que eu saiba —, e o fato seria improvável. Mas isso não quer dizer nada. A senhorita Bowers devia saber da existência de comprimidos para dormir em algum lugar da casa e que eram grandes as probabilidades de eles estarem guardados em algum lugar, e o mesmo se aplica a Hearne."

"Parece estranho que ele seja capaz de ficar por ali."

"Isso deve significar que ele acha que alguém da família é o culpado e quer estar por perto para certificar-se de que nós não tenhamos a mesma idéia. Pode até mesmo já saber quem foi. Se for o caso, temo que não vá deixar isso escapar. Já botei Robson em cima dele também. A narração de Robson, despida de numerosos jargões psicológicos a respeito de todo mundo que ele entrevistou, é bem o que eu esperava. Cá estamos: todos os detalhes sobre Felix Georges Mortimer Hearne. Ele tem um belo histórico de guerra. Deus sabe como o conseguiu, ou que efeito aquilo tudo teve sobre ele. Desde 1945, Hearne esvoaça por aí, escreve alguma coisa e não parece fazer muito mais do que isso. É sócio da Hearne e Illingworth, a editora. Seu bisavô era o velho Mortimer Hearne, que fundou a firma. O pai dele casou-se com uma francesa, senhorita Annette D'Apprius, em 1919. O casamento trouxe ainda mais dinheiro para a família. Felix Hearne foi educado em escolas caras e tradicionais. Conheceu Deborah Riscoe por intermédio do marido dela — que, embora muito mais novo, freqüentou a universidade com ele. Tanto quanto Robson pôde dizer, Hearne nunca vira Sally Jupp até conhecê-la em Martingale. Tem uma casa muito agradável em Greenwich, ainda fiel ao tipo característico do lugar, e um ex-soldado para cuidar dele. Há mexericos de que ele e a senhora Riscoe são amantes, mas não há provas, e Robson diz que você não vai conseguir nada com o empregado. Duvido que haja alguma coisa a se conseguir. A senhora Riscoe com toda a certeza estava mentindo quando disse que passaram a noite de sábado juntos. Suponho que Felix Hearne possa ter assassinado Sally Jupp para livrar Deborah Riscoe da vergonha, mas um júri não acreditaria nisso, nem eu."

"Não há menção de ele ter tido a droga em sua posse?"

"Nenhuma. Não acho que haja alguma dúvida de que o Sommeil usado para drogar Sally tenha vindo do frasco retirado do armário do senhor Maxie. Mesmo assim, outras pessoas tinham a droga. O frasco de Martingale poderia ter sido escondido naquele dia melodramático como subterfúgio. De acordo com o doutor Epps, ele receitou Sommeil para o senhor Maxie, para Sir Reynold Price e para a senhorita Pollack, do Santa Maria. Nenhum desses insones consegue dizer que dose lhes foi indicada. Não fico surpreso com isso. As pessoas têm muito pouco cuidado com os remédios. Onde está aquele relatório? Sim, aqui está. O senhor Maxie, sabemos de tudo a respeito dele. Sir Reynold Price: o Sommeil dele foi receitado em janeiro deste ano e vendido por Goodliffes of the City no dia 14 de janeiro. Ele comprou vinte comprimidos de cento e noventa e cinco miligramas e diz que tomou mais ou menos a metade e depois se esqueceu do resto. Pelo jeito, a insônia foi logo dominada. Adotando o ponto de vista do bom senso, era dele o frasco com nove comprimidos colocado no bolso do capote e encontrado pelo doutor Epps. Sir Reynold está bastante disposto a admitir isso, embora não se lembre de ter guardado o vidro no bolso. Não é um lugar muito provável para guardar comprimidos para dormir, mas ele passa algumas noites fora de casa e diz que, provavelmente, os colocou ali na pressa. Sabemos tudo a respeito de Sir Reynold Price, nosso comerciante e fazendeiro local, com perdas calculadas na segunda atividade para compensar os lucros da primeira. Instalado num pseudocastelo vitoriano tão feio que fico pasmo de que ninguém tenha formado um comitê para preservá-lo, ele fica fulo com o que chama de profanação do Chadfleet New Town. Não é um intelectual nem dá importância para a cultura, sem dúvida, mas não é um assassino. Está certo de que não tem um álibi para a noite de sábado passado, e tudo o que sabemos por seus empregados é que saiu de casa, de carro, por volta das dez da noite, e não voltou até domingo de manhã cedo. Sir Reynold tem se sentido culpado e envergonhado com essa ausência, está tão evidentemente tentando preservar uma reticência cavalheiresca que acredito podermos presumir que há uma 'mulherzinha' no caso. Quando o pressionarmos de verdade e ele se convencer de que há uma acusação de homicídio envolvida nisso, acho que conseguiremos saber o nome da dama. Essas excursões de uma noite são bastante freqüentes para ele, e não acho que tenham algo a ver com Jupp. Seria difícil ele não atrair a atenção indo a Martingale para uma visita sub-reptícia em sua Daimler.

"Temos informações sobre a senhorita Pollack. Ela parece ter encarado os comprimidos como um viciado em cocaína deveria enfrentar a droga, mas não enfrenta. Ela lutou durante muito tempo contra os dois demônios — o da tentação e o da insônia — e acabou tentando jogar o Sommeil no vaso sanitário. A senhorita Liddell a dissuadiu e devolveu os comprimidos ao doutor Epps. O doutor Epps — mais uma vez de acordo com Robson — acha que pode ter pego os comprimidos de volta, mas não tem certeza. Não havia o suficiente para constituir uma dose perigosa, e o frasco estava rotulado. Houve uma terrível falta de cuidado de alguém, eu acho, mas as pessoas são descuidadas. E o Sommeil não está na lista de drogas pesadas. Além disso, bastaram três comprimidos para drogar Sally Jupp. Adotando o ponto de vista do bom senso, esses comprimidos vieram do frasco de Martingale."

"O que nos leva de novo aos Maxie e seus convidados."

"Decerto. E não é um crime assim tão estúpido como parece à primeira vista. A não ser que possamos obter alguma prova de que um dos Maxie administrou os comprimidos, não há esperanças de obter uma condenação. Você pode bem ver como a coisa iria caminhar. Sally Jupp sabia dos comprimidos. Ela pode tê-los tomado por conta própria. Eles foram postos na caneca da senhora Riscoe. Não há provas indicando que eles fossem destinados a Sally Jupp. Qualquer pessoa poderia ter entrado na casa durante a quermesse e ficado à espera da moça. Não há motivos razoáveis. Outras pessoas tiveram acesso ao Sommeil. E, pelo que sei até agora, por motivos legítimos."

"Mas, se o assassino tivesse usado um número maior de comprimidos e matado a moça desse jeito, não haveria suspeita de homicídio."

"Não iria funcionar. Esses barbituratos são notórios pela ação lenta, se você quiser matar alguém. A moça poderia ficar em coma durante vários dias e depois se recuperar. Qualquer médico saberia disso. Por outro lado, seria difícil asfixiar uma moça forte e sadia, ou até mesmo entrar no quarto dela sem ser notado, a não ser que ela estivesse drogada. A combinação de droga com asfixia era arriscada para o assassino, porém não tão arriscada quanto usar um ou outro método isoladamente. Além disso, duvido que alguém engolisse uma dose fatal sem suspeitar de alguma coisa. Supõe-se que o Sommeil seja menos amargo do que a maior parte desses comprimidos para dormir, mas não é totalmente sem gosto. Deve ter sido por isso que Sally deixou a maior parte do chocolate. É difícil que uma dose tão pequena a tivesse deixado sonolenta. No entanto, ela morreu sem lutar. Esta é a parte mais curiosa: seja lá quem foi que entrou no quarto, devia estar sendo esperado por Jupp, ou, pelo menos, não inspirava medo. E, se fosse assim, para que a droga? As duas hipóteses podem não estar interligadas, mas é muita coincidência que alguém pusesse uma dose perigosa de barbiturato na bebida dela na mesma noite em que outra pessoa decide estrangulá-la. E ainda há a distribuição curiosa de impressões digitais. Alguém desceu por aquele duto, só que as únicas impressões são da própria Jupp, e é possível que não sejam recentes. A lata de cacau foi encontrada vazia no lixo, o papel está sumido. A lata continha as impressões de Jupp e de Bultitaft. A tranca do quarto só tem a impressão de Jupp, embora esteja muito borrada. Hearne diz que protegeu a tranca com o lenço ao abrir a porta — o que, considerando as circunstâncias, mostra alguma presença de espírito. Talvez presença de espírito demais. Hearne, de todas aquelas pessoas, é a mais passível de perder a cabeça numa emergência ou de não prestar atenção em pontos essenciais."

"Mas quando chegou a hora de ser interrogado, alguma coisa o chacoalhou bastante."

"É verdade, sargento. Eu poderia ter reagido mais positivamente à ofensiva dele se não soubesse que era apenas puro medo. Algumas pessoas reagem assim. O pobre-diabo estava quase merecendo misericórdia. Vinda dele, foi uma demonstração surpreendente. Até Proctor comportou-se melhor, e Deus sabe o quanto ele estava com medo."

"Sabemos que Proctor não poderia ter feito aquilo."

"Do mesmo modo, presume-se que Proctor também o saiba. Ainda assim, ele mentiu a respeito de diversos pontos, e vamos quebrá-lo no momento certo. Acho que ele estava falando a verdade quanto ao telefonema — pelo menos, parte da verdade. Foi pouca sorte que a filha tivesse atendido à chamada. Se ele tivesse atendido o telefone, duvido que falasse a respeito. Ele ainda sustenta que a chamada foi da senhorita Liddell, e Beryl Proctor confirma que a pessoa que ligou deu esse nome. Primeiro, Proctor conta à mulher e a nós que ela estava ligando apenas para dar notícias de Sally. Quando o interrogamos outra vez e dissemos que Liddell nega ter feito a chamada, ele persistiu em dizer que a chamada foi feita por ela ou por alguém que fingia ser ela, mas admite o fato de ela ter contado que Sally estava noiva e ia se casar com Stephen Maxie. Não há dúvida de que esse seria um motivo mais razoável para o telefonema do que apenas um relatório geral sobre o progresso da sobrinha."

"É interessante notar quanta gente declara ter sabido desse noivado antes mesmo de ele ter acontecido."

"... ou antes da hora que Maxie admite ter feito o pedido à moça. Ele continua a insistir que propôs o noivado num impulso, quando se encontraram no jardim por volta das sete e quarenta do sábado, e que nunca antes pensara em pedi-la em casamento. Isso não significa que Sally não tenha pensado no assunto. Ela pode até ter esperado o pedido. Mas anunciar a feliz notícia antes da hora seria procurar encrenca na certa. E que motivo possível teria ela para contar isso ao tio, a não ser que fosse por um compreensível impulso para tripudiar sobre ele ou desconcertá-lo? Mesmo assim, por que fingir ser a senhorita Liddell?"

"Então o senhor está convencido de que Sally Jupp deu o telefonema, senhor?"

"Bem, não nos contaram como ela era uma boa imitadora? Acho que podemos ficar certos de que Jupp deu aquele telefonema, e é significativo que Proctor ainda não esteja disposto a admitir isso. Outro pequeno mistério que muito provavelmente nunca vamos solucionar é onde Sally Jupp passou as horas entre o momento em que pôs a criança na cama, no sábado à noite, e sua aparição final na escada principal de Martingale. Ninguém admite tê-la visto."

"Não seria provável que ela tenha ficado com Jimmy no quarto e depois tenha ido buscar a última beberagem da noite, quando sabia que Martha já tinha ido para a cama e que a área estava livre?"

"Decerto essa é a explicação mais provável. Dificilmente seria bem recebida na sala de estar ou na cozinha. Talvez quisesse ficar sozinha. Deus sabe como ela tinha muita coisa em que pensar!"

Ficaram um momento em silêncio. Dalgliesh ponderou sobre a curiosa diversidade de indícios que achava serem evidentes no caso. Havia a relutância de Martha em falar detalhadamente sobre os defeitos de Sally. Havia o frasco de Sommeil enfiado às pressas na terra. Havia uma lata vazia de cacau; uma moça de cabelos dourados rindo para Stephen Maxie enquanto ele recuperava o balão de uma criança, preso num olmo de Martingale; um telefonema anônimo e uma mão enluvada vista de relance quando fechava o alçapão no palheiro de Bocock. E, no coração do mistério, a dica que tornaria tudo simples: a personalidade complexa de Sally Jupp.

8

1

A lista de tarefas no São Lucas havia sido pesada naquela manhã, e só ao sentar-se para almoçar foi que Stephen Maxie se lembrou de Sally. Aí, como sempre, a lembrança caiu como uma faca, cortando o apetite, roubando-lhe o prazer descuidado e pouco exigente da vida no dia-a-dia. A conversa à mesa soava falsa; uma barragem de trivialidades para esconder o constrangimento e a presença do colega. Os jornais estavam todos cuidadosamente dobrados para evitar que alguma manchete chamasse a atenção para a presença de um suspeito de homicídio entre os médicos do hospital. Eles incluíam Stephen com muito cuidado nas conversas; nem demais para que não pensasse que tinham pena dele nem tão pouco que parecesse que o estavam evitando. A carne em seu prato estava sem gosto, feito papelão. Ele se forçou a engolir mais umas garfadas — não ficava bem um suspeito rejeitar toda a comida — e demonstrou desdenhar o pudim. Fora tomado por uma necessidade de ação. Se a polícia não conseguia levar aquilo tudo a termo, talvez ele pudesse. Com uma desculpa murmurada, deixou os residentes com suas especulações. E por que não? Seria assim tão surpreendente que eles estivessem querendo fazer uma pergunta crucial? A mãe de Stephen, com a mão sobre a dele, o rosto devastado, virado para ele numa indagação desesperada, quisera fazer a mesma pergunta. E ele respondeu: "Você não precisa perguntar. Não sei nada a respeito. Juro".

Ele tinha uma hora livre e sabia o que queria fazer. O segredo da morte da Sally deveria estar na vida dela — e, muito provavelmente, na vida antes de ela ir para Martingale. Stephen estava convencido de que o pai do bebê tinha a chave desse segredo, se ao menos esse pai pudesse ser encontrado. Stephen Maxie não analisou seus próprios motivos; se a ânsia de encontrar o homem desconhecido tinha suas raízes na lógica, na curiosidade ou no ciúme. Bastava buscar o alívio na ação, não importando se ela fosse infrutífera.

Ele se lembrava do nome do tio de Sally, mas não do endereço completo, e levou algum tempo para encontrar, entre os Proctor da lista telefônica, um número em Canningbury. Uma mulher atendeu com a voz afetada de alguém que não está acostumada a falar ao telefone. Quando ele disse o seu nome, houve um silêncio tão longo que achou que haviam desligado. Sentiu a desconfiança dela como se fosse um impulso físico que passava pelo fio e tentou apaziguá-la. Ao senti-la ainda hesitante, Stephen sugeriu que ela poderia preferir que ele ligasse mais tarde e falasse com o marido dela. A proposta não teve a intenção de ser uma ameaça. Ele apenas imaginou que ela era uma dessas mulheres incapazes da mais simples ação independente. Mas o resultado dessa sugestão foi surpreendente. Ela disse, rápido: "Oh, não! Não! Não há necessidade disso. O senhor Proctor não quer falar sobre a Sally. Não seria uma boa idéia telefonar para o senhor Proctor. Afinal de contas, eu não faria mal em dizer ao senhor Maxie o que o senhor quer saber. Mas seria melhor o senhor Proctor não saber que o senhor telefonou". Então, ela deu a Stephen o endereço que ele queria. Ao engravidar, Sally estava trabalhando no Select Book Club, em Falconer's Yard, na City.

Os escritórios do Select Book Club ficavam num pátio próximo à catedral de São Paulo. Chegava-se a ele por uma passagem estreita, escura e difícil de achar, mas o pátio em si era muito iluminado e tão silencioso quanto o de uma catedral provinciana. O ranger crescente do trânsito da cidade ficava abafado num leve gemido, feito o som longínquo do mar. O ar estava carregado do cheiro do rio. Não foi difícil encontrar a casa certa. No lado ensolarado do pátio, um pequeno balcão envidraçado estava enfeitado com seleções do Select Book Club dispostas com uma informalidade cuidadosamente estudada contra um fundo de veludo roxo drapeado. O nome do clube havia sido escolhido com cuidado. O Select Book servia àquela classe de leitores que gostam de uma boa história sem se importar com quem a escreveu, preferem evitar o tédio de escolhê-las pessoalmente e acreditam que uma estante de volumes do mesmo tamanho e encadernados na mesma cor dá o tom de qualquer sala. O Select Book preferia que a virtude fosse recompensada e o vício, punido. Fugia da licenciosidade, evitava controvérsias e não assumia riscos com autores não reconhecidos. Não era de surpreender que, muitas vezes, tivesse de procurar, entre as obras das editoras, algumas bem antigas para reeditar. Stephen notou que apenas alguns dos volumes selecionados tinham sido originalmente impressos por Hearne e Illingworth. E ficou surpreso de que houvesse algum.

Os degraus da porta da frente eram brancos de tão esfregados, e a porta aberta levava a um pequeno escritório mobiliado para a conveniência dos sócios que preferiam buscar pessoalmente seus livros mensais. No momento em que Stephen entrou, um velho clérigo sofria com as longas e animadas despedidas da encarregada, motivada pela firme disposição de não deixá-lo escapar antes que os méritos do livro escolhido — inclusive os detalhes da trama e a surpresa sem dúvida assombrosa do final — tivessem sido minuciosamente explicados. Feito isso, ela passaria a atender os membros da família dele, que pediam informações e sua opinião sobre a escolha do mês anterior a ser solicitada. Stephen esperou com paciência até que tudo aquilo acabasse e a mulher estivesse livre para voltar seu brilhante olhar determinado para ele. Um pequeno cartão emoldurado na escrivaninha proclamava-a como srta. Titley.

"Desculpe-me por fazê-lo esperar. O senhor é um cliente novo, não é? Não acho que já tivemos o prazer de nos ver antes. Com o tempo, acabo conhecendo todo mundo, e todos me conhecem. Aquele era o cônego Tatlock. Um cliente muito querido. Mas não adianta apressá-lo, sabe? Não adianta apressá-lo."

Stephen pôs todo o seu charme em ação e explicou que queria falar com o responsável. O assunto era pessoal e muito importante. Ele não estava tentando vender nada e jurava que não demoraria muito. Sentia não poder ser mais explícito, mas era mesmo muito importante. "Pelo menos para mim", acrescentou com um sorriso.

O sorriso teve sucesso. Sempre tivera. A srta. Titley, aturdida e procurando voltar à normalidade depois de um acontecimento incomum, retirou-se para os fundos do escritório e deu um telefonema furtivo. Demorou-se um bocado. Lançou diversas olhadelas para ele durante a conversa, como que para se assegurar de sua respeitabilidade. Por fim, repôs o fone no gancho e voltou com a notícia de que a srta. Molpas estava preparada para recebê-lo.

O escritório da srta. Molpas ficava no terceiro andar. A escada, coberta por uma passadeira barata, era íngreme e estreita, e Stephen e a srta. Titley tiveram de manter-se lado a lado a cada degrau para deixarem passar as funcionárias. Não havia homens à vista. Quando, por fim, foi introduzido na sala da srta. Molpas, ele verificou que ela escolhera bem seu escritório. Três lances de escada íngreme eram um preço baixo a ser pago pela vista acima dos telhados da cidade e pelo relance do Tâmisa que, como uma fita prateada, vinha desde Westminster. A srta. Titley emitiu uma apresentação tão reverente quanto inarticulada e sumiu. Por trás de sua mesa, a srta. Molpas levantou-se, sólida, e indicou uma cadeira para Stephen. Ela era baixa, morena, muito feia. O rosto era redondo e largo, e o cabelo, cortado numa franja grossa e reta acima das sobrancelhas. Ela usava óculos de aro de chifre, tão grandes e pesados que lhe davam a aparência de uma caricatura. Estava vestida com uma saia curta de *tweed* e uma camisa masculina, branca, com uma gravata amarela e verde, que lembrou a Stephen uma desagradável lagarta de repolho esmigalhada. Mas ela falava com uma das vozes mais agradáveis que ele já ouvira numa mulher, e a mão que ela estendeu era fresca e firme.

"O senhor é Stephen Maxie, não é? Vi sua fotografia no *Echo*. Estão dizendo que o senhor matou Sally Jupp. O senhor a matou?"

"Não", disse Stephen, "nem qualquer outro membro da minha família. Não vim aqui para discutir isso. Quero saber mais a respeito de Sally. Achei que a senhora pudesse ajudar. O que está me preocupando mesmo é a criança. Agora que Jimmy não tem mãe, parece importante tentar encontrar o pai. Ninguém se apresentou, mas me veio a idéia de que o homem pode não estar sabendo de nada. Sally era muito independente. Vai ver ele não sabe e, se soubesse, poderia querer fazer alguma coisa pelo Jimmy. Bem, acho que ele deveria ter uma oportunidade."

A srta. Molpas empurrou um maço de cigarros para ele, do outro lado da mesa.

"Fuma? Não? Bem, eu vou fumar. O senhor está se metendo um pouco, não está? É melhor deixar claros os seus motivos. O senhor não pode acreditar que o homem não saiba. E por que não saberia? Agora já deve saber, de qualquer modo. Houve bastante publicidade. A polícia já esteve aqui, nessa mesma trilha, mas não imagino que estejam interessados no bem-estar da criança. É mais provável que estejam procurando um motivo. Eles são muito meticulosos. Era melhor deixar isso por conta deles."

Então a polícia estivera lá. Era burrice e irracional pensar o contrário, mas ele achou a notícia deprimente. Eles sempre estariam um passo à frente. Era presunção supor que havia alguma coisa de significativo a descobrir sobre Sally que a polícia, experiente, perseverante e com uma paciência infinita, já não tivesse descoberto. A expressão dele deve ter demonstrado desapontamento, porque a srta. Molpas deu uma gargalhada.

"Anime-se! O senhor ainda pode ganhar deles! Não que eu possa ajudar muito. Contei o que sabia à polícia, e eles tomaram nota de tudo com o maior cuidado, mas pude ver que não estavam chegando a lugar algum."

"A não ser fixar a culpa com maior firmeza onde eles já acreditam que ela esteja: em alguém da minha família."

"Bem, decerto que não está com ninguém por aqui. Não posso sequer apresentar um pai possível para a criança. Não temos homens no local. É certo que ela engravidou enquanto trabalhava aqui, mas não me pergunte como."

"Como era ela na verdade, senhorita Molpas?", perguntou Stephen. A pergunta foi forçada, sem que ele mesmo se desse conta do absurdo. Estavam todos fazendo a mesma pergunta. Era como se, no centro daquele labirinto de indícios e dúvidas, alguém por fim pudesse ser encontrado para dizer: "Sally era assim".

A srta. Molpas olhou para ele com curiosidade.

"O senhor deveria saber como ela era. O senhor estava apaixonado por ela."

"Se eu estivesse, seria o último a saber."

"Mas não estava." Foi uma afirmativa, e não uma pergunta impertinente, e Stephen aceitou-a com uma franqueza que o surpreendeu.

"Eu a admirava e queria ir para a cama com ela. Acho que não se pode dizer que isso é amor. Como nunca senti nada além disso por mulher alguma, não sei."

A srta. Molpas desviou os olhos dele e voltou-os para a janela, na direção do rio.

"Eu me contentaria em ficar por aí. Duvido que vá sentir mais do que isso. As pessoas do seu tipo não sentem." Ela virou-se de novo para ele e falou, de modo mais brusco:

"Mas está perguntando o que eu achava dela. A polícia também perguntou. A resposta é a mesma. Sally Jupp era bonita, inteligente, ambiciosa, astuta e insegura."

"A senhora parece tê-la conhecido bastante bem", disse Stephen, em voz baixa.

"Nem tanto. Ela não era fácil de se conhecer. Trabalhou aqui por três anos, e, no dia em que saiu, eu não sabia mais sobre as circunstâncias em que ela vivia do que no dia em que a empreguei. O emprego era uma experiência. É provável que tenha notado que não temos jovens aqui. Elas são difíceis de conseguir, a não ser pelo dobro do salário que valem, e não fixam a atenção no trabalho. Não as culpo. Elas têm apenas alguns anos para encontrar um marido, e aqui não é um promissor campo de busca. Além disso, elas sabem ser cruéis se as pusermos para trabalhar com uma mulher mais velha. Já notou como as galinhas jovens bicam uma ave machucada? Bem, aqui só empregamos aves velhas. Elas podem ser um tanto lentas, mas são metódicas e mais confiáveis. O trabalho não exige muita inteligência. Sally era boa demais para a tarefa. Nunca entendi por que ela ficou. Trabalhava para uma agência de secretárias, depois de terminar o treinamento, e veio para cá como substituta temporária quando estávamos com pouco pessoal devido a uma epidemia de gripe. Ela gostou do trabalho e pediu para continuar. O Club estava crescendo, e o negócio justificava outra taquígrafa-datilógrafa. Então, a empregamos. Como eu disse, foi uma experiência. Ela era o único membro da equipe com menos de quarenta e cinco anos."

"Ficar nesse emprego não me parece um indício de ambição", disse Stephen. "O que a fez pensar que ela era ardilosa?"

"Eu a observava e a escutava. Nós, aqui, somos assim, tipo uma coleção de decadentes, e ela deve ter notado isso. Mas era esperta, a nossa Sally. 'Sim, senhorita Titley. Por certo, senhorita Croome. Quer que eu pegue para você, senhorita Melling?' Recatada como uma freira e respeitável como uma copeira vitoriana. As bobinhas todas a adoravam, é claro. Diziam como era agradável ter alguém jovem no escritório. Compravam presentes de aniversário e de

Natal para ela. Conversavam com ela a respeito de sua carreira. Ela chegava até a pedir conselhos quanto às suas roupas! Como se desse qualquer importância ao que usávamos ou ao que pensávamos! E eu a acharia uma tonta, se ela fosse uma. Era excelente atriz. Não foi tanto de surpreender que, passados alguns meses, tivéssemos um ambiente de escritório. É pouco provável que o senhor já tenha tido essa experiência. Pode acreditar em mim: não é muito confortável. Há tensões, confidências cochichadas, comentários espinhosos, feudos inexplicáveis. Velhas aliadas já não se falam. Amizades disparatadas aparecem. Tudo isso causa dano ao trabalho, embora algumas pessoas pareçam vicejar nesse ambiente. Eu não. Eu conseguia ver qual era o problema. Sally conseguiu tê-las todas morrendo de ciúmes, e as bobocas não conseguiam perceber isso. Realmente gostavam dela. Acho que a senhorita Melling a amava. Se Sally fez confidências a alguém sobre sua gravidez, terá sido a Beatrice Melling."

"Eu poderia conversar com a senhorita Melling?", perguntou Stephen.

"Não, a não ser que você seja vidente. Beatrice morreu por causa de uma simples operação de apendicite uma semana depois de Sally ter ido embora. Aliás, foi embora sem dizer-lhe até logo. Acredita em morte por coração partido, doutor Maxie? Não, é claro que não acredita."

"O que aconteceu quando Sally engravidou?"

"Nada. Ninguém sabia. Não somos a comunidade com a maior probabilidade de perceber esse tipo de encrenca. E Sally! Dócil, virtuosa, calma Sallyzinha! Notei que, por algumas semanas, ela pareceu pálida e mais magra do que de costume. Depois, estava mais bonita do que nunca. Parecia radiante. Devia estar grávida de quatro meses quando foi embora. Cumpriu o aviso prévio de uma semana e pediu-me que não contasse a ninguém. Não me deu os motivos, e eu também não perguntei. Para falar com franqueza, foi um alívio. Eu não tinha nenhum motivo tangível para mandá-la embora, mas já sabia havia algum tempo que a experiência fracassara. Sally foi para casa numa sexta-feira e, na segunda-feira, contei ao resto da equipe que ela tinha ido embora. Elas tiraram as próprias conclusões, mas ninguém, que eu saiba, acertou. Tivemos uma briga gloriosa. A senhorita Croome acusou a senhorita Melling de ter afastado a moça por excesso de possessividade e de afeição pouco natural. Para fazer justiça à senhorita Croome, acho que ela só quis dizer que Jupp se sentira obrigada a comer seus sanduíches no almoço na companhia de Melling, quando, na verdade, preferia visitar o Lyons mais próximo com Croome."

"Então a senhora não tem idéia de quem seja o homem nem de onde ela pode tê-lo conhecido?"

"Nenhuma. Sei apenas que eles se encontravam nos sábados de manhã. Obtive essa informação da polícia. Nós, aqui, trabalhamos uma semana de cinco dias, e o escritório nunca abre aos sábados. Pelo jeito, Sally disse ao tio e à tia que abria. Ela vinha para a cidade cedo, aos sábados de manhã, como se fosse para trabalhar. Enganava-os direitinho. Parece que eles não estavam muito interessados no trabalho dela, e, mesmo que tivessem tentado falar com ela por telefone numa manhã de sábado, poderiam supor que ninguém o estava atendendo. Era uma pequena mentirosa esperta, a Sally."

Por certo, a antipatia na voz dela era amarga demais para ser o resultado de outra coisa senão uma ferida pessoal. Stephen imaginou o que mais se poderia dizer sobre a vida de Sally no escritório.

"A senhora ficou surpresa com a morte dela?", perguntou ele.

"Tão surpresa e chocada quanto o normal desde que algo tão horrível e irreal como um homicídio toca o mundo da gente. Mas, quando pensei a respeito, fiquei menos surpresa. Ela parecia, de certo modo, uma vítima natural de homicídio. O que me pasmou foi a notícia de que era mãe solteira. Ela me parecia tão cuidadosa, calculista demais para esse tipo de problema. Eu diria mesmo que ela antes praticava sexo de menos do que demais. Tivemos um incidente curioso quando ela estava aqui havia apenas algumas semanas. As embalagens, na época, eram feitas no porão e tínhamos um funcionário para isso. Ele era um homenzinho calmo, de meia-idade, baixinho, com uns seis filhos. Não o víamos muito, mas Sally foi mandada ao porão com um recado. Pelo jeito, ele tentou assediá-la sexualmente. Não pode ter sido sério. O homem estava genuinamente surpreso quando o despedimos. Pode ser que ele somente tenha tentado beijá-la. Nunca consegui saber da história toda. Mas, pela confusão que ela armou, parecia que tinha tido as roupas arrancadas e sido estuprada. Muito louvável ela ficar tão chocada, mas a maioria das moças de hoje parece ser capaz de lidar com esse tipo de situação sem ter ataques histéricos. E, na época, ela não estava representando. Foi real mesmo. Não dá para confundir o medo e a repulsa genuínos. Tive uma certa pena do Jelks. Por sorte, tenho um irmão que possui um negócio em Glasgow, a cidade natal do homem, e consegui que ele se estabelecesse lá. Está indo bem e sem dúvida aprendeu a lição. Mas, acredite-me, Sally Jupp não era uma ninfomaníaca."

Aquilo tudo Stephen sabia. Parecia não haver mais nada a aprender com a srta. Molpas. Ele já estava afastado do hospital havia mais de uma hora, e Standen deveria estar impaciente. Recitou suas despedidas e voltou sozinho para o escritório do andar térreo. A srta. Titley ainda estava atendendo e acabava de apaziguar um assinante injuriado, cujos três últimos livros não tinham sido satisfatórios. Stephen esperou um momento enquanto eles acabavam a conversa. As fileiras arrumadas de volumes encadernados de grená acenderam uma luz em sua memória. Alguém que ele conhecia era sócio da Select Books Limited. Não era ninguém do hospital. Ele deixou a memória passar metodicamente pelas estantes de seus amigos e conhecidos, e o tempo lhe trouxe a resposta.

"Acho uma pena eu não ter muito tempo para ler", disse Stephen à srta. Titley. "Mas os livros me parecem uma coisa preciosa. Acho que um dos meus amigos é assinante. A senhora vê sempre Sir Reynold Price?"

A srta. Titley via muito Sir Reynold. Era um sócio querido. Vinha em pessoa buscar seus livros mensais, e ambos batiam papos muito interessantes. Um homem encantador sob todos os aspectos, Sir Reynold Price.

"Imagino se, por acaso, ele conheceu a senhorita Sally Jupp aqui", perguntou Stephen displicente. Ele esperava que a pergunta provocasse alguma surpresa, mas a reação da srta. Titley foi inesperada. Ela ficou insultada. Com infinita gentileza, mas muito firme, explicou que a srta. Jupp não poderia ter conhecido Sir Reynold na Select Books Limited. Ela, a srta. Titley, estava encarregada do atendimento ao público. Já tinha essa tarefa havia dez anos. Todos os clientes conheciam a srta. Titley, e a srta. Titley conhecia todos eles. O trato direto com os sócios era uma tarefa que exigia tato e experiência. A srta. Molpas tinha toda a confiança na srta. Titley e jamais sonharia em pôr qualquer outra pessoa no atendimento ao público. A srta. Jupp, concluiu a srta. Titley, não passara de uma funcionária de posição menos elevada; era tão-somente uma moça inexperiente.

E Stephen teve de se contentar com essa irônica crítica de despedida.

Já eram quase quatro horas quando ele voltou ao hospital. Ao passar pela sala do porteiro, foi chamado por Colley, que se inclinou sobre o balcão com a cautela de um conspirador. Seus velhos olhos bondosos estavam perturbados. Stephen lembrou-se de que, quando a polícia esteve no hospital, devia ter falado com Colley. Imaginou qual seria a extensão do dano causado pela determinação do porteiro, combinada com um excesso de lealdade, de não entregar nada. E não havia nada a entregar. Sally só estivera no hospital uma vez. Colley só poderia confirmar o que a polícia já sabia. Mas o porteiro estava falando:

"Houve um telefonema para o senhor. Foi de Martingale. A senhorita Bowers disse para o senhor fazer o favor de ligar assim que chegar. É urgente."

Stephen lutou contra o pânico e obrigou-se a examinar a prateleira de cartas, como se estivesse procurando uma correspondência esperada antes de responder:

"A senhorita Bowers adiantou alguma coisa, Colley?"

"Não, senhor. Não disse nada."

Ele resolveu ligar do telefone público no hall. Lá, a privacidade seria maior, mesmo que isso significasse estar bem diante dos olhos de Colley. Ele contou as moedas necessárias com deliberação antes de entrar na cabine. Como sempre, houve um pequeno atraso para conseguir a ligação para Chadfleet — mas, em Martingale, Catherine devia estar sentada ao lado do telefone, pois o atendeu assim que a campainha tocou.

"Stephen? Graças a Deus você está de volta. Olha, será que você pode vir imediatamente para casa? Alguém tentou matar a Deborah."

2

Enquanto isso, na pequena sala da frente do número 17, em Windermere Crescent, o inspetor Dalgliesh enfrentava seu homem e seguia, inexorável, para a hora da verdade. A fisionomia de Victor Proctor tinha aquele ar de animal acuado que sabe que seu último buraco de fuga está bloqueado, mas que ainda não consegue voltar-se e encarar o fim. Seus olhinhos escuros não paravam de se mover de um lado para o outro. A voz e o sorriso conciliadores desapareceram. Não restava nada a não ser o medo. Nos últimos minutos, as rugas que iam do nariz à boca pareceram aprofundar-se. No pescoço vermelho, esquelético como o de uma galinha, o pomo-de-adão subia e descia convulsivamente.

Dalgliesh continuava, sem remorsos.

"Então você admite que essa sua declaração à 'Associação Ajude-os Agora', na qual afirmou que sua sobrinha era órfã de guerra sem recursos, não era verdadeira?"

"Acho que eu deveria ter falado das duas mil libras, mas isso era capital, não renda."

"Capital que você gastou?"

"Eu tinha de criá-la. O dinheiro poderia ter sido deixado para mim, num fundo reservado para ela, mas eu tinha de alimentá-la, não é? Nunca tivemos muito com o que nos virar. Ela conseguiu a bolsa de estudos, mas ainda havia as roupas. Não foi fácil, vou lhe contar."

"E você ainda diz que a senhorita Jupp não sabia que o pai lhe deixara esse dinheiro?"

"Ela era bebê, na época. Depois, não me pareceu ter sentido contar-lhe."

"Porque, àquela altura, o dinheiro do fundo já tinha sido convertido para seu próprio uso?"

"Eu o usei para mantê-la, estou dizendo. Tinha o direito de usá-lo. Minha mulher e eu fomos nomeados curadores e fizemos o melhor que pudemos pela garota. Quanto teria durado o dinheiro se ela o recebesse ao fazer vinte e um anos? Nós a alimentamos por todos aqueles anos, sem nenhum centavo de ajuda."

"Com exceção das três doações feitas pela 'Associação Ajude-os Agora'."

"Bem, ela era órfã de guerra, não era? O que eles deram não foi muito, ajudou a comprar o uniforme da escola, só isso."

"E você ainda nega ter estado na propriedade de Martingale no último sábado?"

"Eu já disse. Por que você continua me atormentando? Eu não fui à quermesse. E por que iria?"

"Vai ver você quis dar os parabéns à sua sobrinha pelo noivado. Você disse que a senhorita Liddell ligou cedo, no sábado de manhã, para contar-lhe isso. A senhorita Liddell continua a negar que tenha feito tal coisa."

"Não posso fazer nada a esse respeito. Se não foi a

tal Liddell, foi alguém fingindo ser ela. Como posso saber quem foi?"

"Tem certeza de que não era a sua sobrinha?"

"Foi a senhorita Liddell, estou dizendo."

"Por acaso, como resultado dessa conversa telefônica, você foi ver a senhorita Jupp em Martingale?"

"Não. Não. Continuo dizendo. Andei de bicicleta o dia inteiro."

Com muita deliberação, Dalgliesh pegou duas fotografias de dentro da carteira e jogou-as sobre a mesa. Em cada uma delas, um punhado de crianças era visto entrando pelos grandes portões de ferro batido de Martingale, os rostos contorcidos em amplas caretas, no esforço de persuadir o fotógrafo escondido de que ela era a "criança de aparência mais feliz a entrar na quermesse". Atrás delas, os adultos entravam de modo menos espetacular. A figura furtiva, de capa, dirigindo-se à mesa de pagamento com as mãos nos bolsos, não estava com foco nítido, mas ainda sim era inequívoca. Proctor avançou a mão esquerda, como se para rasgar a foto, e depois afundou de volta na cadeira.

"Está bem", disse ele. "É melhor eu dizer. Eu estava lá."

3

Não demorou muito para Stephen conseguir trocar seu plantão. Não foi a primeira vez que ele invejou aqueles cujos problemas pessoais não estavam sempre subordinados às exigências de suas profissões. Depois de ter combinado tudo e de pegar um carro emprestado, sentiu uma espécie de ódio pelo hospital e por seus pacientes exigentes e insaciáveis. As coisas teriam sido mais fáceis se ele tivesse falado com franqueza sobre o que acontecera, mas alguma coisa o impediu. Eles provavelmente pensaram que a polícia o chamara, que uma prisão era iminente. Bem, que pensem. Que pensem o que quiserem. Céus, ele estava contente de sair de um lugar em que os vivos eram perpetuamente sacrificados para manter vivos os meio-mortos!

Depois, não conseguiu lembrar-se de mais nada da viagem para casa. Catherine dissera que Deborah estava bem, que o atentado fora malsucedido, mas Catherine era uma tonta. O que estavam todos fazendo para deixar que isso acontecesse? Catherine estava muito calma ao telefone, e os detalhes que deu, embora claros, não explicaram nada. Alguém tinha ido ao quarto de Deborah de madrugada e tentado estrangulá-la. Ela conseguira se livrar e gritou por socorro. Martha chegara em primeiro lugar, e Felix, um segundo mais tarde. Deborah se recuperara o suficiente, àquela altura, para fingir que estava acordando de um pesadelo. Mas era evidente que ficara aterrorizada e passara o resto da noite sentada ao lado da lareira, no quarto de Martha, com a porta e as janelas trancadas e a gola do roupão apertada contra o pescoço. Ela descera para tomar o café-da-manhã com uma echarpe de *chiffon* na garganta, mas, além da aparência pálida e cansada, estava perfeitamente normal. Foi Felix Hearne que, sentado ao lado dela no almoço, notou a beirada da equimose acima da echarpe — e que, mais tarde, conseguiu extrair a verdade dela. Ele consultara Catherine. Deborah havia lhes implorado para que não preocupassem a mãe, e Felix estivera disposto a ceder a esse apelo, porém Catherine insistira em chamar a polícia. Dalgliesh não estava na aldeia. Um dos policiais achou que ele e o sargento Martin estavam em Canningbury. Felix não deixara recado, mas pediu que Dalgliesh viesse a Martingale assim que possível. Eles não contaram nada à sra. Maxie. O sr. Maxie estava muito mal para ser deixado sozinho durante muito tempo, e eles estavam esperando que a equimose no pescoço de Deborah sumisse antes de a mãe desconfiar de algo. Deborah, explicou Catherine, parecia ter mais medo de perturbar a mãe do que de ser atacada outra vez. Agora eles estavam esperando Dalgliesh, contudo Catherine achou que Stephen deveria saber o que acontecera. Sem consultar Felix — talvez ele não aprovasse a idéia —, ela decidiu chamar Stephen. Era tempo de alguém mostrar alguma firmeza. Martha não sabia de nada; Deborah temia que ela não quisesse mais continuar em Martingale se a verdade fosse revelada. Catherine não gostava dessa postura. Martha tinha o direito de se proteger de um homicida à solta. Era ridículo Deborah achar que o ataque pudesse ser mantido em segredo por muito mais tempo. Mas ela ameaçara negar tudo se a polícia contasse a Martha ou à mãe dela.

Então, Stephen deveria seguir depressa para ver o que ele poderia fazer. Ela não poderia mesmo assumir mais responsabilidades por conta própria. Stephen não estava surpreso; Hearne e Catherine pareciam já ter assumido responsabilidades demais. Parecia loucura de Deborah tentar esconder uma coisa daquelas, a não ser que tivesse lá suas razões; a não ser que até mesmo o medo de um segundo atentado fosse menor que o de conhecer a verdade. Enquanto os pés e as mãos de Stephen trabalhavam com coordenação automática nos freios e no acelerador, no volante e na mudança de marcha, sua mente, aguçada pela apreensão, formulava as perguntas. Quanto tempo se passara entre o grito de Deborah e a chegada de Martha — e de Felix? Martha dormia no quarto ao lado. Era natural que acordasse primeiro. Mas e Felix? Por que ele concordara em abafar o caso? Era loucura pensar que o assassino e o atentado de homicídio pudessem ser tratados como uma de suas escapadas do tempo da guerra. Todos sabiam que Felix era um raio de um herói, mas seu tipo de heroísmo não era desejado em Martingale. E além do mais, quanto se sabia a seu respeito? Deborah se comportara de modo estranho. Não era típico da Deborah que ele conhecia gritar por socorro. Ela teria lutado com mais fúria do que medo. Entretanto ele lembrou-se da expressão desesperada dela quando o corpo de Sally foi descoberto, o vômito repentino, o cambalear às cegas para a porta. Não se pode prever como as pessoas vão reagir sob estresse. Catherine comportara-se bem, Deborah, mal. Mas Catherine tinha mais experiência com mortes violentas. E uma consciência mais tranqüila?

A pesada porta da frente de Martingale estava aberta. A casa estava quieta demais. Ele só conseguia escutar o murmúrio de vozes vindas da sala de estar. Ao entrar, quatro pares de olhos voltaram-se para ele, e Stephen ouviu o rápido suspiro de alívio de Catherine. Deborah estava sentada numa das *bergères* à frente da lareira. Catherine e Felix estavam de pé atrás dela; Felix, ereto e atento, Catherine, com os braços estendidos por cima das costas da poltrona e as mãos pousadas nos ombros de Deborah, numa atitude entre protetora e consoladora. Deborah não parecia estar aborrecida com aquilo; tinha a cabeça inclinada para trás, a blusa de gola alta aberta e uma echarpe de gaze amarela pendia de sua mão. Mesmo da porta, Stephen conseguia ver que a equimose já estava ficando roxa acima das escápulas finas. Dalgliesh estava sentado diante dela, descontraído na beirada da cadeira, mas seus olhos estavam atentos. Ele e Felix confrontavam-se como gatos em cantos opostos de uma sala. Stephen tinha consciência do onipresente sargento Martin com seu caderninho de notas em algum lugar, no fundo da sala. Um segundo antes que alguém falasse ou se mexesse, o pequeno relógio dourado bateu três quartos de hora, deixando cair cada uma de suas belas notas no silêncio, como se fossem pedrinhas de cristal. Stephen avançou rápido para o lado da irmã e inclinou a cabeça para beijá-la. A face macia estava gelada contra seus lábios. Ao afastar-se, seus olhos encontraram-se com uma expressão difícil de interpretar. Poderia ser uma súplica — ou um aviso? Ele olhou para Felix.

"O que houve?", perguntou. "Onde está minha mãe?"

"Lá em cima com o senhor Maxie", disse Felix. "Agora, ela passa a maior parte do dia com ele. Dissemos a ela que o inspetor Dalgliesh tinha vindo fazer uma visita de rotina. Não há necessidade de aumentar as preocupações dela. Nem de Martha. Se Martha ficar aterrorizada e resolver ir embora, isso vai significar ter de contratar outra enfermeira treinada, e no momento não temos meios para isso. Mesmo que conseguíssemos encontrar alguém disposto a vir."

"Não estão se esquecendo de alguma coisa?", disse Stephen rudemente. "E Deborah? Ficamos todos sentados, esperando outro atentado?" Sentia-se magoado tanto com o fato de Felix apropriar-se calmamente da responsabilidade pelos arranjos familiares como pela suposição de que alguém tinha de lidar com essas questões enquanto o filho da casa colocava suas responsabilidades profissionais à frente da família. Foi Dalgliesh quem respondeu:

"Estou cuidando da segurança da senhora Riscoe, doutor. O senhor poderia fazer o favor de examinar a garganta dela e me dizer o que acha?"

Stephen virou-se para ele.

"Prefiro não olhar. O doutor Epps trata da minha família. Por que não chamá-lo?"

"Estou pedindo que olhe a garganta, não que trate dela. Esta não é a hora de dar-se ao luxo de hipotéticos escrúpulos profissionais. Faça o que pedi, por favor."

Stephen inclinou a cabeça outra vez. Depois de um momento, ergueu-se e disse: "Ele agarrou o pescoço com as duas mãos, logo acima e atrás das escápulas. Há uma equimose bastante extensa, mas sem arranhões de unhas nem marcas de polegares. O golpe pode ter sido dado com a base dos polegares na frente e os dedos por trás. Tenho quase certeza de que a laringe não foi tocada. Espero que as equimoses desapareçam em um ou dois dias. Não houve nenhum dano real". E acrescentou: "Pelo menos físico".

"Em outras palavras", disse Dalgliesh, "foi mais uma obra de amador?"

"Se o senhor quiser encarar desse modo."

"Quero. Será que isso não sugere que o assaltante conhece muito bem seu trabalho? Sabia onde aplicar a pressão, e quanto, sem causar dano? Será que esperam que acreditemos que a pessoa que matou Sally Jupp com tanta perícia não faria melhor do que isso? O que acha, senhora Riscoe?"

Deborah estava abotoando a blusa. Ela desvencilhou-se com uma sacudidela do abraço possessivo de Catherine e voltou a amarrar a echarpe no pescoço.

"Lastimo que fique desapontado, inspetor. Talvez da próxima vez ele faça um serviço melhor. Para mim, foi perito o bastante, obrigada."

"Tenho de dizer que você está calma demais", exclamou Catherine, indignada. "Se a senhora Riscoe não tivesse conseguido desprender-se e gritar, ela agora não estaria viva. É óbvio que ele agarrou o melhor que pôde, no escuro, mas assustou-se quando ela gritou. E essa pode não ter sido a primeira tentativa. Não se esqueçam de que a droga para dormir foi posta na caneca de Deborah."

"Não me esqueci disso, senhorita Bowers", assentiu Dalgliesh. "Nem de que o frasco desaparecido foi encontrado debaixo da tabuleta com o nome dela. Onde a senhora estava na noite passada?"

"Estive ajudando a cuidar do senhor Maxie. A senhora Maxie e eu ficamos juntas a noite toda, a não ser quando fomos ao banheiro. Por certo, estivemos juntas da meia-noite em diante."

"E o doutor Maxie estava em Londres. Não há dúvida de que esse ataque ocorreu numa hora conveniente para vocês todos. Viu o estrangulador misterioso, senhora Riscoe? Ou o reconheceu?"

"Não. Eu não dormia muito profundamente. Acho que estava tendo um pesadelo. Acordei ao sentir o primeiro toque da mão dele no meu pescoço. Cheguei a sentir seu hálito no meu rosto, mas não o reconheci. Quando gritei e tentei acender a luz, ele partiu para a porta. Eu acendi a luz e gritei. De algum modo, o sonho e o ataque fundiram-se. Não conseguia saber quando um horror parava e começava o outro."

"E, no entanto, quando a senhora Bultitaft chegou, a senhora não disse nada?"

"Eu não quis amedrontá-la. Todos nós sabemos que há um estrangulador por aí, mas temos de continuar com as nossas tarefas. Não iria adiantar se ela soubesse."

"Isso demonstra um louvável interesse mais pela paz de espírito dela do que por sua segurança. Devo cumprimentar a todos pela despreocupação em face desse maníaco homicida. Pois isso ele é, sem dúvida. Decerto vocês não estão querendo me dizer que a senhorita Jupp foi morta por engano, que ela foi confundida com a senhora Riscoe?"

Felix falou pela primeira vez. "Não estamos tentando lhe dizer nada. É sua tarefa nos dizer. Só sabemos do que aconteceu. Concordo com a senhorita Bowers que a senhora Riscoe corre perigo. Supomos que o senhor esteja preparado para oferecer a proteção a que ela tem direito."

Dalgliesh olhou para ele.

"A que horas o senhor chegou ao quarto da senhora Riscoe esta madrugada?"

"Cerca de meio minuto depois da senhora Bultitaft, eu acho. Eu pulei da cama assim que a senhora Riscoe gritou."

"E nem o senhor nem a senhora Bultitaft viram o intruso?"

"Não. Suponho que ele já tivesse descido a escada antes de termos saído dos nossos quartos. É claro que não fiz buscas, uma vez que só fui saber do que aconteceu esta tarde. Desde então, procurei sinais da presença de alguém, mas não encontrei nada."

"Tem alguma idéia de como essa pessoa entrou, senhora Riscoe?"

"Pode ter sido por uma das janelas francesas da sala de estar. Nós fomos até o jardim, ontem à noite, e pode ser que tenhamos esquecido de trancá-la. Martha mencionou que a encontrou aberta esta manhã."

"O 'nós' se refere à senhora e ao senhor Hearne?"

"Sim."

"Quando a empregada chegou ao seu quarto, a senhora já estava de roupão?"

"Sim. Tinha acabado de vesti-lo."

"E a senhora Bultitaft aceitou sua história do pesadelo e sugeriu que passasse o resto da noite ao lado da lareira elétrica no quarto dela?"

"Foi. Ela não queria voltar para a cama, mas eu a obriguei. Primeiro, tomamos um bule de chá ao lado da lareira."

"Então o resumo é este", disse Dalgiesh. "A senhora e o senhor Hearne dão um passeio noturno pelo jardim de uma casa onde houve um homicídio recentemente e deixam uma janela francesa aberta ao entrarem. Durante a noite, um homem não identificado vai ao seu quarto, faz uma tentativa inábil de estrangulá-la — sem um motivo que a senhora ou qualquer outra pessoa possa sugerir — e depois desaparece sem deixar traços. Sua garganta ficou tão pouco afetada que a senhora foi capaz de gritar com força bastante para atrair as pessoas que dormiam nos quartos próximos. E, no entanto, no momento em que elas chegam, coisa de minutos, a senhora já se recuperara do medo o suficiente para contar uma mentira sobre o que se passou — uma mentira ainda mais eficiente pelo fato de a senhora ter tido o trabalho de sair da cama e vestir o roupão com uma gola dissimuladora. Será que isso lhe parece um comportamento racional, senhora Riscoe?"

"É claro que não", disse Felix com brutalidade. "Nada do que aconteceu nesta casa desde o último sábado foi racional. Mas, até para o senhor, é difícil supor que a senhora Riscoe tenha tentado estrangular a si mesma. Essas equimoses não podem ter sido auto-infligidas, e, se não foram, quem as infligiu? O senhor realmente acha que um júri não iria acreditar que os dois crimes estão relacionados?"

"Não acho que um júri vá ser chamado a considerar essa possibilidade", disse Dalgliesh tranqüilamente. "Pode-se dizer que já acabei minha investigação sobre a morte da senhorita Jupp. É pouco provável que o que aconteceu na noite passada vá afetar minhas conclusões. Não fez diferença alguma. Acho que é hora de a questão ser resolvida e proponho tomarmos um atalho. Se a senhora Maxie não tiver objeções, quero vê-los todos juntos aqui, nesta casa, hoje à noite, às oito horas."

"O senhor queria alguma coisa comigo, inspetor?" Eles viraram-se para a porta. Eleanor Maxie chegara tão silenciosamente que só Dalgliesh a notara. Ela não esperou pela resposta, mas andou rápido na direção do filho.

"Que bom que você está aqui, Stephen. Deborah telefonou? Eu tinha a intenção de fazê-lo se o seu pai não melhorasse. É difícil dizer, mas acho que houve uma mudança. Será que você pode chamar o senhor Hinks? E Charles, é claro."

Para ela, pensou Stephen, seria natural pedir antes o padre do que o médico. "Primeiro, vou eu mesmo", disse ele. "Quero dizer, se o inspetor me der licença. Não creio que tenhamos nada mais de útil a discutir."

"Não antes das oito horas, doutor."

Aborrecido com o tom de Dalgliesh, Stephen teve vontade de adverti-lo — e não pela primeira vez — de que os cirurgiões eram tratados por "senhor". Foi salvo dessa bobagem pedante ao dar-se conta de sua inutilidade e das necessidades da mãe. Agora, havia mudanças a serem feitas por ele. Por um segundo, Dalgliesh e sua investigação — e todo o horror do assassinato de Sally — desapareceram ante aquela necessidade nova e mais premente. Pelo menos nisso, ele podia comportar-se como um filho.

Mas, de repente, Martha estava bloqueando a porta. Ela ficou lá, parada, branca e trêmula, a boca abrindo e fechando sem emitir som. O rapaz alto que estava atrás dela afastou-a e entrou na sala. Com um olhar aterrorizado dirigido à patroa e um pequeno gesto rígido de mão — menos de introdução ao estranho do que de abandono dele à companhia dos outros —, Martha soltou um gemido quase animal e desapareceu. O homem olhou para as costas dela, divertido, e depois se virou para encará-los. Era muito alto — mais de um metro e oitenta — e seu cabelo claro, cortado curto na cabeça inteira, estava descorado pelo sol. Vestia calças de veludo cotelê marrom e um casaco de couro.

De seu colarinho aberto, subia o pescoço forte e queimado de sol, sustentando uma cabeça de impressionante saúde animal e virilidade. Ele tinha pernas e braços longos. Trazia uma mochila pendurada por cima de um dos ombros. Na mão direita, segurava uma sacola de companhia de aviação, novinha em folha, com as abas douradas; parecia disparatada, como um brinquedo feminino, apertada em seu grande punho bronzeado. Ao lado dele, a beleza de Stephen empalidecia numa elegância banal, e todo o cansaço e a inutilidade que Felix conhecera nos últimos quinze anos pareciam estampar-se de imediato em seu rosto. Quando ele falou, sua voz, confiante de felicidade, não tinha traço algum de timidez. Era uma voz suave, ligeiramente americana no tom — e, entretanto, não se poderia ter dúvida de que era inglês.

"Parece que dei um pequeno susto na sua empregada. Desculpem aparecer assim, mas acho que Sally nunca falou de mim para vocês. Meu nome é James Ritchie. Ela está me esperando, sem dúvida. Sou o marido dela." Ele se virou para a sra. Maxie. "Ela nunca me contou exatamente que tipo de emprego tinha aqui, e eu não gostaria de causar nenhum inconveniente, mas vim para levá-la."

4

Nos anos que se seguiram, quando Eleanor Maxie se sentava em silêncio na sala de estar, muitas vezes revia em sua mente aquele fantasma desengonçado e confiante do passado confrontando-a da soleira da porta. Ela conseguia sentir novamente o silêncio chocado que se seguiu às palavras dele. Aquele silêncio não deve ter durado mais do que alguns segundos. Contudo, em retrospecto, pareceu que haviam se passado minutos enquanto ele olhava para todos ao redor, numa desenvoltura confiante, e todos devolviam o olhar com horror incrédulo. A sra. Maxie teve tempo para pensar como aquilo parecia um quadro — a própria personificação da surpresa. Ela mesma não sentiu nenhuma surpresa. Os últimos dias haviam drenado tais emoções de dentro dela, e aquela revelação final caiu como um martelo na lã. Nada do que pudesse ser descoberto a respeito de Sally Jupp tinha mais o poder de surpreendê-la. Era assustador que Sally estivesse morta, assustador que ela tivesse ficado noiva de Stephen, assustador saber que tantas pessoas estavam implicadas em sua vida e em sua morte. Saber que Sally fora esposa, além de mãe, era interessante, mas não chocante. Distanciada das emoções comuns, ela não deixou de notar o olhar rápido que Felix Hearne lançou para Deborah. Ele estava abalado, é claro, mas aquela rápida avaliação tinha algo, também, de divertimento e triunfo. Stephen só parecia estar aturdido. Catherine Bowers ficara vermelhíssima e estava literalmente de boca aberta, a representação típica da surpresa. Então, ela se virou para Stephen, como se atirasse para cima dele a carga de ser o porta-voz de todos. Por fim, a sra. Maxie olhou para Dalgliesh, e, por um momento, seus olhos se fixaram. Neles, ela viu uma momentânea porém inequívoca compaixão. Ela teve a consciência de pensar, sem relevância: "Sally Ritchie. Jimmie Ritchie. Foi por isso que ela deu o nome de Jimmy, igual ao do pai dele. Eu jamais entendi por que tinha de ser Jimmy Jupp. Por que estão olhando para ele dessa maneira? Alguém deveria dizer alguma coisa". E alguém disse. Deborah, branca até os lábios, falou como se estivesse sonhando:

"Sally está morta. Não lhe contaram? Ela está morta e enterrada. Eles dizem que um de nós a matou". Depois disso, começou a tremer sem controle, e Catherine, chegando perto dela antes de Stephen, segurou-a para que não caísse, amparou-a e conduziu-a até a poltrona. O quadro quebrou-se. Houve uma repentina enxurrada de palavras. Stephen e Dalgliesh aproximaram-se de Ritchie. Houve um murmúrio de "melhor no escritório", e os três desapareceram de repente. Deborah encostou-se na poltrona com os olhos fechados. A sra. Maxie podia testemunhar a angústia dela sem sentir mais do que uma leve irritação e uma curiosidade passiva quanto ao que estava por trás daquilo tudo. Suas próprias preocupações eram mais prementes. Ela disse a Catherine:

"Agora tenho de voltar para o meu marido. Talvez você venha para ajudar. O senhor Hinks logo estará aqui, e não acho que Martha possa ser de grande ajuda no momento. Essa chegada parece tê-la abatido." Catherine poderia ter replicado que Martha não era a única a estar abatida, mas murmurou uma aquiescência e a seguiu imediatamente. Sua utilidade real e seu cuidado verdadeiro para com o inválido não cegaram a sra. Maxie para o papel que a hóspede se auto-impusera, o de uma ajudantezinha alegre e competente para lidar com todas as emergências. Aquela última emergência poderia ser a gota d'água, porém Catherine tinha energia de sobra — e quanto mais Deborah se enfraquecia, mais Catherine crescia em vigor. À porta, a sra. Maxie virou-se para Felix Hearne:

"Quando Stephen tiver acabado de falar com Ritchie, acho que deveria subir para ver o pai. Ele está em profunda inconsciência, mas acho que Stephen devia estar lá. Deborah deveria subir também, depois de se recuperar. Talvez você possa dizer isso a ela."

Como resposta ao comentário silencioso de Felix, ela acrescentou: "Não é preciso dizer nada a Dalgliesh. Os planos dele para hoje à noite podem ser mantidos. Estará tudo acabado antes das oito". Deborah estava espichada para trás na poltrona, de olhos fechados. A echarpe de gaze afrouxara-se em seu pescoço.

"O que aconteceu com a garganta de Deborah?" A sra. Maxie parecia apenas vagamente interessada.

"Algum tipo de brincadeira infantil bruta, acho", replicou Felix. "Não teve sucesso, como não merecia ter."

Sem outro olhar à filha, Eleanor Maxie deixou-os sozinhos.

5

Simon Maxie morreu meia hora mais tarde. Os longos anos de meia-vida, afinal, haviam se acabado. Ele já estava morto emocional e intelectualmente havia três anos. Seu último suspiro foi um dado técnico que, por fim — e oficialmente —, o separou de um mundo que ele uma vez conhecera e amara. Não estava ao alcance dele morrer com coragem ou dignidade, mas morreu sem estardalhaço. Sua mulher e seus filhos estavam com ele, e o padre de sua paróquia disse as preces como se elas pudessem ser ouvidas e partilhadas por aquela grotesca figura rígida na cama. Martha não estava lá. Depois, a família diria que não vira sentido em convidá-la. Na hora, eles sabiam que o choro sentimental dela seria mais do que eles conseguiriam suportar. O leito de morte do homem fora apenas a culminação de um lento processo de fenecimento. Embora eles estivessem pálidos ao redor da cama e tentassem evocar alguma piedade de recordação e dor, seus pensamentos estavam naquela outra morte, e suas mentes ansiavam pelas oito horas.

Depois, todos se encontraram na sala de estar, com exceção da sra. Maxie, que não tinha curiosidade a respeito do marido de Sally e estava decidida a distanciar-se por algum tempo do homicídio e de todas as suas ramificações. Ela apenas instruiu a família para não dizer a Dalgliesh que seu marido morrera. Então caminhou com o sr. Hinks até o presbitério.

Na sala, Stephen serviu os drinques e contou sua história:

"É mesmo muito simples. É claro que só tive tempo de saber os detalhes básicos. Eu queria subir para o quarto do pai. Dalgliesh ficou com Ritchie depois de eu sair, e suponho que tenha obtido todas as informações que queria. Eles eram casados mesmo. Conheceram-se quando Sally trabalhava em Londres e casaram-se secretamente um mês antes de ele ir para a Venezuela, num trabalho de construção."

"Mas por que ela não contou nada?", perguntou Catherine. "Por que o mistério todo?"

"Parece que, se a firma soubesse, ele não obteria o trabalho no exterior; queriam um homem solteiro. O salário era bom e teria dado a eles uma chance de montar a casa. Sally estava superentusiasmada em casar-se antes de ele partir. Ritchie acha que ela gostava da sensação de passar a perna na tia e no tio, com quem nunca fora feliz. A idéia era que ela ficasse com eles e mantivesse o emprego. Ela planejava economizar cinqüenta libras antes da volta de Ritchie. Aí, quando descobriu que o bebê estava a caminho, decidiu garantir o lado dela. Deus sabe por quê. Mas essa atitude não surpreendeu Ritchie. Ele disse que era bem o tipo de coisa que Sally faria."

"É uma pena ele não ter perguntado sobre a gravidez antes de viajar", disse Felix secamente.

"Talvez sim", disse Stephen. "Talvez ele tenha perguntado e ela tenha mentido. Não o questionei a respeito de seus relacionamentos sexuais. Não era da minha conta. Eu estava diante de um marido que voltou para descobrir que sua mulher foi assassinada nesta casa, deixando um filho de cuja existência ele nem sequer sabia. Não quero ter meia hora parecida com aquela outra vez. Não acho que fosse o momento de sugerir a ele que tivesse sido mais cuidadoso. Nós também poderíamos ter sido, Deus do céu!"

Ele engoliu o uísque. A mão que segurava o copo tremia. Sem esperar que falassem, continuou:

"Dalgliesh foi maravilhoso com Ritchie. A partir desta noite, acho que conseguiria gostar dele se sua função aqui fosse outra. Ele o levou consigo; foram ao Santa Maria para ver a criança, e depois esperam conseguir um quarto para Ritchie no The Moonraker's Arms. Pelo jeito, o rapaz não tem família para procurar." Stephen fez uma pausa para reabastecer o copo. Depois prosseguiu:

"Isso explica muita coisa, com certeza. A conversa com o vigário na quinta-feira, quando ela disse que Jimmy ia ter um pai."

"Mas ela era sua noiva!", exclamou Catherine. "Ela o aceitou."

"Ela nunca disse que se casaria comigo. Sally adorava um mistério, e esse foi à minha custa. Não acho que ela tivesse dito a ninguém que estava comprometida comigo. Nós é que supusemos isso. Ela estava apaixonada por Ritchie o tempo todo. Sabia que logo ele estaria de volta. Ele foi patético ao me contar como estavam apaixonados. Não parou de chorar e de tentar me convencer a ler algumas cartas dela. Eu não queria ler. Deus sabe como já estou me odiando o bastante sem isso. Céus, foi horrível! Mas, depois que comecei a ler, tive de prosseguir. Ele continuou tirando-as daquela sacola e empurrando-as para a minha mão, com as lágrimas escorrendo pelo rosto. Elas eram patéticas, sentimentais e ingênuas. Mas eram verdadeiras, a emoção era genuína."

"Não é de espantar que você esteja tão perturbado", pensou Felix. "Você nunca teve um sentimento genuíno na vida."

Catherine Bowers disse, racionalmente: "Você não deve se culpar. Nada disso teria acontecido se Sally tivesse contado a verdade sobre o casamento dela. Fingir, numa circunstância dessas, é procurar encrenca. Imagino que ele escrevesse a ela por um intermediário."

"Foi. Ele escrevia por intermédio de Derek Pullen. As cartas eram colocadas num envelope fechado, dentro de outro endereçado a Pullen. Ele as entregava a Sally em encontros marcados previamente. Ela nunca revelou que as cartas vinham de um marido. Não sei que história ela inventou, mas deve ter sido boa. Pullen jurou segredo, e, que eu saiba, não a traiu. Sally sabia detectar pessoas simplórias."

"Ela gostava de se divertir com as pessoas", disse Felix. "Só que elas podem ser um brinquedo perigoso. É óbvio que um dos simplórios achou que a brincadeira já tinha ido muito longe. Não foi você, por acaso, foi, Maxie?"

O tom de voz dele era deliberadamente ofensivo, e

Stephen deu um passo rápido em sua direção. Mas, antes que pudesse responder, ouviu o som da campainha da porta da frente, e o relógio em cima da lareira bateu as oito horas.

9

1

De comum acordo, eles se reuniram no escritório. Alguém arrumara as cadeiras num semicírculo em torno da pesada mesa. Alguém enchera a jarra de água e a colocara à direita de Dalgliesh. Sentado à mesa, sozinho, com o sargento Martin atrás de si, Dalgliesh observou seus suspeitos à medida que chegavam. Eleanor Maxie era a mais composta. Ela sentou-se numa cadeira em frente à luz, distanciada e em paz, olhando para fora, para os gramados e as árvores mais afastadas. Era como se sua provação já estivesse terminada. Stephen Maxie entrou, lançou a Dalgliesh um olhar misto de desprezo e desafio e sentou-se perto da mãe. Felix Hearne e Deborah Riscoe entraram juntos, mas não se olharam, e se sentaram separados. Dalgliesh achou que o relacionamento entre eles mudara sutilmente desde a farsa malsucedida da noite anterior. Dalgliesh tentou atinar por que Hearne se prestara a uma fraude tão evidente. Ao olhar para a equimose que escurecia o pescoço da moça, apenas semi-escondida pela echarpe amarrada, ele inquietou-se com a força que Hearne aparentemente achara necessário usar. Catherine Bowers foi a última a entrar. Ela enrubesceu ao ver os olhos de todos sobre si e apressou-se para sentar na última cadeira vaga, como um condenado em liberdade condicional chegando tarde para uma preleção. Enquanto abria o dossiê, Dalgliesh ouviu as primeiras notas lentas do sino da igreja. Os sinos tocavam desde que ele chegou a Martingale. Soaram muitas vezes como música de fundo durante a investigação, trilha sonora de um homicídio. Agora, dobravam por um finado, e Dalgliesh imaginou quem tinha morrido na aldeia; alguém por quem os sinos dobravam como não tinham dobrado por Sally.

Levantou os olhos dos papéis e começou a falar em sua voz calma grave.

"Uma das características menos comuns deste crime foi o contraste entre sua aparente premeditação e sua execução de fato. Todas as provas médicas apontam para um crime não premeditado. Não foi um estrangulamento lento. Houve poucos dos sinais clássicos de asfixia. Foi usada uma força considerável e houve uma fratura na base da saliência superior da tireóide. No entanto, a morte foi causada por inibição vagal e muito súbita. Poderia ter acontecido mesmo que o estrangulador tivesse usado muito menos força. Nesse contexto, a situação é de um ataque único, não premeditado. Outra coisa que também sustenta essa teoria é o uso das mãos. Se um assassino tem a intenção de matar por estrangulamento, em geral o faz com uma corda ou uma echarpe — ou com meias, talvez. Nem sempre é assim, mas pode-se deduzir o motivo desse procedimento. Poucas pessoas conseguem ter confiança na sua habilidade para matar com as mãos nuas. Há uma pessoa nesta sala que poderia ter essa confiança, mas não acho que teria usado tal método. Há alguns meios eficazes de matar sem usar uma arma, e ele os conhecia."

Felix Hearne murmurou, à surdina: "Mas isso foi num outro país, e, além do mais, a mulher está morta". Dalgliesh não deu sinal de ter ouvido ou sentido a leve tensão dos músculos na platéia, que controlou o impulso de olhar para Hearne, e continuou em voz baixa:

"Em contraste com esse ato aparentemente impulsivo, tivemos de enfrentar o indício da tentativa e do parcial sucesso em drogar a vítima — o que, certamente, mostrou uma intenção de tornar a moça insensível. Isso poderia ter como objetivo facilitar a entrada no quarto dela sem acordá-la ou permitir que fosse assassinada durante o sono. Eu descartei a teoria de dois atentados separados e diferentes à vida dela na mesma noite. Ninguém nesta sala tinha algum motivo para gostar de Sally, e alguns de vocês podiam ter motivos até para odiá-la. Mas seria abusar muito da credulidade achar que duas pessoas escolheram a mesma noite para uma tentativa de homicídio."

"Se nós a odiávamos", disse Deborah, baixo, "não éramos os únicos."

"Havia aquele rapaz, o Pullen", disse Catherine. "Não vá me dizer que não havia nada entre eles." Vendo Deborah piscar com sua gafe, ela continuou, beligerante:

"E a senhorita Liddell? A aldeia toda está comentando sobre como Sally descobriu alguma coisa desairosa sobre ela e estava ameaçando contar. Se ela conseguia chantagear uma pessoa, chantagearia outra."

Stephen Maxie disse, enfadado:

"Mal consigo ver a pobre velha Liddell trepando por dutos ou esgueirando-se pela porta dos fundos para enfrentar Sally sozinha. Ela não teria coragem. E não dá para imaginá-la, com seriedade, saindo para matar Sally com as próprias mãos nuas."

"Ela até poderia", disse Catherine, "se soubesse que Sally estava drogada."

"Mas não tinha como saber", salientou Deborah. "E também não poderia ter posto aquela droga na caneca de Sally. Ela e Eppy estavam saindo da casa quando Sally levou a caneca para o quarto. E foi a minha caneca que ela levou, lembra? Antes disso, estavam os dois nesta sala, com a mamãe."

"Ela pegou sua caneca do mesmo modo como copiou seu vestido", disse Catherine. "Mas o Sommeil deve ter sido posto mais tarde. Ninguém iria querer drogar você."

"Não poderia ter sido posto mais tarde", disse Deborah. "Quais teriam sido as oportunidades? Imagino que então um de nós foi com o frasco de comprimidos do pai até lá, pé ante pé, convenceu Sally de que aquilo não passava de uma visitinha social, esperou que ela se debruçasse sobre o bebê e jogou um ou dois comprimidos em seu chocolate. Não faz sentido."

"Nada disso faz sentido se houver conexão entre a administração da droga e o estrangulamento", continuou Dalgliesh. "No entanto, como eu disse, seria muita coincidência que alguém resolvesse estrangular Sally na mesma noite em que outra pessoa decidiu envenená-la. Mas poderia haver outra explicação. E se esse entorpecimento não fosse um incidente isolado? Suponhamos que alguém já estivesse pondo droga na bebida de Sally com regularidade. Alguém que sabia que só Sally tomava chocolate, de modo que o Sommeil pudesse ser posto com segurança na lata de cacau. Alguém que soubesse onde a droga era guardada e que tinha experiência suficiente para usar a quantidade certa. Alguém que quisesse ver Sally desacreditada e posta para fora da casa e pudesse queixar-se de que ela sempre dormia até tarde. Alguém que, provavelmente, tenha sofrido mais por causa de Sally do que os outros da casa — e que, assim, tinha o prazer de agir, mesmo que sem obter grande efeito, se isso lhe desse uma sensação de poder sobre a moça. Num certo sentido, como podem ver, isso substituiria o homicídio."

"Martha", disse Catherine involuntariamente. Os Maxie ficaram em silêncio. Se eles já sabiam de algo ou adivinharam, nenhum deu o menor sinal. Eleanor Maxie pensou, compungida, na mulher que deixara chorando na cozinha pelo patrão morto. Martha levantara-se à entrada dela, as mãos grossas unidas sobre o avental. Ela não fizera nenhum gesto quando a sra. Maxie lhe contou sobre a morte do marido, e esse silêncio fez com que seu choro fosse ainda mais angustiante. Embora as lágrimas lhe corressem pelo rosto abaixo e pingassem sobre as mãos paradas, Martha tinha a voz perfeitamente controlada. Sem estardalhaço nem explicação, ela pedira demissão. Gostaria de ir embora no final da semana. Havia uma amiga em Herefordshire, em cuja casa poderia ficar por um tempo. A sra. Maxie não discutira nem argumentara; não era do feitio dela. E agora, lançando um olhar cortês e atento a Dalgliesh, sua mente honesta explorava os motivos que a incentivaram a excluir Martha da presença junto ao leito de morte. A sra. Maxie impressionara-se com aquela revelação de que uma lealdade que toda a família tinha como certa fora mais complicada e menos complacente do que qualquer um deles suspeitara — e que, por fim, fora longe demais.

Catherine estava falando. Pelo jeito, ela não tinha apreensões e seguia a explicação de Dalgliesh como se ele estivesse expondo um caso interessante e atípico:

"É claro que Martha sempre pôde obter o Sommeil. Era assombroso o descaso da família com as drogas do senhor Maxie. Mas, por que ela quereria dopar Sally naquela noite em especial? Depois da cena no jantar, a senhora Maxie tinha mais com o que se preocupar do que com o fato de Sally não conseguir se levantar. Já era tarde demais para ela se livrar de Sally daquela maneira. E por que Martha escondeu o frasco embaixo da tabuleta com o nome de Deborah? Sempre achei que ela era apegada à família."

"A família também", disse Deborah secamente.

"Ela drogou o chocolate outra vez naquela noite porque não sabia da proposta de noivado", disse Dalgliesh. "Martha não estava na sala de jantar na hora e ninguém contou para ela. Depois, ela foi ao quarto do senhor Maxie, pegou o Sommeil e escondeu-o, em pânico, porque achou que havia matado Sally com a droga. Se pensarmos retrospectivamente, podemos nos dar conta de que a senhora Bultitaft foi o único membro deste domicílio que, de fato, não entrou no quarto de Sally. Enquanto o resto de vocês ficou em volta da cama, o único pensamento dela foi esconder o frasco. Não era uma coisa razoável, mas ela estava perturbada demais para pensar de modo razoável. Ela correu para o jardim e escondeu-o, e escondeu-o na primeira terra macia que encontrou. Acho que sua idéia foi arranjar um esconderijo temporário. Foi por isso que se apressou em marcá-lo com a tabuleta mais próxima — por acaso, a da senhora Riscoe. Depois, Martha voltou para a cozinha, livrou-se do resto do cacau, queimou o papel no fogão, lavou a lata e colocou-a no lixo. Era a única pessoa que teria a oportunidade de fazer essas coisas. Então, o senhor Hearne entrou na cozinha para ver se a senhora Bultitaft estava bem e oferecer-lhe ajuda. Foi isso o que o senhor Hearne me contou." Dalgliesh virou uma página do dossiê e leu:

"Martha parecia atordoada e ficava repetindo que Sally devia ter se matado. Com delicadeza, chamei a atenção dela para o fato de que o suicídio era anatomicamente impossível, e então ela pareceu ficar ainda mais perturbada. Olhou para mim de um modo estranho... e explodiu em soluços ruidosos."

Dalgliesh levantou os olhos para os ouvintes. "Acho que podemos concluir", disse ele, "que a emoção da senhora Bultitaft foi uma reação de alívio. Suspeito também que, antes de a senhorita Bowers chegar para dar comida à criança, o senhor Hearne tenha exercitado a senhora Bultitaft para o inevitável interrogatório da polícia. Ela me contou que não admitira para ele nem para mais ninguém que foi a responsável pela droga dada a Sally. Isso pode ter sido verdade, mas não significa que o senhor Hearne não o tenha adivinhado. Ele estava bastante disposto — como esteve durante todo o caso — a deixar as coisas correrem se com isso pudesse induzir a polícia ao erro. Lá para o fim da investigação, com o ataque fingido à senhora Riscoe, ele adotou uma linha mais ativa na tentativa de fraude."

"A idéia foi minha", disse Deborah, em voz baixa. "Eu pedi a ele. Eu o obriguei."

Hearne não tomou conhecimento da interrupção, apenas disse:

"Posso ter adivinhado a questão de Martha. Mas ela não mentiu nem por um instante. Ela não contou para mim, e eu não perguntei. Não era da minha conta."

"Não", disse Dalgliesh com amargura. "Não era da sua

conta." A voz dele perdera a controlada neutralidade, e todos olharam em sua direção, assustados com a repentina veemência.

"Essa tem sido a sua atitude desde o começo, não é? Não vamos nos intrometer nas questões alheias. Seria vulgar demonstrar interesse. Se tivermos de ter um assassino, lidemos com a questão elegantemente. Até os seus esforços para atrapalhar a polícia teriam sido mais eficazes se os senhores tivessem se dado ao trabalho de conhecer melhor uns aos outros. Se Stephen Maxie tivesse confiado à senhora Riscoe que possuía um álibi para a hora da morte de Sally Jupp, ela não precisaria ter persuadido o senhor Hearne a encenar um ataque enquanto o irmão estava seguro em Londres. Derek Pullen não precisaria ter se torturado, questionando se deveria escudar um assassino, se o doutor Stephen Maxie se tivesse dado ao trabalho de explicar o que estava fazendo com uma escada no jardim no sábado à noite. Conseguimos, por fim, extrair a verdade de Pullen, mas não foi fácil."

"Pullen não estava interessado em me proteger", disse Stephen com indiferença. "Só que ele não conseguia suportar a idéia de não se comportar como um pequeno cavalheiro! Vocês deveriam ouvi-lo ao telefone para explicar como pretendia ser elegante. 'Seu segredo está a salvo comigo, Maxie, mas, por que não agir com decência?' Dane-se a insolência dele!"

"Suponho que não haja objeções quanto a sabermos o que você estava fazendo com a escada", inquiriu Deborah.

"E por que haveria? Eu a estava trazendo de volta do chalé de Bocock. Nós a usamos à tarde para recuperar um balão que ficou preso no olmo da casa dele. Você conhece o velho Bocock. Ele a teria arrastado até aqui logo de manhã cedo, e a escada é pesada demais para ele. Suponho que eu estivesse a fim de um pouco de masoquismo, por isso a carreguei no ombro. Não poderia saber que encontraria o Pullen se escondendo nas velhas cocheiras. Parece que ele tinha esse hábito. Eu não poderia saber, tampouco, que Sally seria assassinada e que Pullen usaria sua mente privilegiada para juntar dois com dois e concluir que usei a escada para subir ao quarto dela e matá-la. E, de qualquer modo, por que subir numa escada? Eu poderia ter entrado pela porta. E eu nem estava levando a escada na direção certa."

"Vai ver que ele pensou que você estava tentando jogar as suspeitas em alguém de fora", sugeriu Deborah. "Alguém como ele mesmo, por exemplo."

A voz preguiçosa de Felix interrompeu a discussão:

"Não passou pela sua cabeça, Maxie, que o garoto poderia estar mesmo muito angustiado e indeciso?"

Stephen mexeu-se, inquieto, na cadeira.

"Eu não perdi muito sono pensando nele. Ele não tinha direitos sobre a nossa propriedade, e eu lhe disse isso. Não sei quanto tempo ficou esperando lá, mas deve ter me observado largar a escada. Ele saiu da sombra com uma fúria vingadora e me acusou de enganar Sally; deve ter idéias estranhas quanto à distinção de classes. Parecia até que eu estava exercendo o *droit de seigneur*. Eu mandei-o cuidar da vida dele, só que menos educadamente, e ele se atirou sobre mim. Àquela altura, eu já tinha aturado tudo o que podia, então dei um soco que pegou no olho dele, derrubando-lhe os óculos. Foi tudo muito vulgar e estúpido. Estávamos perto demais da casa, e por isso não ousamos fazer muito barulho. Ficamos lá sibilando insultos aos cochichos e rastejando na poeira à procura dos óculos. Sem eles, Pullen é bastante cego, e achei melhor acompanhá-lo até a esquina da Nessingford Road. Ele interpretou essa atitude como uma expulsão de minha propriedade, mas, como seu orgulho já estava ferido de qualquer maneira, aquilo não tinha muita importância. Quando finalmente nos despedimos, ele já havia se convencido a adotar o que imaginara ser uma atitude adequada. Queria até mesmo que apertássemos as mãos! Eu não sabia se estourava num riso ou se lhe dava outro soco. Desculpe, Deb, mas ele é esse tipo de pessoa."

Eleanor Maxie falou pela primeira vez:

"É uma pena que você não tenha nos falado disso antes. Teria poupado àquele pobre rapaz uma boa dose de sofrimento."

Eles pareciam ter se esquecido da presença de Dalgliesh, que então falou:

"O doutor Maxie tinha um motivo para ficar em silêncio. Ele se deu conta de que era importante para todos vocês que a polícia pensasse ter havido uma escada disponível ao alcance da janela de Sally. Ele sabia a hora aproximada da morte e não estava ansioso para que a polícia soubesse que a escada não tinha sido devolvida à velha cocheira antes da meia-noite e vinte. Com sorte, nós suporíamos que ela estivera lá a noite inteira. Pelo mesmo motivo, ele foi vago quanto à hora em que saiu do chalé de Bocock e mentiu com respeito à hora em que foi para a cama. Se Sally foi morta à meia-noite por alguém que morasse sob seu teto, era-lhe conveniente que não faltassem suspeitos. Ele se deu conta de que a maior parte dos crimes é solucionada por um processo de eliminação. Por outro lado, acho que estava dizendo a verdade a respeito da hora em que trancou a porta sul. Foi por volta da meia-noite e trinta e três — e agora sabemos que, àquela altura, Sally já estava morta havia mais de meia hora. Ela morreu antes de o doutor Maxie sair do chalé de Bocock e mais ou menos na mesma hora em que o senhor Wilson, da loja da aldeia, se levantou para fechar uma janela que estava rangendo e viu Derek Pullen caminhando em silêncio, de cabeça baixa, na direção de Martingale. Pullen talvez estivesse esperando ver Sally e ouvir a explicação dela sobre o pedido de casamento. Mas só conseguira alcançar o esconderijo das velhas cocheiras antes que o doutor Maxie chegasse carregando a escada. E, àquelas horas, Sally Jupp já estava morta."

"Então não foi Pullen?", disse Catherine.

"Como poderia ter sido?" disse Stephen com aspereza. "Tenho certeza de que ele não a matara até o momento em que falou comigo e não estava em condições de voltar e matá-la depois de eu tê-lo deixado; mal conseguia ver o caminho até seu próprio portão."

"E, se Sally já estava morta antes de Stephen ter voltado da visita a Bocock, também não poderia ter sido ele", observou Catherine. Dalgliesh notou que, pela primeira vez, um deles se referia especificamente à possibilidade de culpa ou inocência de um membro da família.

Stephen Maxie disse:

"Como é que o senhor sabe que ela já estava morta àquela hora? Ela estava viva às dez e meia e morta de manhã. Isso é tudo o que se sabe."

"Não é bem assim", replicou Dalgliesh. "Duas pessoas podem determinar a hora da morte com maior precisão do que isso. Uma é o próprio assassino, mas há alguém mais que também pode ajudar."

2

Ouviu-se uma batida na porta, e Martha estava lá, de touca e avental, imperturbável como sempre. Seu cabelo estava puxado para trás sob a touca alta e fora de moda. Por cima dos sapatos de presilhas, viam-se os tornozelos inchados. Se os Maxie estivessem imaginando uma mulher desesperada, agarrada ao frasco denunciador e refugiando-se em sua bem conhecida cozinha como um animal acuado, ela não parecia ser nada disso. Tinha a aparência que sempre teve — e, se por acaso se tornara uma estranha, era menos desconhecida do que eles próprios eram entre si. Ela não deu explicações sobre sua presença, a não ser para anunciar "o senhor Proctor para o inspetor". Depois disso, foi embora outra vez, e a figura espectral atrás dela avançou para a luz. Proctor estava com raiva demais para ficar desconcertado ao ser introduzido assim, de modo tão sumário, numa sala cheia de pessoas preocupadas com seus próprios interesses. Não pareceu notar ninguém além de Dalgliesh e avançou para ele com agressividade.

"Olha só, inspetor, eu tenho de ter proteção. Assim não dá. Andei tentando encontrá-lo na delegacia. Eles não me dizem onde o senhor está, mas eu não estava a fim de ser ludibriado por aquele sargento da delegacia. Achei que o encontraria aqui. Alguma coisa tem de ser feita a esse respeito."

Dalgliesh olhou para ele em silêncio durante um minuto.

"O que é que não dá, senhor Proctor?", perguntou ele.

"Aquele rapaz, o marido da Sally. Ele tem andado em torno da casa, fazendo ameaças. Estava bêbado, se o senhor quer saber. Não tenho culpa se Sally arranjou um jeito de ser assassinada, e eu disse isso a ele. Não o quero perturbando a minha mulher. E há os vizinhos. Dá para ouvi-lo gritando insultos pela rua toda. Minha filha estava lá também, e aquilo não é nada bom na frente das crianças. Sou inocente desse homicídio, como o senhor bem sabe, e quero proteção."

Ele parecia mesmo estar precisando de proteção contra outras coisas além de James Ritchie. Era um homenzinho esquálido, de rosto vermelho, parecendo uma galinha zangada, e tinha um cacoete de sacudir a cabeça enquanto falava. Estava vestido com esmero, mas com roupas baratas. A capa de chuva cinzenta estava limpa, e o chapéu de feltro, que a mão enluvada ainda segurava com força, tinha uma fita recém-adquirida. Catherine disse de repente: "O senhor esteve nesta casa no dia do homicídio, não esteve? Nós o vimos na escada. O senhor devia estar vindo do quarto de Sally".

Stephen lançou um olhar à mãe e disse:

"É melhor entrar e reunir-se ao nosso grupo de oração, senhor Proctor. As confissões públicas são ditas para o bem das almas. Aliás, o senhor calculou bem a hora de sua entrada. Imagino que esteja interessado em saber quem matou sua sobrinha."

"Não!", disse Hearne de súbito, com violência. "Não seja idiota, Maxie. Deixe-o fora disso."

A voz de Felix chamou Proctor de volta à consciência. Ele focalizou a atenção em Felix e pareceu não gostar do que ouviu. "Então quer dizer que não é para eu ficar! E se eu resolver ficar? Tenho o direito de saber o que está acontecendo." Lançou um olhar feroz aos rostos atentos e hostis ao seu redor. "Vocês bem que gostariam que tivesse sido eu, não é? Todos vocês. Não pensem que não sei disso. Vocês bem que gostariam de me acusar se pudessem. Eu estaria em papos-de-aranha se ela tivesse sido envenenada ou atingida na cabeça. É pena um de vocês não ter conseguido manter-se longe dela, não é? Só que, se há algo de que não podem me acusar, é de estrangulamento. Sabem por quê? Por isso!"

E, de repente, ele fez um movimento convulsivo; ouviu-se um clique e, num lance de pura comédia, inacreditável, a mão direita, artificial, caiu-lhe com um baque surdo na mesa, à frente de Dalgliesh. Todos olhavam fascinados enquanto o membro jazia lá, como uma relíquia obscena, os dedos de borracha curvados numa súplica impotente. Ofegante, Proctor agarrou uma cadeira atrás de si com um hábil gesto da mão esquerda e sentou-se, triunfante, enquanto Catherine voltava para eles o olhar pálido, reprovador, como se Proctor fosse um paciente difícil que começara a comportar-se com mais petulância do que de costume.

Dalgliesh apanhou a mão.

"É claro que sabíamos disto, e tenho a satisfação de dizer que já o havia notado de modo menos espetacular. O senhor Proctor perdeu a mão direita num incidente de bombardeio. A engenhosa prótese é feita de linho e cola moldados. É leve e forte e tem dedos articulados com encaixes nas juntas, como uma mão de verdade. Flexionando o ombro direito e afastando ligeiramente o braço do corpo, o usuário consegue tensionar uma corda de controle que vai do ombro ao polegar. Isso faz o polegar se abrir contra a pressão de uma mola. Uma vez afrouxada a tensão no ombro, a mola automaticamente fecha o polegar contra o dedo indicador, que é fixo. Como podem ver, trata-se de um aparelho engenhoso, e o senhor Proctor consegue fazer um bocado de coisas com ele. Consegue trabalhar, andar de bicicleta e ter, diante do mundo, uma aparência quase normal. Mas há uma coisa que ele não consegue fazer, e isso é matar por estrangulamento manual."

"Ele poderia ser canhoto."

"Poderia, senhorita Bowers, mas não é, e as provas mostram que Sally foi morta por uma forte compressão feita por pessoa destra." Ele virou a mão e empurrou-a para Proctor. "É claro que esta foi a mão que um garotinho viu abrir o alçapão das cocheiras do Bocock. Só poderia haver uma pessoa ligada a esse caso que estaria usando luvas de couro num dia quente de verão, numa quermesse no jardim. Esse foi um dos indícios para a revelação da identidade dele, e houve outros. A senhorita Bowers está muito certa. O senhor Proctor estava em Martingale naquela tarde."

"E daí que eu estivesse? Sally me pediu para vir. Ela era minha sobrinha, não era?"

"Ah, vamos, Proctor", disse Felix. "Não vá agora dizer que era uma visita de dever social, que você só estava dando uma passadinha para saber da saúde do bebê! Quanto ela estava pedindo?"

"Trinta libras", disse Proctor. "Era atrás de trinta libras que ela estava, mas não vão lhe servir muito agora."

"E, estando necessitada de trinta libras", continuou Felix, sem remorsos, "ela naturalmente apelou para o parente mais próximo com a esperança de que ele pudesse ajudar. É uma história comovente."

Antes que Proctor respondesse, Dalgliesh interrompeu:

"Ela estava pedindo trinta libras pois queria ter algum dinheiro na mão para a volta do marido. Havia sido combinado que ela continuaria trabalhando e economizando o que pudesse. Sally tinha a intenção de manter a combinação até a última libra, com bebê ou sem bebê, e pretendia conseguir o dinheiro por um método bastante comum. Ela contou ao tio que se casaria em breve — mas não quis dizer com quem — e ameaçou trazer a público o tratamento que recebera dele a menos que ele comprasse seu silêncio. Ameaçou expor Proctor aos seus empregadores e à respeitável vizinhança de Canningbury. Falou sobre ter sido privada de seus direitos. Por outro lado, se ele pagasse, nem ela nem o marido jamais veriam os Proctor outra vez."

"Mas isso era chantagem", exclamou Catherine. "Ele deveria ter dito a Sally para ir em frente e dizer o que quisesse. Ninguém teria acreditado nela. Eu não teria lhe dado um tostão!"

Proctor sentou-se em silêncio. Os outros pareciam ter esquecido da presença dele. Dalgliesh continuou.

"Acho que o senhor Proctor estaria muito disposto a seguir o seu conselho, senhorita Bowers, se a sobrinha dele não tivesse usado uma frase em particular. Ela falou de ter sido privada de seus direitos. Era provável que ela não estivesse se referindo a nada mais do que à diferença entre o tratamento dispensado a ela e o dado à prima, embora a senhora Proctor negue que isso fosse verdade. Sally poderia ter sabido mais do que nós pensamos que soubesse. Mas, por razões que não nos cabe discutir, aquela frase bateu mal nos ouvidos do tio. A reação dele deve ter sido interessante, e Sally era inteligente o bastante para perceber a dica. O senhor Proctor é mau ator. Ele tentou descobrir o quanto a sobrinha sabia — e, quanto mais sondava, mais se revelava. Quando eles se separaram, Sally sabia que aquelas trinta libras, e talvez mais, estavam ao seu alcance."

A voz áspera de Proctor irrompeu:

"Eu disse que queria um recibo dela, percebem? Sabia o que ela estava querendo. Disse que estava disposto a ajudá-la daquela vez, pois ela ia se casar e, por certo, haveria despesas. Mas seria a última vez. Se ela tentasse aquilo de novo, eu iria à polícia e teria um recibo como prova."

"Ela não tentaria outra vez", disse Deborah em tom

baixo. Os olhos dos homens viraram-se em sua direção. "Não Sally. Ela estava apenas brincando com o senhor, puxando as cordinhas para vê-lo dançar. Se, além de divertir-se um bocado, ela conseguisse as trinta libras, ótimo; mas sua atração real era vê-lo suar. Porém, ela não teria se dado ao trabalho de continuar. Depois de algum tempo, o brinquedo cansava. Sally gostava de comer as vítimas frescas."

"Oh, não." Eleanor Maxie abriu as mãos num pequeno gesto de protesto. "Não é verdade que ela fosse assim. Nunca chegamos a conhecê-la de verdade."

Mas Proctor não lhe deu atenção; de repente, para surpresa geral, sorriu para Deborah como se estivesse aceitando uma aliada.

"É verdade, mesmo. Você sabia como ela era. Eu estava realmente pendurado por um fio. Sally havia planejado tudo. Eu deveria pegar as trinta libras naquela noite e levar para ela. Ela me fez segui-la pela casa até o quarto. Aquilo já foi bastante ruim, esgueirar-me para entrar e sair. Foi então que nós nos encontramos na escada. Sally me mostrou a porta dos fundos e disse que a abriria para mim à meia-noite. Eu deveria esperar entre as árvores nos fundos do gramado até que ela acendesse e apagasse a luz do quarto. O sinal era esse."

Felix soltou uma gargalhada.

"Coitada da Sally. Que exibicionista! Ela tinha de fazer um drama, mesmo que isso a matasse."

"E, no final, a matou", disse Dalgliesh. "Se não tivesse brincado com as pessoas, estaria viva hoje."

"Naquele dia, ela estava num humor estranho", lembrou-se Deborah. "Havia uma aura de doidice em torno dela. Não falo só do fato de ela ter copiado meu vestido ou fingir que aceitara o pedido de Stephen. Ela estava travessa como uma criança. Acho que aquilo poderia ter sido um tipo de felicidade."

"Ela foi para a cama feliz", disse Stephen. E de repente, estavam todos calados com suas lembranças. Em algum lugar, um relógio deu as horas doce e nitidamente, mas não havia outro som além do leve raspar de papel no momento em que Dalgliesh virou uma página. Lá fora, elevando-se no frescor e no silêncio, estava a escadaria que Sally subira carregando aquela última bebida antes de dormir. Era-lhes quase possível imaginar o som de passos leves, o roçar da lã na escada, o eco de um riso. Lá fora, na escuridão, a beirada do gramado era um borrão apagado, e a luz da escrivaninha refletia-se por cima dele como uma fileira de lanternas chinesas penduradas na noite perfumada. Será que havia a suspeita de um vestido branco flutuando entre eles, um volteio de cabelos? Em algum lugar lá em cima, ficava o aposento das crianças, agora vazio, branco e ascético como um necrotério. Será que algum deles conseguiria encarar aquelas escadas e abrir aquela porta sem medo de que a cama não estivesse vazia? Deborah estremeceu e disse por eles todos: "Por favor. Por favor, conte-nos o que aconteceu!".

Dalgliesh ergueu os olhos e olhou na direção dela. Então, sua voz profunda prosseguiu com o relato.

3

"Acho que o assassino foi ao quarto da senhorita Jupp levado por um impulso incontrolável de descobrir exatamente o que a moça sentia, qual era a intenção dela, a extensão do perigo que oferecia. Talvez ele tivesse alguma idéia de argumentar com ela — embora eu não acredite que isso fosse provável. É mais provável que sua intenção fosse conseguir algum tipo de barganha. A visita foi ao quarto de Sally. Ou ela entrou direto, ou bateu e ela o deixou entrar. Era uma pessoa, vocês vêem, de quem ela não tinha nada a temer. Sally estaria despida e na cama. Ela devia estar sonolenta, mas tinha bebido apenas um pouco do chocolate; não estava drogada, somente cansada demais para ser incomodada com sutilezas ou argumentos racionais. Ela não se deu ao trabalho de levantar da cama nem de vestir o roupão. Pode-se pensar, em vista do que passamos a conhecer sobre o caráter dela, que teria agido assim se o visitante fosse um homem. Mas esse não é o tipo de indício que tenha muito valor.

"Ainda não sabemos muito bem o que aconteceu entre Sally e o visitante. Só sabemos que, quando ele saiu e fechou a porta, Sally estava morta. Se supusermos que não foi uma morte premeditada, podemos adivinhar o que aconteceu. Agora sabemos que Sally era casada, estava apaixonada pelo marido e esperando que ele viesse buscá-la; estava até mesmo esperando-o todos os dias. Pela atitude dela com Derek Pullen e pelo jeito cuidadoso como ela guardava o segredo, podemos adivinhar que estava se deliciando com a sensação de poder que esse conhecimento secreto lhe dava. Pullen disse: 'Ela gostava que as coisas fossem secretas'. Uma mulher que eu entrevistei, para quem Sally trabalhara, disse: 'Ela era uma fulaninha reservada. Ficou comigo três anos e, ao final desse tempo, eu sabia menos sobre ela do que quando ela chegou'. Sally Jupp manteve a notícia do casamento em segredo sob circunstâncias muito difíceis. O comportamento dela não era razoável. O marido se encontrava no exterior e estava bem. Seria difícil a firma mandá-lo de volta para casa. A firma nem precisava saber. Se Sally tivesse dito a verdade, alguém poderia ter encontrado um meio de ajudá-la. Acho que ela manteve o segredo em parte porque queria provar sua lealdade e confiabilidade, em parte por ser o tipo de pessoa que adora um segredo. Isso dava a ela uma oportunidade de ferir o tio e a tia, por quem não tinha afeição, e lhe dava motivo para muito divertimento. Isso fez também com que ela tivesse uma casa durante sete meses. O marido me contou. 'Sally sempre disse que as mães solteiras tinham vantagens.' Não acho que ninguém aqui vá concordar com isso, mas Sally Ritchie sem dúvida acreditava que vivemos numa sociedade que salva mais a consciência ajudando os desafortunados interessantes do que os meritórios chatos, e estava em posição de testar sua teoria. Acho que ela se divertiu no Albergue Santa Maria. Acho que ganhava força com a idéia de que era diferente das outras. Imagino que tenha antegozado a cara da senhorita Liddell quando soubesse da verdade e o divertimento que teria imitando as internas do Santa Maria para o marido. Vocês podem imaginar esse tipo de coisa. 'Deixe Sal lhe contar sobre a época em que era mãe solteira.' Acho também que ela apreciava sentir o poder que seu conhecimento secreto lhe dava. Gostava de observar a consternação dos Maxie diante de um perigo que só ela sabia não existir."

Desconfortável, Deborah mexeu-se na cadeira.

"O senhor parece saber um bocado sobre Sally. Se ela sabia que o noivado não existia, por que o consentiu? Todo mundo teria sido poupado de muita preocupação se ela tivesse dito a verdade a Stephen."

Dalgliesh olhou para Deborah.

"Sally teria salvado a própria vida. Mas era do feitio dela contar? Não teria de esperar muito mais tempo. O marido já estaria voando para casa, talvez no próximo dia ou no seguinte. A proposta do doutor Maxie foi só mais uma complicação, acrescentando seu próprio estímulo de excitação e divertimento à situação como um todo. Lembrem-se, ela nunca aceitou abertamente a proposta. Não, eu esperaria que Sally se comportasse como se comportou. Era óbvio que ela não gostava da senhora Riscoe, e, conforme se aproximava a hora de o marido chegar, Sally tornava-se mais audaciosa. Essa proposta oferecia mais chances de divertimento particular. Acho que, quando a visita chegou ao seu quarto, ela estava deitada na cama confiante, sonolenta, feliz, divertida — talvez sentindo que tinha a família Maxie, a situação toda e o próprio mundo na palma da mão. Ninguém, entre as dúzias de pessoas que entrevistei, disse que ela era compassiva. Não acho que Sally tenha sido compassiva com a visita. Ela subestimou a força do ódio e do desespero que a confrontavam. Talvez tenha rido. E, quando riu, aqueles dedos fortes se fecharam em torno de sua garganta."

Houve um silêncio. Felix Hearne quebrou-o, dizendo com aspereza:

"O senhor enganou-se de profissão, inspetor. Este teatro dramático merecia uma platéia maior."

"Não seja tolo, Hearne." Stephen Maxie levantou um rosto despojado de cor e marcado pelo cansaço. "Será que você não está vendo que ele já está bastante satisfeito com nossa reação?" Virou-se para Dalgliesh com uma súbita explosão de raiva. "Mãos de quem?", perguntou. "Para que continuar com essa farsa? Mãos de quem?"

Dalgliesh não lhe fez caso.

"Nosso assassino vai até a porta e apaga a luz. Este deveria ser o momento da fuga. Mas então, talvez, tenha surgido uma dúvida; era preciso certificar-se só mais uma vez de que Sally Jupp estivesse morta. Pode ser que a criança tenha se mexido durante o sono, e há o desejo natural e humano de não deixá-la chorando e sozinha junto da mãe morta. Pode ter havido uma preocupação mais egoísta — de que o choro fosse acordar as pessoas antes de o assassino conseguir fugir. Seja lá por que razão, a luz é momentaneamente acesa outra vez. Acende, apaga. À espera, na beira do gramado e sob o abrigo das árvores, Sydney Proctor vê o que acha ter sido o sinal combinado. Ele não tem relógio. Tem de se fiar no piscar da luz. Segue a borda do gramado na direção da porta dos fundos, ainda se mantendo à sombra das árvores e dos arbustos."

Quando Dalgliesh fez essa pausa, os ouvintes olharam na direção de Proctor. Ele estava mais seguro e parecia mesmo ter perdido o nervosismo anterior e a truculência defensiva. Ouviu a história com calma e simplicidade, como se a lembrança daquela terrível noite e o interesse intenso e concentrado da platéia o tivessem liberado do acanhamento e da culpa. Agora que ele estava além daquela autojustificação ruidosa, os presentes acharam-no mais fácil de tolerar. Do mesmo modo que eles, Proctor, sob alguns aspectos, também fora vítima de Sally. Ouvindo-o, partilhavam do desespero e do medo que o haviam levado à porta dela.

"Achei que tinha perdido o primeiro sinal. Ela dissera dois sinais, de modo que esperei um instante e observei. Então, achei melhor arriscar. Não havia sentido em ficar por ali sem fazer nada. Eu tinha vindo de tão longe, era melhor acabar logo com aquilo. Ela veria que me esforcei, de qualquer forma. Não tinha sido fácil arranjar os trinta paus. Tirei o que pude da minha conta no correio, mas só havia dez. Em casa, eu só tinha o que estava separado para a prestação da televisão. Peguei aquele dinheiro e empenhei meu relógio numa casa de penhor em Canningbury. O cara viu que eu estava bastante desesperado, acho, e não me deu o que o relógio valia. No entanto, eu possuía o suficiente para mantê-la calada. Além disso, fizera um recibo para ela assinar. Depois da cena nas cocheiras, não queria correr mais riscos com ela. Achei que era só entregar o dinheiro, fazê-la assinar o recibo e voltar para casa. Se ela tentasse mais alguma gracinha, eu poderia ameaçar acusá-la de chantagem. O recibo seria útil se as coisas chegassem a esse ponto, mas não achei que fossem chegar. Ela só queria o dinheiro e, daí por diante, me deixaria em paz. Bom, não tinha muito sentido em tentar o mesmo golpe outra vez, não é? Eu não posso levantar dinheiro assim à vontade. Sally sabia disso muito bem. Ela não era nada boba, a nossa Sally.

"A pesada porta de fora estava aberta, conforme ela dissera. Eu tinha a minha lanterna e foi fácil encontrar a escada e subir até o quarto. Ela havia me mostrado o caminho naquela tarde. Foi muito fácil. A casa estava imersa em silêncio; parecia até vazia. A porta de Sally estava fechada, e não havia luz vinda pelo buraco da fechadura ou por debaixo da porta. Achei aquilo estranho. Pensei se deveria bater, mas não queria fazer barulho. O lugar todo estava tão silencioso que parecia sobrenatural. Por fim, abri a porta e a chamei em voz baixa. Ela não respondeu. Fiz a luz da lanterna percorrer o quarto até a cama. Ela estava deitada lá. Primeiro achei que estava dormindo — bom, foi como o adiamento de uma sentença de morte. Imaginei se deveria deixar o dinheiro no travesseiro dela, mas depois pensei: 'Por que cargas-d'água eu deixaria?'. Ela me pediu que viesse. Cabia a ela ter ficado acordada. Além disso, eu queria sair da casa. Não sei quando me dei conta de que ela não estava dormindo. Cheguei até a cama. Foi então que percebi que estava morta. É estranho como não dá para confundir. Vi que não estava doente ou inconsciente. Sally estava morta. Um olho estava fechado, mas o outro estava semi-aberto. Ele parecia estar olhando para mim, por isso estendi a minha mão esquerda e desci a pálpebra. Não sei o que me fez tocá-la. Besteira, mesmo. Só que eu tinha de fechar aquele olho me encarando. O lençol estava dobrado embaixo do queixo, como se alguém a tivesse aconchegado. Eu o puxei e vi o machucado no pescoço. Até aquele momento, não creio que a palavra 'homicídio' tivesse vindo à minha cabeça. Quando veio, bom, acho que perdi a cabeça. Eu deveria ter notado que aquilo fora obra de uma pessoa destra e que ninguém poderia suspeitar de mim, só que, quando alguém está assustado, não pensa desse modo. Ainda segurava minha lanterna; eu tremia, e a luz fazia pequenos círculos em volta da cabeça dela. Eu não conseguia manter a lanterna parada. Estava tentando pensar direito, cogitando o que fazer. Aí, me dei conta de que ela estava morta e que eu estava no quarto dela, carregando o dinheiro. Dava para perceber o que as pessoas iriam pensar. Eu sabia que tinha de sair dali. Não me lembro de como cheguei até a porta, mas era tarde demais. Podia ouvir passos vindo pelo corredor. Eram muito leves. Acho que, normalmente, não os teria ouvido. Mas eu estava tão nervoso que ouvia o meu próprio coração bater. Num segundo, passei o ferrolho na porta e apoiei-me contra ela, prendendo a respiração. Era uma mulher, do outro lado. Ela bateu de mansinho e chamou: 'Sally. Você está dormindo, Sally?'. Ela chamou muito baixinho. Não sei como esperava ser ouvida. Talvez não se importasse muito. Pensei bastante a esse respeito, desde então, mas, na hora, não esperei para ver o que ela faria. Ela poderia bater mais alto e fazer com que a criança se pusesse a gritar, ou poderia perceber que alguma coisa estava errada e ir buscar o resto da família. Eu tinha de sair dali. Por sorte, mantenho-me em boa forma, e as alturas não me assustam. Não que ali fosse muito alto; saí pela janela do lado, a que é abrigada pelas árvores, e o duto estava bem à mão. Era impossível machucar as mãos, e o meu sapato macio de ciclismo ajudava a me sustentar. Caí os últimos metros e torci o tornozelo, mas na hora não senti nada. Corri para me abrigar embaixo das árvores antes de olhar para trás. O quarto de Sally ainda estava escuro, e comecei a me sentir em segurança.

"Eu havia escondido minha bicicleta na cerca ao lado da alameda e fiquei contente em vê-la outra vez, posso dizer-lhes. Foi só quando montei que percebi a dor no pé. Não conseguia pedalar com ele. Mesmo assim, fui em frente. Eu estava, além disso, começando a elaborar um plano. Tinha de arranjar um álibi. Ao chegar a Finchworthy, encenei o meu acidente. Não foi difícil. É uma estrada deserta, e um muro alto corre à sua esquerda. Joguei a bicicleta com força contra o muro até que a roda da frente entortasse. Depois, cortei o pneu da frente com o canivete. Eu não precisava me preocupar com a minha aparência; estava até mesmo condizente com a simulação. Àquela altura, o tornozelo estava inchando, e eu estava aflito. Deve ter começado a chover em algum momento durante a noite, porque eu estava molhado e com frio, embora não me lembrasse da chuva. Deu um certo trabalho me arrastar com a bicicleta até Canningbury, e só cheguei em casa bem depois da uma. Eu não podia fazer barulho algum, de modo que deixei a bicicleta no jardim da frente e entrei. Era importante não acordar a senhora Proctor antes de alterar os dois relógios do andar térreo. Não temos relógio no quarto de dormir. Era meu costume dar corda no relógio de pulso todas as noites, e eu o mantinha ao lado da cama. Se apenas eu conseguisse entrar sem acordar minha mulher, tudo estaria certo. Achei que não teria sorte. Ela devia estar acordada, esperando pelo barulho da porta, porque chegou ao topo da escada e me chamou. Eu já não agüentava mais nada e gritei para ela voltar para a cama, pois eu já iria subir. Ela obedeceu — em geral obedece —, mas eu sabia que desceria em seguida. No entanto, ela me deu uma oportunidade; quando acabou de vestir o roupão e descer pé ante pé, eu já tinha atrasado os relógios para meia-noite. Ela correu para fazer uma xícara de chá. Eu estava ansioso para que ela voltasse para a cama antes que os relógios da aldeia batessem as duas. Era o tipo de coisa que ela poderia notar. Mesmo assim, acabei conseguindo fazer com que ela voltasse para cima, e ela adormeceu rapidamente. Foi diferente comigo, posso dizer-lhes. Meu Deus, não quero passar nunca mais outra noite como aquela! Podem dizer o que quiserem a nosso respeito e sobre o modo como tratamos Sally. Na minha opinião, ela não se deu tão mal assim. Mas, se teve motivos de queixa, bem, a putinha teve o que mereceu naquela noite."

Ele lançou-lhes a palavra chocante; então, no silêncio, murmurou algo que poderia ter sido um pedido de desculpas e cobriu o rosto com aquela grotesca mão direita. Por alguns instantes, ninguém falou nada. Catherine por fim disse:

"O senhor não foi ao inquérito, não é? Ficamos algum tempo imaginando por quê, mas houve menção de que estivesse doente. Foi por medo de ser reconhecido? Contudo, àquela altura, o senhor já sabia como Sally morrera e que ninguém poderia ter suspeitas a seu respeito."

Sob a ansiedade da emoção, Proctor contara sua história com uma fluência inconsciente. Agora, a necessidade de justificar-se trouxe de volta a agressividade anterior.

"E por que deveria ir? Aliás, eu nem estava em condições para isso. Eu já sabia como ela tinha morrido. A polícia nos contou quando mandaram alguém no sábado de manhã. Eles não perderam tempo em começar a perguntar qual tinha sido a última vez em que a eu vira, mas minha história já estava pronta. Acho que para vocês todos eu deveria ter contado a eles o que sabia. Bom, não contei! Sally já havia causado confusão suficiente quando estava viva, e não podia aumentar a encrenca agora que estava morta — pelo menos, no que dependesse de mim. Eu não via por que meus problemas particulares tinham de vir à luz no tribunal. Não é fácil explicar essas coisas. As pessoas podem interpretar errado."

"Pior ainda, elas podem compreendê-lo bem demais", disse Felix secamente.

O rosto fino de Proctor enrubesceu. Levantou-se, deu as costas deliberadamente a Felix e falou com Eleanor Maxie.

"Se me permitem, agora vou embora. Eu não tinha a intenção de me intrometer. Só que eu precisava ver o inspetor. Por certo, espero que tudo acabe da melhor maneira possível, mas vocês não precisam mais de mim."

"Ele fala como se nós estivéssemos a ponto de dar à luz", pensou Stephen. O desejo de afirmar uma independência de Dalgliesh e mostrar que pelo menos um membro da família ainda se considerava um agente livre o fez perguntar: "Posso levá-lo de carro? O último ônibus foi às oito horas".

"Não. Não, obrigado. Tenho a minha bicicleta lá fora. Dentro das circunstâncias, ela foi bem consertada. Por favor, não se incomode em me acompanhar."

Ele ficou lá, as mãos enluvadas pendendo, desamparadas; uma figura pouco simpática e patética, mas não desprovida de dignidade.

"Pelo menos", pensou Felix, "ele tem o bom senso de saber quando não é desejado." De súbito e com um pequeno gesto rígido, Proctor estendeu a mão a Eleanor Maxie, que a apertou.

Stephen acompanhou-o até a porta. Enquanto ele estava fora, ninguém falou. Felix sentiu a tensão aumentar, e suas narinas fremiram com a lembrança do cheiro de medo. Eles devem saber. Contaram-lhes tudo, menos o nome verdadeiro. Mas até que ponto iriam se permitir reconhecer a verdade? Por baixo das pálpebras descidas, ele os observava. Deborah estava muito tranqüila, por estranho que parecesse, como se o fim das mentiras e fingimentos tivesse lhe trazido paz. Ele não acreditava que Deborah soubesse o que estava por vir. A fisionomia de Eleanor Maxie estava cinzenta, mas as mãos juntas pousavam, relaxadas, em seu colo. Ele quase conseguia acreditar que os pensamentos dela estivessem em outro lugar. Catherine Bowers estava sentada, rígida, os lábios franzidos em desaprovação. Mais cedo, Felix reparara que ela estava se divertindo. Agora, ele já não tinha mais tanta certeza disso. Com satisfação zombeteira, notou em Catherine as mãos apertadas, o tremular nervoso nos cantos dos olhos.

De súbito, Stephen estava de volta, e Felix falou:

"Será que isso já não foi longe demais? Já ouvimos as provas. Aquela porta dos fundos estava aberta até que Maxie a fechou, à meia-noite e trinta e três. Em algum momento antes disso, alguém entrou e matou Sally. A polícia não descobriu quem, e é pouco provável que venha a descobrir. Pode ter sido qualquer um. Eu sugiro que nenhum de nós diga mais nada." Ele olhou para os demais ao redor. O aviso era inequívoco. Dalgliesh disse, com suavidade:

"O senhor está sugerindo que um perfeito estranho tenha entrado na casa sem fazer nenhuma tentativa de roubo, tenha ido direto para o quarto da senhorita Jupp e estrangulado a moça, enquanto ela, sem tentativa de dar o alarme, ficava quietinha, deitada na cama?"

"Ela podia tê-lo convidado a entrar, seja ele quem for", disse Catherine.

Dalgliesh virou-se para ela:

"Mas ela estava esperando Proctor. Não podemos imaginar que quisesse dar uma festa para comemorar a pequena transação. E quem ela convidaria? Já checamos todo mundo que a conhecia."

"Pelo amor de Deus, parem de discutir isso", exclamou Felix. "Não percebem que é isso que o assassino quer que vocês façam? Não há provas!"

"Será que não há?", disse Dalgliesh. "Não tenho tanta certeza."

"De qualquer modo, sabemos quem não foi", disse Catherine. "Não foi Stephen nem Derek Pullen, porque eles têm álibis, e não foi o senhor Proctor, por causa da mão dele. Sally não poderia ter sido morta pelo tio."

"Não", disse Dalgliesh. "Nem por Martha Bultitaft, que não sabia que a moça morrera até o senhor Hearne ter lhe contado. Nem pela senhora, senhorita Bowers, que bateu à porta e tentou falar com ela depois de ela já estar morta. Nem pela senhora Riscoe, cujas unhas teriam inevitavelmente deixado marcas. Ninguém consegue fazer as unhas crescerem assim da noite para o dia, e o assassino não usou luvas. Nem pelo senhor Hearne, seja lá o que ele queira que eu pense. O senhor Hearne não sabia qual era o quarto de Sally; teve de perguntar ao senhor Maxie para onde deveria levar a escada."

"Só um tolo demonstraria que sabia. Eu poderia estar fingindo", falou Felix.

"Só que não estava", disse Stephen com aspereza. "Pode guardar sua maldita proteção para si mesmo. Você era a última pessoa a querer vê-la morta. Uma vez que Sally estivesse instalada aqui, Deborah poderia casar-se com você. Creia-me, você não a ganharia de qualquer outra maneira. Agora ela nunca se casará com você, e você sabe disso."

Eleanor Maxie levantou o olhar e disse, com calma:

"Eu fui ao quarto dela. Pareceu-me que esse casamento não seria uma coisa tão ruim se ela, sinceramente, gostasse do meu filho. Eu queria saber quais eram os sentimentos dela. Estava cansada e deveria ter deixado a conversa para o dia seguinte. Ela estava lá, deitada na cama, cantarolando. Tudo teria dado certo se ela não tivesse feito duas coisas. Ela riu de mim. E disse-me, Stephen, que teria um filho seu. Foi tudo tão rápido. Num segundo, ela estava viva e rindo. No segundo seguinte, era uma coisa morta nas minhas mãos."

"Então foi a senhora!", disse Catherine num sussurro. "Foi a senhora."

"É claro", disse Eleanor Maxie com delicadeza. "Raciocine. Quem mais poderia ter sido?"

4

Os Maxie achavam que ir para a prisão era como ir para o hospital — embora, no primeiro caso, se tratasse de um ato ainda mais involuntário. Ambas eram, porém, experiências anormais e um tanto assustadoras às quais as vítimas reagiam com um desinteresse doentio — e os espectadores, com estudada animação para criar confiança sem provocar suspeita de insensibilidade. Eleanor Maxie, acompanhada por um sargento da polícia feminina, calma e cheia de tato, foi desfrutar o conforto de um último banho em sua própria casa. Ela insistira nisso. Assim como o banho fazia parte dos preparativos finais para a ida ao hospital, era o primeiro procedimento imposto na admissão da prisão — mas ninguém queria chamar-lhe a atenção para esse fato. Ou será que haveria uma diferença entre os prisioneiros sob custódia e os já condenados? Felix talvez soubesse disso, mas ninguém se deu ao trabalho de perguntar. O carro da polícia esperava, atento, em lugar retirado — mas sem aparecer, como um ajudante de ambulância. Houve as últimas instruções, recados para amigos, chamadas telefônicas e a bagagem arrumada às pressas. O sr. Hinks chegou do presbitério, sem fôlego e sem surpresa, disposto a dar conselhos e conforto. No entanto, ele mesmo parecia precisar tanto de conselhos que Felix o tomou com firmeza pelo braço e caminhou com ele de volta para o presbitério. De uma janela, Deborah observava-os conversar enquanto sumiam de vista e imaginava sobre o que estariam falando. No momento em que ela subia as escadas para ir ter com a mãe, Dalgliesh telefonava no hall. Seus olhares encontraram-se e fixaram-se. Por um segundo, ela achou que ele iria falar, mas sua cabeça se inclinou outra vez sobre o fone, e ela continuou seu caminho, reconhecendo de súbito e sem surpresa que, tivessem as coisas sido diferentes, aquele era um homem para quem ela instintivamente se voltaria em busca de apoio e conselho.

Stephen, deixado a sós, reconheceu seu sofrimento, uma dor insuportável que nada tinha em comum com a insatisfação e o tédio que até então identificava como infelicidade. Ele tomara dois drinques, mas dera-se conta a tempo de que a bebida não estava adiantando. O que ele precisava era de alguém que cuidasse de seu sofrimento e o apoiasse em sua injustiça íntima. Foi à procura de Catherine.

Encontrou-a ajoelhada em frente a uma pequena mala, no quarto da mãe dele, envolvendo potes e frascos em papel de seda. Quando Catherine levantou os olhos para ele, Stephen viu que ela estivera chorando. Ficou chocado e irritado. Não havia lugar naquela casa para dores menores. Catherine nunca dominara a arte de chorar de modo atraente. Talvez essa fosse uma das razões pelas quais ela aprendera a ser estóica na dor, assim como nas outras coisas. Stephen decidiu não dar importância a essa intrusão em seu próprio sofrimento.

"Cathy", ele disse. "Por que cargas-d'água ela confessou? Hearne tinha toda a razão. Se ela tivesse se mantido calada, jamais conseguiriam provar nada."

Stephen só a chamara de Cathy uma vez antes — e, na ocasião, ele também quisera alguma coisa dela. Mesmo no momento do amor físico, aquilo lhe parecera um tanto falso. Catherine levantou os olhos para ele. "Você não a conhece muito bem, não é? Ela só estava esperando seu pai morrer para confessar. Não queria deixá-lo e prometera a ele que não o mandariam para fora de casa. Essa foi a única razão por que ela se manteve em silêncio. Ela contou ao senhor Hinks a respeito de Sally quando caminhou com ele de volta ao presbitério no começo da noite."

"Mas ela permaneceu tão calma durante toda aquela preleção!"

"Acho que ela só queria saber o que aconteceu. Ninguém lhe contara nada. Acho que a maior preocupação dela é que tivesse sido você quem visitou Sally e trancou a porta."

"Eu sei. Ela tentou me perguntar. Eu achei que ela estava me perguntando se eu era o assassino. Eles vão ter de reduzir a pena. Afinal de contas, o crime não foi premeditado. Por que Jephson não se apressa em vir? Já telefonamos para ele."

Catherine escolhia alguns livros que pegara na mesa-de-cabeceira e pensava se os colocava na mala. Stephen continuou:

"Eles vão mandá-la para a cadeia, de qualquer maneira. Minha mãe na prisão! Cathy, acho que não vou agüentar!"

Catherine, que aprendera a gostar muito de Eleanor Maxie e a respeitá-la, não tinha certeza de que ela mesma iria suportar e perdeu a paciência.

"Você não pode suportar! Legal! Você não tem de suportar, ela sim. E foi você quem a pôs lá, lembre-se."

Catherine, uma vez que começara, achou difícil parar, e a irritação encontrou uma expressão mais pessoal.

"E tem mais, Stephen. Eu não sei o que você sente a nosso respeito... a meu respeito, se prefere. Eu não quero falar sobre isso outra vez, de modo que estou dizendo que está tudo acabado. Oh, pelo amor de Deus, tire os pés de cima do papel de seda! Estou tentando arrumar a mala."

Ela agora chorava de verdade, como um animal ou como uma criança. Suas palavras saíam tão enroladas que ele mal as ouvia.

"Eu estava apaixonada por você, mas não estou mais. Não sei o que você espera agora, mas não me importa. Acabou."

E Stephen, que nunca pretendera continuar com o suposto relacionamento, olhou para o rosto manchado dela, os olhos protuberantes e inchados e sentiu, irracionalmente, um espasmo de desgosto e de arrependimento.

5

Um mês depois de Eleanor Maxie ter sido considerada culpada da acusação menor de homicídio não premeditado, Dalgliesh, num de seus raros dias de folga, passou por Chadfleet, no caminho de volta para Londres. Vinha do estuário de Essex, onde deixara seu veleiro de trinta pés. A aldeia não estava tão fora de seu caminho, mas ele preferiu não analisar com muito cuidado os motivos que o fizeram percorrer aqueles quase cinco quilômetros a mais em estradas curvas e sombreadas. Passou pelo chalé dos Pullen. Havia luz na sala da frente, e o pastor alemão de gesso sobressaía, escuro, contra a cortina. Em seguida via-se o Albergue Santa Maria. A casa parecia vazia, com um único carrinho de bebê na escada da frente dando indício de vida lá dentro. A própria aldeia estava deserta, sonolenta, na calma da hora do chá. Enquanto ele passava pela loja do sr. Wilson, as venezianas da porta da frente estavam sendo fechadas, e o último freguês saía. Era Deborah Riscoe. Havia uma cesta de compras que parecia pesada no braço dela, e Dalgliesh parou o carro por instinto. Sem tempo para indecisão ou embaraço, tomou a cesta das mãos dela. Deborah escorregou para o assento ao seu lado, antes que ele tivesse tempo de avaliar sua própria audácia ou a aquiescência dela. Lançando um olhar furtivo ao perfil calmo da moça, notou que seu ar de tensão desaparecera. Ela não perdera nada de sua beleza, mas demonstrava uma serenidade que o fez lembrar-se da mãe dela.

Quando o carro virou para o caminho de entrada de Martingale, ele hesitou, mas continuou em marcha depois que ela deu uma sacudidela de cabeça quase imperceptível. As faias estavam douradas, no entanto o lusco-fusco roubava-lhes a cor. As primeiras folhas caídas desfaziam-se embaixo das rodas. A casa apareceu como ele a tinha visto da primeira vez — porém, mais cinzenta e ligeiramente mais sinistra na luz que morria. No hall, Deborah tirou o casaco de couro e desamarrou a echarpe.

"Obrigada. Foi ótimo. Esta semana, Stephen ficou com o carro na cidade, e Wilson só pode mandar entregas nas quartas-feiras. Estão sempre me faltando as coisas de que esqueço. Gostaria de um drinque, ou chá, ou alguma outra coisa?" Ela deu-lhe um rápido sorriso zombeteiro. "Agora você não está de serviço. Ou está?"

"Não", ele disse. "Não estou de serviço agora. Só estou aqui por prazer."

Deborah não lhe pediu explicações, e ele a seguiu para a sala de estar. Estava mais empoeirada do que ele se lembrava, um tanto menos enfeitada. Seus olhos treinados viram que não havia mudanças reais, só a aparência nua de uma sala da qual as pequenas minúcias do dia-a-dia tinham sido retiradas.

Como se adivinhasse o que ele pensava, ela disse:

"Na maior parte do tempo fico sozinha aqui. Martha foi embora, e eu a substituí por um casal de diaristas da aldeia, mas nunca consigo ter certeza se vão aparecer. Isso acrescenta um certo tempero ao nosso relacionamento. Stephen vem para cá a maior parte dos fins de semana, é claro, e isso ajuda. Haverá bastante tempo para uma boa faxina antes de a mãe voltar para casa. Agora, ocupo-me principalmente de burocracia, do testamento do pai, de impostos sobre herança e trapalhadas de advogados."

"Será que é aconselhável você ficar aqui sozinha?", perguntou Dalgliesh.

"Oh, eu não me importo. Alguém da família tem de ficar. Sir Reynold me ofereceu um dos cachorros dele, mas eles mordem demais para o meu gosto. Além disso, não são treinados para exorcizar fantasmas."

Dalgliesh pegou o drinque que ela lhe estendeu e pediu notícias de Catherine Bowers, que parecia a pessoa mais fácil a respeito de quem perguntar. Ele não tinha muito interesse em Stephen Maxie nem em Felix Hearne. Perguntar pela criança seria evocar aquele fantasma de cabelos dourados cujo espectro já estava presente.

"Vejo Catherine às vezes. Ela e o pai de Jimmy vêm sempre ver o menino, que ainda está no Santa Maria, e os dois o levam para passear. Catherine e James Ritchie vão se casar, eu acho."

"Isso foi um tanto apressado não?"

Ela riu.

"Oh, não acho que Ritchie já saiba disso. Mas vai ser mesmo uma coisa boa. Catherine adora a criança e gosta dele, e acho que vai ser uma sorte para Ritchie. Acho que não há mais ninguém de quem eu possa lhe dar notícias. Minha mãe está até muito bem e não se sente demasiadamente infeliz. Felix Hearne está no Canadá. Meu irmão fica no hospital a maior parte do tempo e está muitíssimo ocupado. Ele diz que todos têm sido bastante simpáticos."

"Deveriam ser", pensou Dalgliesh. A mãe dele estava cumprindo pena e a irmã lidando, sem ajuda, com os impostos sobre herança, com trabalhos domésticos e a hostilidade ou — o que ela odiaria ainda mais — a piedade da aldeia. Mas Stephen Maxie estava de volta ao hospital, e todo mundo era muito simpático com ele. Algo do que Dalgliesh sentia deve ter se refletido em sua expressão, porque Deborah disse em seguida:

"Ainda bem que Stephen está ocupado. Foi pior para ele do que para mim."

Continuaram sentados em silêncio por um tempo. Apesar da camaradagem aparente, Dalgliesh apresentava uma sensibilidade doentia para cada palavra. Ele queria dizer alguma coisa que expressasse consolo e segurança, mas rejeitava cada uma das expressões prontas antes que elas lhe chegassem aos lábios. "Sinto muito ter tido de fazer aquilo." Só que ele não lastimava e era inteligente e honesto o suficiente para saber disso. Ele nunca, antes, pedira desculpas pelo seu trabalho e não iria insultá-la fingindo fazê-lo. "Sei que deve me detestar pelo que tive de fazer." Isso o faria parecer lamuriento, sentimental, pouco sincero e com uma presunção arrogante de que ela pudesse sentir alguma coisa por ele. Caminharam até a porta em silêncio, e ela ficou olhando-o até ele sumir. Ao virar a cabeça, ele viu uma figura solitária, recortada contra a luz do hall, e percebeu com uma certeza súbita e animadora que ainda iriam se encontrar. E, quando isso acontecesse, as palavras adequadas surgiriam.

Série Policial

Réquiem caribenho
Brigitte Aubert

Bellini e a esfinge
Bellini e o demônio
Bellini e os espíritos
Tony Bellotto

Os pecados dos pais
O ladrão que estudava Espinosa
Punhalada no escuro
O ladrão que pintava como Mondrian
Uma longa fila de homens mortos
Bilhete para o cemitério
O ladrão que achava que era Bogart
Lawrence Block

O destino bate à sua porta
James Cain

Post-mortem
Corpo de delito
Restos mortais
Desumano e degradante
Lavoura de corpos
Cemitério de indigentes
Causa mortis
Contágio criminoso
Foco inicial
Alerta negro
Patricia Cornwell

Vendetta
Michael Dibdin

Edições perigosas
Impressões e provas
John Dunning

Máscaras
Passado perfeito
Leonardo Padura Fuentes

Tão pura, tão boa
Correntezas
Frances Fyfield

O silêncio da chuva
Achados e perdidos
Vento sudoeste
Uma janela em Copacabana
Perseguido
Luiz Alfredo Garcia-Roza

Neutralidade suspeita
A noite do professor
Transferência mortal
Um lugar entre os vivos
Jean-Pierre Gattégno

Continental Op
Dashiell Hammett

O talentoso Ripley
Ripley subterrâneo
O jogo de Ripley
Ripley debaixo d'água
Patricia Highsmith

Sala dos Homicídios
Morte no seminário
Uma certa justiça
Pecado original
A torre negra
Morte de um perito
O enigma de Sally
P. D. James

Música fúnebre
Morag Joss

Sexta-feira o rabino acordou tarde
Sábado o rabino passou fome
Domingo o rabino ficou em casa

Segunda-feira o rabino viajou
O dia em que o rabino foi embora
Harry Kemelman

Um drink antes da guerra
Apelo às trevas
Sagrado
Gone, baby, gone
Sobre meninos e lobos
Dennis Lehane

Morte em terra estrangeira
Morte no Teatro La Fenice
Donna Leon

A tragédia Blackwell
Ross Macdonald

É sempre noite
Léo Malet

Assassinos sem rosto
Os cães de Riga
A leoa branca
Henning Mankell

Os mares do Sul
O labirinto grego
O quinteto de Buenos Aires
O homem da minha vida
Manuel Vázquez Montalbán

O diabo vestia azul
Walter Mosley

Informações sobre a vítima
Vida pregressa
Joaquim Nogueira

Revolução difícil
George Pelecanos

A morte também feqüenta o Paraíso
Lev Raphael

Serpente
A confraria do medo
A caixa vermelha
Cozinheiros demais
Milionários demais
Mulheres demais
Ser canalha
Aranhas de ouro
Clientes demais
Rex Stout

Fuja logo e demore para voltar
O homem do avesso
Fred Vargas

A noiva estava de preto
Casei-me com um morto
Cornell Woolrich

ESTA OBRA FOI COMPOSTA PELO GRUPO DE CRIAÇÃO EM GARAMOND E IMPRESSA PELA GEOGRÁFICA EM OFSETE SOBRE PAPEL ALTA ALVURA DA SUZANO BAHIA SUL PARA A EDITORA SCHWARCZ EM JULHO DE 2005